—— 一位工作队第一书记的帮扶实录

◎王青山 著

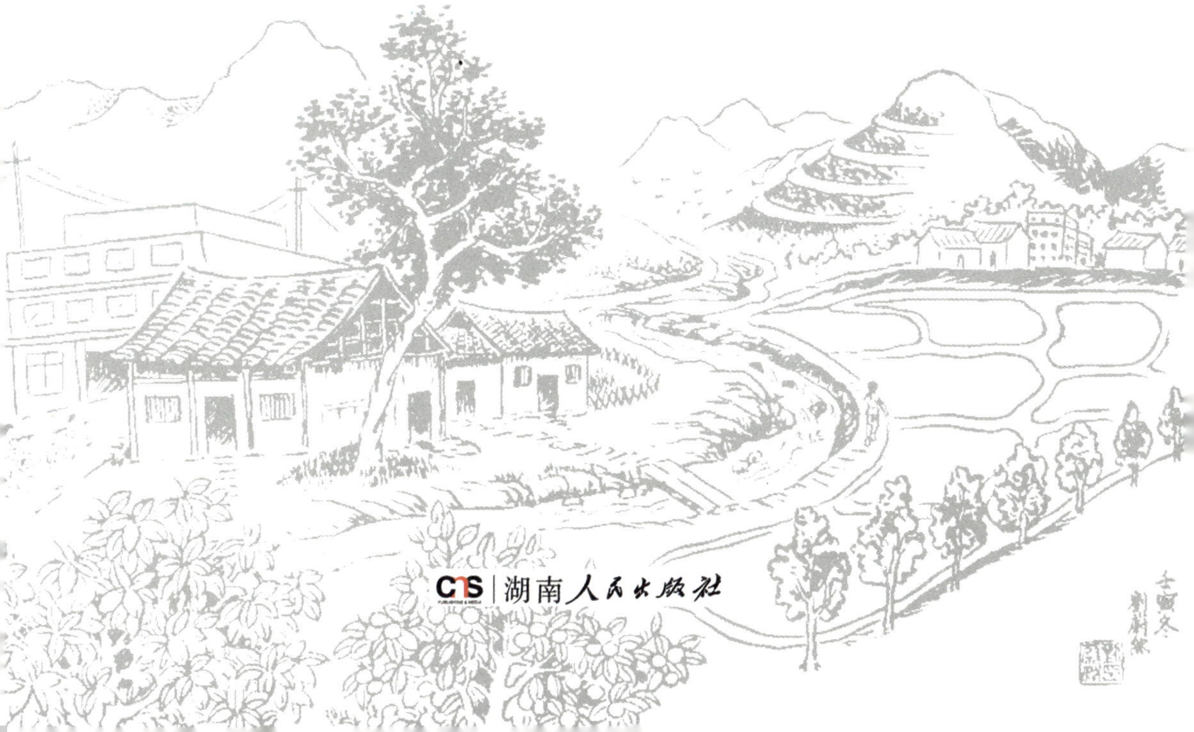

湖南人民出版社

序一

到群众中去

胡能华

县政协文教卫体和文史委主任青山同志才回机关，就将几年来参与驻村帮扶工作的数十篇见闻和体会文章整理出来了，题为《亲历驻村——一位工作队第一书记的帮扶实录》，嘱我写几句话，我欣然应允。

王青山同志曾是《安化报》要闻版编辑记者，调政协工作后主编《社情民意》《品读安化》内刊，多年主持政协全会参政议政发言材料编纂，在《人民政协报》《湘声报》上也经常能读到他的新闻和文学稿件，因此在我的印象中他是一个以拿笔杆子见长的人。

王青山同志2015年就参与仙溪镇三星村帮扶工作，2018年成为单位帮扶工作分管领导，2020年到仙溪镇龙丰村担任驻村工作队第一书记和队长，2021年转战平口镇范溪村开展乡村振兴工作。不管是脱贫攻坚抑或是乡村振兴还是普通驻村帮扶工作，脚踏实地都是最为重要的，而这正是青山同志的特质。他将写新闻报道的追根究底精神、写议政材料的宜时前瞻要求、编内部刊物的严谨缜密风格，都运用到了驻村帮扶工作实践中。知之深，方能爱之切。他参与帮扶的三个村，每一户村民家都留下了他的足迹，每一条山冲、每一处田塅、每一湾溪流都留下了他的身影，他对"三农"问题的思考是建立在脚步丈量基础上的，观点既独见奇思，又契合政策法规。

王青山同志参与帮扶的三个村都是安化极为普通的村落，这就决定了他所做的也都是一些平凡得不能再平凡的工作，很难谈得上浓墨重彩。然而，平凡中自有伟大，细微处能见精神。通观全书，王青山同志记录的都是与

亲历驻村——一位工作队第一书记的帮扶实录

结对帮扶对象之间的互帮互助、与普通村民之间的喜乐共享、与镇村干部之间的团结协作、独对孤灯之时的理性反思。有热情澎湃，也有沮丧无奈；有热泪盈眶，也有义愤填膺；有沉凝哽咽，也有快意诙谐。这些记录，又一次印证了农村这个大课堂的复杂性、生活这个万花筒的多样性。仔细阅读这些篇章，青山同志是将心都沉了进去的，体现了一个政协人的风格与情怀。在帮扶工作中，他将心比心，以心换心，故而领导层面认可他，村组干部依靠他，基层群众信任他。透过这些篇章，我们也欣喜地看到镇村干部群体的敬业务实、企业家群体的责任担当、各界人士的聚力同心和广大群众的向好愿望。

脱贫攻坚战取得全面胜利，农村工作重心逐步转向乡村振兴，工作目标更加宏伟，工作难度也更加巨大。《亲历驻村——一位工作队第一书记的帮扶实录》几十篇实录文稿，向我们真实展现了大量农村家庭的生活原貌，真实展现了国家"三农"政策在乡村的落实情况，真实展现了乡村振兴在组织、产业、文化、生态、人才五个重要方面的基础状态，这对我们开展工作因时而动、因地制宜、因村施策，实现稳定脱贫不返贫、乡村振兴不掉队应该是有所启迪的。这也正是本书的可贵之处。

桃李不言，下自成蹊。2020年，王青山同志被评为"安化县年度最美帮扶干部"；2021年，湖南省政协评定48位政协工作先进个人，王青山同志作为政协系统在驻村帮扶一线的代表光荣入选。《亲历驻村——一位工作队第一书记的帮扶实录》一书出版，进一步佐证王青山同志所获荣誉乃实至名归。

是为序。

2022年5月

（作者系安化县政协主席）

只缘爱得深沉

谭绍军

人们常说，有意栽花花不发，无心插柳柳成荫。不过，我总认为，花不发是因为栽花者并不是真正"有意"；而柳之所以能够成荫，也并非是插柳人真的"无心"。比如说，王青山摆在我们面前的这本《亲历驻村——一位工作队第一书记的帮扶实录》，就绝不是"无心插柳"，而是这些年来用心用情积极参与脱贫攻坚这场举世瞩目的大决战的结晶。他深爱着所帮扶村的那一片片热土，深爱着那里的村民群众和村干部，与他们休戚与共、并肩战斗，故而字里行间饱含深情。

脱贫攻坚是一场以消灭绝对贫困为重点的大决战。全国各地成千上万的基层干部或与贫困户结对帮扶成了"亲戚"，或打点行囊来到村庄成为专职驻村帮扶工作队干部。长期从事文字工作的王青山，成了这帮扶和驻村干部大军中的一员。几年来，王青山组织单位干部进村入户大走访，给村干部们出谋划策奔富路，跟结对帮扶对象推心置腹拉家常，对于村民们的喜怒哀乐、急难愁盼甚至比自己家里的事情还着急，成为帮扶对象和所驻村干部群众的知心人；王青山真情帮扶、驻村驻心，也赢得了上级的高度认可，虽苦犹甜，也无怨无悔。

2022年初，王青山因为工作调整结束驻村生活回到机关。一般来说，一段工作结束了也就结束了，顶多在心头偶尔冒起几朵也许灿烂的浪花。可王青山不一样，人回到了机关，心却还被紧紧地拴在曾经驻过的村子里。那些村子、那些山界，成了他魂牵梦萦的所在。那天，他从安化专程来益阳，把这本书稿送给我，说起曾经在三星、龙丰、范溪等村的种种和他所帮扶过的几户脱贫户，仍难掩内心的激动与感慨。他说，曾经帮扶和常驻的三个村，都是那么不起眼，他所做的工作也都是扶友们的日常功课，但那些人、那些事、那些场景，却常常撞击着他的心扉。夜深人静的时候，那一个个熟悉的身影、一个个渐渐远去的细节和场景，就像放电影一样涌入脑海，让自己心潮澎湃、思绪万千。正是这种难以言说的冲动与激情，让笔杆子王青山不得不端坐于电脑桌前，把这些场景记一一记录下来。有时候，深更半夜了，也按捺不住内心深处的激动，披衣起床，尖尖十指，急走键盘而后快。如此这般，才有了这本饱含着对那些人、那些事、那些场景一往情深的《亲历驻村——一位工作队第一书记的帮扶实录》。我静静地听着王青山的述说，忽然想起了诗人艾青那首脍炙人口的小诗《我爱这土地》："为什么我的眼里常含泪水？因为我对这土地爱得深沉！"王青山对他所帮扶的对象和他所驻的那些山村，爱得也是那么深沉啊！

受到王青山的情绪感染，我几乎是一口气就读完了《亲历驻村——一位工作队第一书记的帮扶实录》这本洋洋20多万字的集子。集子前三辑以帮扶先后顺序为经线，分别写了他在三星、龙丰、范溪三个村帮扶期间与村民们产生的交集；第四辑则专门表达他对坚守乡村的村干部和帮扶企业家们的敬意。读的过程中，我也跟着王青山一起忧喜，一起思索，一起冲动。王青山曾经的几个帮扶对象——饱受病痛折磨的老贺、性格有些不近人情的周大姐、爱憎分明的老曾、破罐子破摔的老方，还有"秘密"多多的邓妈、老来得子的老戴，一颦一笑一言一语都是那么清晰和生动。弹月琴宣传抗疫知识的李老倌、被命运捉弄的文艺大妈庆林姐、有话却出不了声的超妈、无所不能有事必到的三哥、特别讲感情又特别讲原则的平哥、对帮扶工作看法180度大转弯的李灵芝、半夜的凄厉鹅嘶等，王青山的笔下给我们展示的是真实而多彩的原生态乡村生活图景。还有那一桩桩看似简单容易却充满艰难曲折的大大小小事务，一幕幕次第印入我的眼帘。当然，还有王青山许多对驻村乃至整个农村工作的思考，也大都引起我的共鸣。我想，能

序二

够亲历脱贫攻坚以及乡村振兴这样的宏大事件，本身就是一大幸事；事后还能这样有血有肉有情有意地把这当中的人和事、忧与乐、感与思记录下来，成为我们从微观视角回看脱贫攻坚大决战、思考乡村振兴大方略的一手史料，又是做了一件非常有意义的大事、好事。从这个角度上来看，王青山看似无心实则有意，成就了他作为一名普通驻村干部看似容易却很难做到的大事业，相信自有其特别的价值。

王青山长期拿笔杆子，我特别佩服他的精神与文笔。读他的这本《亲历驻村——一位工作队第一书记的帮扶实录》，我又有一个强烈的感受，就是一个作家、一个文艺工作者，只要走进人民群众中，饱含着对党、对人民的深沉挚爱，融入我们这个伟大时代的生活火炉，就一定会有永不枯竭的创作源泉，就能真正写出有深度有力量的作品。王青山做到了，并且用事实证明了这一点，他是值得学习的。但愿王青山以此为新的起点，写出更多更好的作品。

2022年5月于长沙

（作者系益阳市第五届、第六届政协常委，《益阳日报》社民生新闻部原主任，湖南省优秀新闻工作者）

目录

第一辑 行走三星：初探帮扶滋味

初入三星为识贫 / 003

周大姐的心愿 / 006

记仇的老曾 / 009

老方，你藏得好深 / 013

邓妈的秘密 / 018

刚强之"刚"和"强" / 023

伴行纪事 / 025

卧听溪流 / 030

为政协人的格局自豪 / 033

第二辑 驻步龙丰：亲历攻坚决战

紧急入村 / 039

今夜不眠 / 042

虚惊一日 / 045

回望妻子陪同驻村的那些日子 / 048

蒋家仑 雪木仑 黄羊山 / 052

李老倌和他的绷绷琴 / 057

依新嫂 / 060

回归原点的庆林姐 / 063

这一家子 / 066

兴美老汉的喜和忧 / 068

猜不透的美英姐 / 070

一笔小额扶贫贴息贷款救活一个家 / 073

还是住惯了的老地方好 / 075

有一种纠结是无语 / 077

一坪薯渣坨 / 081

金泉金子心 / 084

到亦神芙蓉摘茶去 / 087

熊妈结对 / 091

群妈的叹息 / 094

梦儿姐的忧虑 / 097

超妈有话 / 100

行走大树坪 /102

我的崽耶，要去找了回来 / 108

起屋和泼粪 / 110

特别的"半边户" / 113

龙丰随记 / 116

半夜鹅嘶 / 126

吓脱一粒牙齿 / 129

迟到了两分钟 / 131

"你走访的是个神经病" / 136

面对"加试题" / 138

苍白的选择 / 141

瓷杯该怎么送 / 143

遗憾总是难免的 / 145

第三辑　转战范溪：奏响振兴序曲

走进范溪 / 151

110 万元的烦恼 / 153

摘"帽"记 / 156

重回讲台 / 159

莳田、唱哑、饼药和其他 / 163

老戴 / 166

痕迹管理之我见 / 172

范溪散记 / 174

伤痛总是在左腿 / 177

第四辑　坚守乡土：致敬时代村官

屈站长其人 / 183

杨书记的心事 / 186

素描如村支书 / 189

爱民支书印象 / 193

杂记三哥 / 196

三哥断界 / 200

话说老周 / 210

儒兴支书 / 214

华维老弟 / 218

伟华主任 / 221

平哥 / 224

闲话老龙 / 226

你不该走得这样匆忙——追忆松贵老弟 / 228

附录

如资江滋润，如青山可靠
　　——谈《亲历驻村——一位工作队第一书记的帮扶实录》的民本情怀 / 231
平凡中的壮阔
　　——读王青山《亲历驻村——一位工作队第一书记的帮扶实录》/ 234

后记 / 238

第一辑

行走三星：

初探帮扶滋味

初入三星为识贫

我第一次真正接触贫困户帮扶工作，是在 2015 年 10 月 10 日，地点是仙溪镇三星村。

2015 年 6 月，国家提出扶贫开发"贵在精准，重在精准，成败之举在于精准"，"精准扶贫"成为各界热议的关键词，新一轮帮扶的对象不再是笼统的行政村，而是具体到单个农户家庭。县政协机关帮扶村调整为仙溪镇三星村，与县工商联共同帮扶。三星村为原三星、文冲、龙泉三个老村合并而成，共有 19 个村民小组 1490 余人，面积约 11 平方公里。经村民小组上报、村干部初筛，预评出 117 户贫困户。这天的走访对象，是由村"两委"干部带着大家进行再次筛选的贫困户。为表心意，单位为每位核定成功的对象预备了 200 元慰问金。

妇女主任在前引路，我在后边跟着，不久便来到了第一户筛选对象家。这是一栋紧靠进村主公路而建的两层新楼，砖混结构，外墙瓷砖很是漂亮，室内墙壁雪白干净，电器设备一应俱全。一位看上去七十有余的老人坐在轮椅上，温暖的阳光照着他的脸，看上去显得很安详。老人和旁边的老伴都身着厚实的棉睡衣，保暖鞋也是崭新的。寒暄几句得知，老人有两个儿子，都已成家立业，且家庭经营得都还不错，家里也没有重度疾病患者。这栋新房子是老人大儿子的，小儿子的房子则在公路对面的山坡上，抬眼即可看到，只是目前还是红砖毛坯。在农村，许多老人为图日子清静，就是只有一个儿子也会分户，何况老人有两个儿子呢？这两位年过七旬的老人明显不具备务工自力的能力，不时还会有三病两痛要花钱，分立门庭后独立核算劳动收入肯定是相当低的。但养儿防老乃人之常情，两个儿子的赡养义务不能因分了户而免除。如果这对老夫妻能核定为贫困户，那岂不是每个大家庭都至少有一户贫困户？我当即跟随同前来的计生专干阐明了我的观点，又跟老夫妻和围观的村民解说了国家精准扶贫的政策，基本获得了大家的肯定。

第二户筛选对象家就在老人大儿子房子的下边不到 30 米处，户主叫贺朝清。房屋以农村常见的木架为主体，砌有部分砖墙，与第一户初筛对象的儿子家楼房相比不止差了一个档次，家里也没太多的摆设。户主夫妻五十来岁，丈夫看上去有一些疲倦，原来是年前患了癌症，一直在治疗中。坐在长条椅上家长里短地扯了十来分钟，获悉家庭收入在村民中属一般水平，好在儿子已经成家。人的一生谁的身体不会出个这的那的大小毛病？四个劳动力戴顶贫困户的帽子，怎么说也不妥当吧！我当即向这家人作了不予认定的说明。脸上虽然有些不快，但一家子也实在没有反驳的理由。

第三户筛选对象家也在公路的下边，相距第二家不过百来米，就着地势而建的砖房面积小且结构不便于生活。走进堂屋，一股刺鼻的油漆味直冲脑门。男主人叫贺如意，和我同年。老贺热情地将我们让进里屋，里屋的油漆味更加难闻。一问才知道，墙上刷的不是 308 粉也不是腻子粉，而是镇上买来的最便宜的白色油漆，难怪颜色没有盖住水泥墙壁的本色且有些显脏。他告诉我，这油漆也是两口子自己刷上去的，主要是妻子的功劳。问起妻子，他说在惠州市一家医院给病人做护理，月工资不到 2000 元，剔除房租餐费后所剩无几。自己呢？他马上掀开了上衣，露出腹部的两条手术伤疤。原来，他 2009 年患结肠癌，次年又转移为直肠癌，前后两次手术花光了存款不说还欠下五六万元债务。因为缺钱，他还没有完全康复就出了院，买了些药在家服用。因为康复不理想，只要稍稍劳累就会浑身难受。两个儿子，大的已能务工，但没什么技术，只能打点体力工糊口。小儿子正读小学三年级。厨房餐桌上放着一瓶吃了一半的蜂蜜，说是其姐夫特意送他补身体的。地下室后廊阳台搁着一副渔网，他解释说也是没钱才想着间或围几只鱼补充一下营养。这才是真正需要帮助的家庭啊，我掏出装有 200 元慰问金的信封放进老贺的手心，告诉他：我们政协干部还会来看你的，你要有信心战胜疾病。

根据工作队传回的信息，经县政协干部和县工商联干部筛选，一共筛掉30户，后来镇村干部又筛掉了10户，确定的帮扶对象为77户。2017年，全县进行全面复核，全村又筛掉8户再新增1户，70户帮扶对象一直保持到如今。

第二次进村走访已是2016年，工作队给我们明确了结对联系户，我参与筛定的老贺家是其中之一。只过了一年，由于早先联合帮扶的单位退出，我们单位的帮扶对象随着做了调整，我没有再结对自己审定的老贺家，但还是不时关注着老贺家的动态。老贺善良的妻子还是在医院做陪护，工资待遇有所提高。村上创建人居环境，老贺自告奋勇参与，被聘为保洁员，每月有500元左右的报酬。大儿子已逐渐成长懂事，开始积攒打工收入，一家人已稳定脱贫。小儿子学习很努力，已升入高中就读，家庭充满希望。但令人担心的是，老贺的身体状态这么多年了仍然没有太大的好转。他每天背着个竹篓、拎个铁钳夹，捡一阵垃圾歇一会，整天都在路上来回巡查。据村干部介绍，老贺负责的地段的卫生状况是最好的。老贺说：拿了村上的钱，总归要把事情做好。我筛除出去的贺朝清一家，2021年已建起了新居，村上给患癌的贺朝清申请办理了单人低保。

贺朝清建起了新居

周大姐的心愿

在建档立卡贫困户的致贫原因中，见得最多的一个选项是"因病"。严重的疾病一旦上身，患病者轻则成为"弱劳动力"，重则"丧失劳动能力"，成为纯粹的家庭人均年纯收入负增长人员。六年时间，我先后结对帮扶的六户人家中就有两人因病离世。

最先离世的是一位名叫周卫云的大姐，也是我结对帮扶的第一个贫困户。她家进入建档立卡贫困户序列，最重要的原因就是周大姐本人患有严重的糖尿病。三星村村口处，有一个拦龙溪河而建的灌溉用水坝，此处也因之曰大坝塘，周卫云的家就在塘边。

第一次到周卫云家走访，她家里正好还有她一个嗑伴。周卫云年岁不到六十，中等偏胖的身材，在待人接物方面属典型的安化前乡妇女，非常热情。她利索地摆出了半桌子的零食，又为我泡上了芝麻花生茶。周卫云丈夫已去世多年，大女儿早已嫁人，小女儿招了邻村一位姓刘的上门女婿。结对时，周卫云已经患糖尿病到了必须进行肾透析的境地，家里凳子上、柜子上、电视机顶上到处是药盒子。从落座开始，周卫云就大气不断，不停地感叹"日子就是药做起的""住院又住不起，女儿打工的钱都被我买嘎（了）药吃了"。几次到周家，要不就是单位有慰问金，要不就是我个人掏腰包，都给了她一点现金资助。这时的周卫云，日常饮食起居还能坚持自理，体力活则是留守的小女婿打理。女婿一个大男人也还得打点零工，搞点种养业补贴家用，因此平日走访相见次数不多。但就屈指可数的相见交流来看，他对岳母的病情是十分关切的，对岳母的照顾也够得上称职。但周卫云却一提到女婿就说"冇得用"。问她为什么"冇得用"，是不是因为对她的

上图：大坝塘
左图：大坝塘边周卫云的家

照料不细心，她回答的却是"太老实了，冇本事，赚钱不到"。我当然体会得到周卫云这么说的原因，因为她眼下实在太需要钱来治病了。但事实上，生活中又有多少男人是既有本事会赚钱又老实本分顾家的呢？老实本分对家人好，就是最大的优点啊。岳母不在场的时候，女婿还曾个别跟我提出请求："干部，能帮忙劝劝我岳母娘不？她硬要怂起我堂客和我离婚呢！"那眼神，颇带几分忧郁和无助。

最后一次走访周卫云时，已近2016年年关。她热情依然，只是说话已显得力气不足："干部，只死得了，冇得钱诊得了。"我赶紧安慰她"日子还长着"。附带说起女儿女婿的问题，周卫云态度坚决："我女一回来，就跟他离婚的，太冇得用了，冇得要场。"别人的家事，我也不好多嘴。下次正月间走访时，其女儿应该务工回家了，那时当面劝劝她女儿也不迟。

不多久，村支书来县城办事顺便到我办公室，突然告诉我："王主任，你结对的周卫云昨天晚上去世了！明天上山。"虽然这消息迟早会在意料之中，但我还是有些震惊，震惊于这一天来得这么快。按理，我应该再到周卫云家走一趟，送她人生最后一程，可机关事务牵扯实在分不开身，只好托村支书捎了个人情代替了脚步。

第二年正月走访时，房子还是那座房子，接待我的却只有周卫云的女婿。问起她与妻子的婚姻问题，女婿几乎哽咽："我岳母娘临死都还跟我堂客讲一定要跟我离婚，肯定是难得和好了。"问他妻子的去向，他说："又出去了，过一段时间回来肯定会离，崽也不得给我。"望着这个孤苦的男人，我的内心好生同情却又毫无能力帮其挽转境况。在广袤的农村，像这种因为外出务工导致"三观"渐趋不合而离散的婚姻何止一二！我将单位派发的几百元慰问金塞进他的手里，嘱其"好好跟堂客说，最好一起出去"，落荒而走。

事实是，再次来到村上走访时，村支书告诉我，这对夫妻终究还是离了婚，周大姐的遗愿算是了却了。男方孤零零地来到三星村，又孤零零地回到了自己所在的村子。周大姐的小女儿我始终没能见到。民间有云："宁拆十座庙，不毁一桩婚。"周大姐却在赴九泉之前都要拆散自己的女儿女婿，实在是让人捉摸不透。

由于致贫原因消失，2017年进行贫困户大核查时，周大姐家被移除出建档立卡贫困户序列。女婿已回自家村子，女儿常年在外务工，周大姐家从此变成事实上的空置房。此后的数年，我无数次经过大坝塘，虽然周大姐已不在了，但我总会不由自主地记起她那热情招呼的模样，记起她谈到女婿时的不屑表情，也记起那个不幸的男人的无奈苦笑。

记仇的老曾

民间有句俗语，道是：穿鞋的怕光脚的，光脚的怕不要命的。这话在我接手的第三户帮扶对象曾元伍家得到了有力验证。

上门核实老曾家庭情况的不是我，最初结对帮扶干部也不是我，但其进入建档立卡贫困户名单的过程我是很清楚的。

老曾也曾是一把做事好手，无奈在一次务工过程中命运安排他腰部重伤成了二级残废，从此只能卧床。老曾有两个儿子。大儿子是水电工，已婚，且有了一个女儿；小儿子在外务工。按当时的家庭年人平纯收入标准，老曾家在收入绝对数字方面显然远在贫困线之上。树大分岔，崽大分家。老曾打发老婆往派出所走一趟，已成家立业的大儿子理所当然另立门户，大儿子对家庭总收入的贡献值一下缩减成了只有零头数的赡养费。为了补贴点家用，家里曾在堂屋摆几个货架货柜开了个百货代销点。顾客买东西都是自己开柜拿取，然后将货款给卧床的老曾。都是乡里乡亲的，大家有需求时都会优先照顾老曾家的生意，虽然村子不大，生意也不温不火，但每天多少还是有点进项。有门面经营是绝对不允许"进档"的，而老曾家与其他农户相比又确实更需要帮扶，工作队只好跟老曾家商量将工商营业执照注销了。一番操作，成功"进档"。

我接手帮扶老曾家没几个月，老曾夫妻就干了一件轰动全村乃至全镇的事。老曾是二级残疾，多年来一直享受单人低保待遇。可由于精准帮扶政策调整，低保一度改名为兜底，要享受就是整户纳入，且需重新评定。按实际情况，老曾家显然不符合整户纳入的标准，于是老曾的单人低保就被调整取消了。几个月后，老曾的妻子去取低保款发现没有后续入账，问到村上得知实情,当场就发飙了:"我一个瘸子男人都吃不得低保,还有哪个吃得?我服侍了一二十年了,正不耐烦了,何个(谁)取消的何个把我养了去!"不管驻村工作队哪个队员,也不管哪个村干部,不给她男人恢复低保就都没得商量!

哭哭啼啼没人答允,老曾老婆转身回了家。第二天一大早,第一书记老夏刚起床开门,老曾的老婆就背着老曾进了门,将老曾往床上一扔就下楼了:"我晓得是你们工作队把我男人的低保刷嘎的,交得你哩,我冇探脉了(不管了)!"

小小山村稀奇事本就不多,老曾众目睽睽之下被送到工作队第一书记的床上去了算得上爆炸性新闻,立即人人皆知。镇上驻村干部做工作要老曾老婆把老曾背回家,她更得了理:"不把我男人恢复低保,我还要送到镇长的床上去!"

走访曾元伍

很快，消息就传到了镇上，分管扶贫工作的领导马上打电话给村支书，万不可让老曾老婆闹到镇上来。最后还是村支书面子大，答应按程序作特殊情况逐级上报请求将老曾纳入兜底，老曾夫妻才回家。为了这事，老曾家又将小儿子也分立了门户。最终结果是，老曾作为特殊情况还是享受了低保待遇。也许是上级政府部门发现了当初政策调整时对老曾这样的情况缺少考虑吧，没多久又放开了单人低保纳入政策，老曾算是先人一步。

这些，我都是后来才知道的。不过，在我看来，老曾老婆的抱怨其实也是可以理解的。民间不是有言"久病床前无孝子"吗？何况"大限来时各自飞"的夫妻？能够这么多年来不离不弃悉心照顾丈夫，这样的老婆已经很不容易了。别看老曾平时有说有笑，还能跟几个无事老人、残疾人打打小跑胡，但只要稍久躺一会，老曾便会因腰痛而呜娘呜爷地在床上翻滚摔打一阵，样子痛不欲生却又无人能救。老曾老婆的日子就是在看着丈夫受尽煎熬却无能为力的情境中度过的。老曾这么多年来身上没有生褥疮，没有溃烂一块皮肤，都得益于他老婆的周到服侍。

客观地说，老曾一家还真不是"等靠要"一类。屋后溪边的一坵田面积不大，阳光也不怎么好，老曾一家将其改成鱼塘每年都放了鱼苗，给鱼塘割放青草的任务自然是曾嫂去完成。屋子地下室建有猪栏，每年至少喂一头猪，也是曾嫂在打理。地下室另一头，又关养了不少的鸡鸭，只是这些鸡鸭都在老曾的"福"字寿材下穿梭，让人看了心里有些发麻。为了喂养好猪和鸡鸭，曾嫂每天大清早就上山下地干活去了。曾家的猪可以说是天底下最幸运的，吃的都是曾嫂一手劳动收获的红薯、萝卜青菜或野草；也可以说是最不幸的，因为从进曾家猪栏直至白刀子进红刀子出也不曾吃到一丁点美味的现代化配方饲料。也正因为这绿色环保无污染，几年来我已在曾家购买了上万元的过年肉。

人都是讲感情的。每月一次地走来走去，陌生人都会认成亲戚。平时得便，我偶尔提点油啊米什么的上门；老曾夫妇住院，我也曾特意看望；妻子跟着来村上小住，也怀着满腔同情心一起走访；民政部门有什么物资，我也给他们争取；单位联系的外界人士，也上门来慰问他家。平时的政策宣讲，可能老曾夫妇都已听得耳朵起茧。慢慢地，老曾夫妇跟我也成了无话不说的朋友。鸡蛋啊，花生啊，小河鱼啊，老曾夫妇都有过回赠。买过年肉时，曾嫂都不忘交代大儿媳给我另外送上三五斤最腈的"荷包（猪臀）肉"，任凭怎么说道理都无法拒绝。交医保、社保，曾家都一个通知马上完成。上级来人考核帮扶工作，除了夸奖还是夸奖。唯独一点，就是对于取消老曾长达半年的低保待遇这件事，夫妻俩对时任驻村帮扶第一书记"记得一世"！也正因为这一点，每次上门调查老曾家总会被记上一笔，村民满意度在他这里打了折扣。

2021年村委会换届，老曾的大媳妇被选举为村妇女专干。再对帮扶驻村工作和村委会工作说这也不行那也不对，显然就是对儿媳妇工作的不支持了。再次来到老曾的床前，不等我把道理讲完，曾嫂就说"那应该那应该"。不过说起脱贫户待遇时，固执的老曾还是对曾取消低保一事耿耿于怀，认为恢复低保完全是老婆霸得蛮的成果，村上和工作队是被逼得没办法才给办："那个×××书记，我永不原谅！"

遇见过记仇的，但没遇见过像老曾这样记仇的。老曾，算你狠！

老方,你藏得好深

方六华是我的第四户结对帮扶贫困户,在我之前已有两位政协干部先后帮扶过他。

第一次走访老方家是 2018 年 8 月 22 日。老方家住文冲方家组,一栋一层简易平房拦在一处山涧边,墙上还贴着易地搬迁的标志牌。敞堂屋边的房门关着,我以为吃了闭门羹,大声喊几句"老方",里面却有了回应,房门好一阵子后开了。老方下身只着一条三角裤,看来在午睡。果然,问几句就知道了他在房里看亚运会。只一眼,我就觉得老方应该是身体有毛病的,不然怎么会瘦到大腿比膝盖要细呢?其实老方的年龄比我大不了几岁,个子也比我高不了多少,只是因为特瘦而显得如竹竿般细长。一问,老方果然说他是肢体残疾,腰也不行,是个废人了。去年还养了几头羊,今年身体差很多,羊也没养了。走进房子,外间是厨房。虽然每天做饭,灶膛里还有烧剩的柴草,但整个厨房完全不像打点过的样子。锅黑糊糊的,灶面、案板上尽是杂物,地面根本就没有动过扫帚。里间的卧室,香烟味混着外间溢进的油烟、柴烟味,加上被子和油米杂物散发的霉腐味,让人一刻也不想多停留。

这里还有一个插曲。某次,当时驻村的单位干部王勋上门走访,老方正在家睡觉,而其他农户都在田间地头挥汗如雨。王勋来了气,说了几句重话,老方居然在其自留的那本大红走访记录手册空白处自书"王主任说我大白天睡大觉"。看来,王勋介绍的"方六华有点懒"不假。我告诉老方,原来帮扶的干部去世了,由我继续与他结对。老方表情有些惊讶。

查看了爱心袋里的全部资料,又询问了些情况,算是相识了。老方家户口本上为三人,另两人是外嫁的女儿及一个外孙,因为户口没有迁移仍在老方的名下。老方提了个要求：离过婚的女儿很快会再嫁，但外孙要当孙子养，不给女儿带走，要求将外孙当作孤儿处理享受政府的救助。我们当即劝他，让外孙跟着女儿应该会更好一些，真要当孙子带，会更困难。我加了他女儿的微信，简单的微信联系得知，这是个有会计从业资格证的中专毕业生，现已怀上了新男友的孩子。我心里默默祈祷：但愿遇人理想，其父能跟着她享点清福。

"把卫生搞一下，老方，别人走到屋里，咯不像住人的样啊！"临走，我一再交待老方，"下次还是这个样，我就要带几个女干部来，让她们笑话你！""好，好好，冇得人来的呢，我咯屋里。"老方口头答应着。我注意到，屋檐下的晾衣杆上挂着一条青色长裤。这老方该不会是一条三角裤和一条长裤轮换着来回穿吧？

上图：老方的小屋就在机耕路的尽头
右图：老方提个扫帚准备扫屋

第二次走访即验证了我第一次临走时的猜测。老方上次穿在身上的那条三角裤正好晾在屋檐下的衣杆上。喊开门，老方身上穿着的正是我上次看到的晾衣杆上的那条青色长裤。屋里屋外的卫生依然如故。没办法，我只好耐着性子将房间内外地面清扫了一遍，又打来凉水掏出自带的一块毛巾代他抹洗堂屋里唯一的家具——一张方桌。那上面的鸡粪，应该至少都是隔年的积累了。说实在话，这些活在自己家里我可是从来都不干的。看着我忙这忙那，一身的汗，老方有些不好意思了，也帮着这里搬一下那里搬一下。临出门时，我再次嘱咐他"要勤快一点点，自己也舒服一些"，并告诉他"如果不嫌弃，我穿过的衣服可以给你带一些过来"，老方还是随声地应着"好，好好"。

第三次来到老方家，我特意清理了一大袋子自己只穿了几回的冬衣、衬衫、长裤给他带过去。我这人平时不修边幅，穿衣服都很普通，根本就不符合一些人眼中的"公家人"标准。我一再告诉他，这些衣服虽然不是新的，但日常穿着上山劳作还是可以的，如果不合适当垃圾处理就是。老方还是谦和地点头称"好，好好"。填完走访记录，老方忽然问道："我可以在咯本子上写一句你帮我搞了卫生、送了衣服的话不？"

再次走访时，老方外套里穿的正是我上次带给他的内衣。他还是向同行的村干部老董打探了关于收养外孙的事。也难怪，长在农村，谁希望百年之后家谱上在名字后写上一个"止"字啊！老方就一个女儿，这孙儿不跟他姓"方"的话，那就真到他这"止"了。写走访记录时，只见他自己留存的红本子某页空白处歪歪扭扭添了一行字："政协王青山主任帮我打扫卫生。"呵，他还真给记上了。后来上门时，我又给老方带过米、油及民政部门救助的新棉被。为了拍照实行"痕迹管理"，单位有好几位干部都跟我上过老方家的门。有一回，看着瘦骨嶙峋的老方又增加了腰椎间盘突出症，只能拄杖三步一歇息的样子，一位女同事返回时一路感叹人生的不公平。其实老方虽然"大白天睡大觉"，也并非全是懒。听村民传，老方偶尔还能捉条蛇卖点零花钱。这两年虽然不再养羊，但鸡还是喂了不少。

他说一是自己补身体吃，二是等女儿、外孙回家时享用。2019 年，老方喂养的鸡中有好几只雄鸡，同行的一位机关干部还正儿八经地说过年时要到他这买两只，老方同样是"好，好好"。

老方的外孙在外地上学，因为就读补助落实问题，我与他那中专毕业的再婚女儿不时会有微信联系，有时也传一两张走访照片给她看看。年轻人毕竟读过书见过世面，交流时语言措词很有礼貌，对帮扶工作非常配合。得知我每次上门都帮老方弄这弄那，包括铺床换被并跟他同坐收看电视等，她有一回终于没忍住给我发了一条短信："感谢王主任对我爸爸的看望，但请你不要太多跟他接触。"这是怎么回事呢？我一头雾水，连发两个"？"过去。好半天，她才回过一行字："我爸爸有艾滋病。"直到这时我才明白，为什么我说"老方作孽"的时候，村里的人要么不回应我，要么就说半句话："他往日快活了的呀！"也才明白为什么上门走访老方家十多次，就是"凑巧"也没有碰上过一个村民到他的家中。也才明白为什么小屋明明有房有床，其女儿外孙回家每次都住在下边老方的哥哥家。心中虽然对老方最严重的病种有些意外，但心下并不慌乱，因为我与老方的所有接触都与艾滋病毒的感染行为不相干。

最后一次走访老方家时，已是天寒地冻。敲门也好高喊也好都无人应答，鸡也一只都不见，我只好原路返回。山边的竹树淅淅沥沥地滴着雪水，不时听得到竹子裂断的哔哔声，我仿佛看到了三十多年前挑着被子到老山界上去教书的情景，心中感慨万千。到得山湾进口，老方的一个堂弟媳告诉我，老方病得厉害住院去了，那些鸡一百元一只统卖给了村里的合作社老板。我心里知道，老方是最严重的病种索命来了。果不其然，返回机关没多久的一天早上，驻村工作队就打来了电话："你帮扶的方六华去世了，你最好上门吊唁一下。"有了周卫云大姐去世没及时赶到的遗憾，我立即驱车买好花圈来到了村上。灵堂才收拾好，前来吊唁的村民屈指可数。礼簿展开，工作队和我个人分列前两位。老方的女儿已经生产完二孩出月，新找的男朋友也身穿孝服在灵堂忙碌。我将老方的女儿叫到旁边，跟她说起老方希望孙子姓方的事，希望她完成父亲的愿望。她爽快地答应了，说只是手续一时半会很难办。

老方没了，但老方的家庭户口本上还有其女儿和外孙的名字，帮扶走访工作还得继续。送老方上山后的第一次走访联系，其女儿原来所留的电话号码已打不通，从老方堂侄处问到新号码，连打许多次也没打通。堂嫂也有些火气："干部，咯妹几实在冇得用，太气人了！"何出此言呢？原来，老方的女儿处理完老方的后事后，将小儿子交给丈夫，自己带着大儿子跑到了益阳。侄媳认为堂妹是和益阳籍前夫复合了。后来，我总算在微信上与老方的女儿取得了联系。说起走访必须签字的事，她每次都是"我下次回来时一起签哦"。因为下次的遥遥无期，走访本上被走访对象"签字"一栏留下一路的我自己标注的"电话、微信走访"记载。某次说起扶贫系统中出现的老方的外孙助学记录一直是其前夫的姓，老方的女儿这才告诉我，其实她来益阳只是务工，和前夫也只是有着儿子学费方面的联系，压根就没在一起。之所以不接电话不回复我准确的务工地址，是怕我传出去后现在的丈夫来找她，因为她不想再和现在的丈夫一起生活。原因有两个：其一，男方承诺结婚后就修新房，但一直没有履行承诺；其二，男方一家人都喜欢打牌，就连她坐月子期间男方也都是凌晨才回家，她看不到希望。至于儿子改姓"方"的问题，她说只能等儿子成年了再解决，她一定不会让方家无后。

邓妈的秘密

邓妈是我半路接手的一位帮扶对象,到脱贫这年已是八十整的年纪了,家里有儿子、媳妇,还有一个当兵的孙子,不过经常在家的就她一个人。

邓妈是个非常有趣的人。她嘴里说出来的事情,在她看来似乎都带秘密性,必须严格保证不外传。

我与邓妈家结对时已近年关,第一次上门走访是统计年度人平纯收入。邓妈很是热情,略弓着背从她那间卧房里几进几出,熟练地为我泡上了芝麻茶,一边又往杯里剥花生米。邓妈只有一个儿子,媳妇跟着儿子在广东务工,孙子在部队也有工资,家里在我结对帮扶之前就已建起了新居。新居外观设计很是前卫,窗玻璃是时下最为流行的,白天隔着玻璃不手搭凉棚适应三两分钟看不到屋里的状况;当然,晚上不扯上窗帘的话屋里的一切也一览无余。按理说,这一家子怎么也不应该在贫困户之列。翻开走访记录本才发现,原来邓妈本人的腰摔伤过一次,是二级残疾。安化是国家级贫困县,国家划定的贫困人口基数较大,基本是按比例切块到各乡镇村的,因此评定出来的贫困户都是局部村组的相对贫困户,放到全县平衡的话无疑差别较大。每个村组都有不同的标准,有的以家庭失去主劳动力为依据,有的以夫妻离异独带子女为依据,有的以家庭成员突患大病为依据,有的以家里有残疾人为依据,有的以家庭有学生上学为依据,有的以老人多为依据,有的以房屋老旧为依据,有的以出门马路远近路况好坏为依据,有的以家庭综合收入为依据。这么看来,邓妈家也不是没有"进档"理由。但邓妈家改建的房子从外观设计到面积大小到装修风格,明显不符合政策限定啊。

"我孙子讲,按那个规定标准,还不如不起,浪费钱了,要起就要按他的设计,他还要讨亲的呢。"邓妈说，"干部也跟我讲了，按政策规定，那就只起得一层屋，如地（怎么）讨得孙媳妇到啊？""邓妈，你咯屋修得乖（好）呢！""嗯，还要得，只是屋里都是空的呢。"邓妈高兴起来了。"超过标准了啊，验收通得过？改造补助打过来了不？""不晓得通有通过，他们是讲修大了，补助打过来了的。"邓妈有些小得意，不过声音很小很小，"县里××你认得吗？是我××呢；××也是我××，他们帮我讲了话的。""哦，哦。"我若有所悟。其实，我们不是口口声声说要确保贫困户脱贫时超过当地村民人平纯收入吗？既然收入要超过，为什么住房却要一眼看上去就是低人一等的样子呢？哪户人家希望自己在邻居中被瞧不起？

  村里对建档立卡贫困户进行产业帮扶，承担帮扶责任的有两家，一家是名声十分响亮的茶企，一家是本村的种养专业合作社，邓妈分配到的是村里的这家。第一年，合作社为联系户每家提供了两头本地花猪崽。花猪虽然肉质好卖价高，但明显的缺陷是生长速度慢。改革开放以来养惯了长势来得快的白猪，农户对这批猪崽颇有看法，有的农户等不到养成壮猪便中途整猪估卖了，有的见猪上了些膘就杀了在湾子里转着卖肉，多少总还是有五六千元收入。我问："邓妈，你老人家养了猪吗？"邓妈很快就回复："冇。"可原结对村干部记下的帮扶措施记录里，硬是有"猪崽两头，价值2200元"啊！产业帮扶专表里也有记录，时间我都记载得清清楚楚。"不会吧？年初合作社不是给你送了两只猪崽几来了吗？""哦，是的，是有两只。"邓妈马上又改口，不过旋即屁股朝我挪了挪位置，将嘴凑近我的耳朵，放低了声音："王干部，我年纪大嘎了，冇得食饫（喂）得，送得（给）一个亲戚了。""猪崽崽钱给你了不？"我也配合着轻声问邓妈。"冇，她讲反正我是冇出现钱的，又是亲戚，不好讨得。""那猪呢？还蓄起的吗？""杀嘎了，卖嘎了。"邓妈仍然是轻言细语，生怕公路对面的非贫困户邻居听到。"那把你送了好多肉来吃？""也冇，一两都冇送。"邓妈本来有些担心我责备她，所以脸上还赔着一丝笑意，说到这里那一丝笑意全换成了怅然若失的表情，又摇了摇头，自言自语道："咯人哪，太要不得了啊，我还瞒了我崽的呢，慢些会

邓妈一笔一划在走访记录本上签字

怪死我!"

第二年,合作社的帮扶变成了发放贝母种子,农户只管种,镇上有人会回收。根据工作队从合作社对接的数据,分配给邓妈家的价值是936元。邓妈本来就闲不住,菜蔬、黄豆、花生都有种;贝母只要种下去施点肥,收入肯定是少不了的,当然得种。好几次走访,邓妈都不是在屋边的半坨旱田里给贝母施肥,就是在冲口半坡的地里给贝母除草。下半年有一次到她家时,她正一个肩膊斜背着篾篓在公路上走。邓妈人本来就不高,加上背比去年似乎更弓了些,篾篓几乎要弹(垂落)到水泥地上。我赶紧迎上去给她接过来,发现里面都是像洋芋豆一样的东西,不用猜就是她收回来的贝母。"还挖得五六个咯多几。"邓妈嘀咕,"不晓得卖得好多几钱啰,作个臭死。"到统计年度人平纯收入走访时,只见邓妈神台后的灶房门口还装着大半箩筐贝母种子。问起种植贝母的收入,邓妈有些欣喜:"也卖了538块钱哦!王干部,我全部都按他们讲的搞法作的。"听口气,似乎还有些怕我翻她去年没自己喂养花猪的旧账。"还有些在灶屋里,明年再作。"第三年,邓妈告诉我,她继续种下去的贝母种子后来卖了350元钱。我问她怎么不留点种子再作下去，她有些不甘心地回答道："王干部，我作不得了呢，背肥料不起了。只怕今年会死哦，我前几日看了八字，那个先生讲我会死。"我这才注意到，邓妈走路时头已和背心高低差不多了，看我时都要抬起头来。我的心不由一颤。邓妈的衰老速度真是肉眼可见，我怎么还忍心问她这样的问题呢？"不得的，不得的，邓妈，你还杀得牛死呢，有几个人还像你一样八十岁了都上得山啊？"我赶紧安慰她。"要不死就好哦，我还想看到曾孙子出来！"

其实，在第一次走访时听邓妈说房里是空的时，我就提出过上楼看一看，但邓妈支支吾吾没有答应。后来几次走访都只见她老人家仅从一个房间里进进出出，我终于忍不住问："那些房呢？我参观一下看啊，好乖的设计，我老家起屋时好照样。"可能是走访次数多了，人也混熟了吧，邓妈这才要告诉我什么秘密似地说："打不开的，我媳妇把钥匙带起出去了。"稍久坐一些，邓妈忽然诉起苦来："我媳妇是蠢呢！先天吃饭剩得有菜，她都把餐厅锁嘎了的。正月间杀的一只鸡冇吃完哪，也在那里。""屋里是要有人洗洗抹抹打招呼啊，你都进去不得？""是的啊，不是我讲她蠢？！一个娘啊，莫还为了她差？！""你崽呢？他也同意？""崽是好崽呢，心疼我呢，屋里咯些东西，米呀油呀都是他出去回来帮我头的。只是他做不得主的。""那钱呢？你平时的用钱呢？""也把，把我的老人家钱，政府发的那一个月一百多点点，还有我的残疾人钱。不讲了，不讲了，出丑。"邓妈打住，"干部，千万跟我媳妇讲不得的啊！"

邓妈终究年纪大了，三病两痛免不了住进医院。大约是结对第二年，有一次我上门去走访她，顺便问问贝母长势，但邻居告诉我"邓妈住院去了"。老人家一个人在家又住医院，得去看望一下才行，我赶忙驱车来到镇上。从护士处得知邓妈是腰痛病复发，进门时她正躺在床上小哼哼。我轻轻喊声"邓妈"，她立即睁开了眼睛侧过身子："王干部，你来看我了？"旁边的病友听邓妈如此称呼我，都向她投过去羡慕的眼神，都招呼我"坐，坐"，并夹着一些"如今的干部真的是好""干部你何几（哪里）的"之类的感叹加疑问。其实，房间里一条多余的凳子也没有，我一边应着"坐得坐得"一边坐在了邓妈的床沿。聊了十来分钟，我掏出一百元放到邓妈的手里，邓妈开始坚决推辞，然后又喃喃自语："咯如地要得哟，你干部自己拿钱看我！咯号社会就好哦，咯干部像个崽一样，一路看我。"几句话说得我心头热乎乎的，同时又非常愧疚。我只是按政策要求一月一走访而已，在她老人家的心里却有那么沉甸甸的分量。这时，我又想到了与邓妈年近的父亲母亲和岳父岳母，几位老人家不到万不得已从不住院，而住院期间我还真的没有特意探望过。

走访的次数多了，我也会时不时给老人家送点米油之类的生活必需品，陪她侃一阵家长里短。邓妈呢，每次总是会进进出出她那个房间摆出不知什么时候积下的花生、瓜子和糖果来，一个劲地叮嘱"干部，吃点，吃点"。每次返回时，邓妈总不忘将我没吃完的东西通通倒进我的文件袋。虽说年龄大了，但老人家的手上劲道不差，不使点力气还常常推脱不掉。自从她住院那次我看望她后，每次再上门时，邓妈都会念叨："王干部，不要你自己拿钱看我呢。"末了，从爱心袋里左右翻找后抽出一张纸来："这个报告我××帮我写了好久了，看到县里搭我批得点钱到不啰？"看着邓妈手中那张折得快断成几片的打印纸，再瞧那充满无限期待的眼神，我心里又有些堵得慌。也许，她这个愿望在我帮扶期间是很难实现了。

刚强之"刚"和"强"

"喔——喔——喔——""嘎——嘎——嘎——""嗡——嗡——嗡——"鸡鸭猪们的次第欢鸣声,打破了山涧的宁静。三星村杨刚强一家,就在这热闹的场景中开始了一天的忙碌。

杨刚强一家5口人,除老父亲守家外,夫妻俩和两个儿子一起在外务工,在2013年修建了价值数十万元的小洋房,本是一个十分幸福的家庭,与"贫困户"三个字毫不沾边。

但厄运突然降临了这个家庭。

2015年春节前的一天,杨刚强的两个儿子杨海波、杨少波乘坐堂兄的轿车回安化老家。行至长塘路段时,轿车突然受到猛烈撞击,随后滚下了旁边十几米高的水塘中,两兄弟醒过来时已躺在了医院病床上。杨少波只是肺呛水并无大碍,治疗一个多月就出院了;杨海波虽经过抢救捡回来一条命,由于脊椎受损严重,脖子以下高位截瘫,病情反反复复,一年左右才出院,必须一直坚持服用药物。粗略算来,两兄弟住院治疗期间,前前后后花费近90万元。2016年,贫困户动态调整,杨刚强一家经评议公示成为建档立卡贫困户。村上聘请杨刚强为护林员,每年可领到10000元工资。2017年6月,村上又为杨少波评定了低保。

杨海波瘫痪在床需要人护理,父亲年事已高需要人照顾,杨刚强夫妻俩只能选择留在家。然而在家搞农业生产、打零工,如何偿还巨额债务?如何支付儿子后续治疗费用?思来想去,夫妻俩决定以养殖业为突破口。但家里本已债台高筑,启动资金哪里来?杨刚强抱着试一试的心态向扶贫工作队反映了自己的想法。工作队认真分析杨刚强一家的实际情况,帮助他申请了 5 万元小额贴息贷款，并筹措发放产业资金 7400 元，帮助他们修建了猪栏、鸡圈、鱼塘，开始了养殖业，引导与村里的种养专业合作社签订了帮扶协议。2016 年下半年，杨刚强家养鸡 120 羽，养猪 5 头。为了保证产品质量，杨刚强夫妻的鸡都是散养，猪食以玉米红薯为主草料为辅，且帮忙宰杀，送货上门。加上鱼塘，年净收入 3 万余元。夫妻俩看到了希望，充满了信心。

杨刚强一家的努力，镇村干部都看在眼里。市委、县委主要领导听说后也特地上门走访。在各级政府的鼓励下，他们的养殖规模也稳步扩大。2017 年，杨刚强一家养鸡 300 羽，养猪 16 头，产出近 6 万元。杨刚强主动提出脱贫，获评三星村"自主脱贫之星"、全县脱贫攻坚"自力更生脱贫村民"称号，家庭被仙溪镇评为"平安家庭"。2018 年，杨刚强家养殖规模与上一年基本持平。2019 年，杨刚强一家养鸡 800 羽，养鸭 70 羽，养猪 12 头，净收入近 9 万元。2020 年年初至 10 月底，杨刚强家养鸡 600 羽，养鸭 280 羽，养猪 17 头，净收入突破 15 万元，一家人自力更生的事迹被益阳"红网时刻"采访报道。2020 年 8 月，杨刚强又申请了 5 万元小额贴息贷款，用于扩建猪栏、扩大养殖规模。

"争取早日把债还清，帮大儿子娶个媳妇回来。"杨刚强眼睛放光，自信满满，"小儿子现在恢复了一些知觉，能进行简单的手机操作，有钱后继续做康复治疗。感谢那些帮助我的好心人，感谢党和政府关键时刻拉了我一把，拯救了这个家。"

伴行纪事

一人为私,二人为公,结对帮扶入户走访多为两人同行。因为兼着分管领导的职,在三星村,我陪同同事上门、与大家交流走访算是比较多的,其中不乏感人场景与值得记载的片段。

县政协副主席刘学军结对的陈家组陈顺秋户,第一次上门走访我就全程陪同着。这是一个特别的家庭。陈家就在公路边,屋子收拾整洁,禾场坪特别宽敞,牛舍猪舍精致而卫生,刀劈柴块堆码十分整齐,一看就是相当讲究的农户。但陈老汉家的境况却不是太好。夫妻俩都是七十上下的年龄了,

刘学军(右一)视察陈顺秋茶园基地,计划套植油茶林

贺吉良笑盈盈地欢迎夏新阶（右一）到家

膝下一个儿子肢残，做不了重体力活，至今都没有成亲；大女儿嫁在本村，家境也一般；最让老夫妻忧心的还是二女儿。二女儿早些年在广东务工，但自从嫁到外省后就音信全无了。为了寻找女儿下落，夫妻俩到过女儿曾务工的地方，也曾委托村里认识女儿的人留心，但一直没有消息。刘学军获知信息后，带着陈老汉到镇派出所报了案，总算在两个多月后在异地警方的帮助下侦知其二女儿曾经在某宾馆出现过。知道女儿尚在人世，老夫妻俩才稍放了些心。2019年农历年底，二女儿在多方帮助下终于回到了老家。如今，二女儿又找到了新的归宿，与男友在邵阳市做起了服装生意。刘学军又托人介绍陈老汉的残疾儿子在县里一个福利厂上了班；联系羊角塘镇金龙山油茶基地，给陈老汉无偿提供了1亩多油茶苗。说起刘学军，不善言谈的陈老汉竖起大拇指："咯是一个好干部！"

人资环委主任夏新阶结对帮扶的网形组贺吉良，因儿时患过脑膜炎，一直精神恍惚，直到第四次上门走访时仍叫不出帮扶干部姓甚名谁。夏新阶与其家人商议，提出让他做一些力所能及的事释放惊恐情绪。到第六次上门时，贺吉良终于喊出了第一声"夏主任"。此后夏新阶每次走访不是带点油就是带点米过去,且每次都同他问长问短。通过协调,工作队为其进行了住房危改,并将其纳入了低保名单,精神状态得到改善的贺吉良脸上有了笑容。2018年春节,贺吉良结结巴巴地给夏新阶打来了新年的第一个电话:"夏—夏主任,新年—快—快乐!"连续两年,贺吉良的粮食、蔬菜都做到了自给自足,有时还给村委打扫院子、给邻里打点零工。

河东组李遇仁夫妇为了给两个体弱的儿子治病花光了积蓄并欠了许多债务,但还是没有留住他们的生命。为了老来有所依靠,夫妇俩于2010年收养了一个刚满月的女孩,取名灿彤,希望女孩将来有灿烂、红火的生活。李遇仁夫妇在工作队的全力帮助下已于2016年脱贫。与李遇仁家结对帮扶的文教卫体委主任罗艳群天生是个热情人,跟小灿彤很投缘,每次都会给小女孩讲上一两个儿童故事,教唱一两首儿歌。2017年下半年,看李灿彤即将读小学,特给她买了一副跳绳、一个小水杯,鼓励她好好学习。入冬后,罗艳群在一次走访中看到小女孩脸蛋冻得红红的,回到县城后专门挑选了

罗艳群(右一)辅导李灿彤学习功课

嫩绿色的羊绒毛线，利用工余时间编织了一条围巾。当她把自己亲手编织的毛线围巾给李灿彤系上时，小姑娘笑得格外灿烂，缠着罗艳群坐了一阵又一阵。当罗艳群起身离开时，小姑娘竟然不舍地央求："我也要跟你去。"罗艳群没有任何犹豫，亲了亲小姑娘的脸，作出承诺："等你考上安化二中，我一定接你天天住我家！"小姑娘这才开心地松开了她的手："好！"这满是温情的一幕，深深地感动了在场的所有村民和扶贫队员。李遇仁对政协帮扶干部也是掏心窝子的好，每次走访返回，罗艳群的双手都会被塞满各种时令蔬菜的手提袋勒得发红。之后，只要是入冬，李灿彤都会系上罗艳群给织的围巾。如今，李灿彤已读小学五年级，正盼着早日上高中，好到城里的罗妈妈家长住呢。

张家组的张德仁女儿读大学，儿子上高中，正是要用钱的时候，偏偏张德仁自己又身患淋巴癌，为治病家里已一贫如洗，妻子为照顾丈夫也只能待在家里。我陪同结对帮扶的经促会办公室主任李芳第一次上门时，张德仁正在服用一大把治疗药物。一栋旧木屋，房间地板已多处朽坏，几个床铺和柜子都是最老式的，一台像样的电器都没有。李芳看在眼里记在心里，在与县经促会东莞分会老乡联系工作时，专门说起他的情况，为他争取到4000元救助，并得到连续四年资助的承诺。张德仁是一个十分懂得感恩的人，每次在屋前的老龙溪捉到小河鱼时，尽管自己身体很虚弱需要补充营养，但他都给李芳留着。入冬后，每每挖到冬笋都要将最肥的给李芳留着。鲜辣椒、干红椒、干白椒、腌青菜、油煎红薯片，李芳每次上门都推也推不掉。他说："我不会说话，如果一点不要钱的小土产也不收，我心里不安！"令人稍感安慰的是，张德仁的一双儿女2021年都已参加工作，他的苦日子到头了。

欣荣组贫困户姚仁英老两口非常有意思。第一次随帮扶干部王连勇上门，路边的新建房里只有其妻殷国平。厨房里，碗筷还没洗，看来是刚吃过中饭，不过盆子里就一副碗筷。我随口问："你一个人吃啊？你男人呢？"她回答："他住在下边旧屋里。"我再问："为么子（什么）要分开住呢？"

李芳（右一）在张德仁家走访

她再回答："他冇得用，分得他冇得住的。"这就有些奇怪了。一家人新建的房子，怎么户主倒不能住？我和王连勇走进下边拆剩的一间旧木屋，老姚正准备吃中饭，灶膛里的柴火还没有完全熄灭。我问："修了新屋，怎么不住到上面砖房子里去？"老姚轻声答道："我堂客不准我住。""你儿子媳妇呢？他们劝了没有？"我又问。"都劝了，过年都劝了，冇得用的。"老姚苦笑。在农村，像他们这样分分合合过一辈子的并不少见，再多的道理也很难将他们调和。但是一栋新居五六间新房宁愿空在那里也不让人住，还是多少有些让人捉摸不透。上得楼来再跟殷大姐说起住房的事，殷大姐爽快得很："要不，他住上来，我住老屋里也要得，反正就是不住一只屋！"我和王连勇相视一笑，不禁哑然。

卧听溪流

2018年9月的入户帮扶走访,县派驻村办对干部提出新要求:每次不少于2天,必须与帮扶对象同吃同住同劳动。大鱼大肉与白菜萝卜都是穿肠而过,入梦了龙床和稻草窠都只是一团肉体的承载,而劳动则是生活的第一需要,我作为单位分管扶贫工作领导理应带头执行。我有3户帮扶对象,新结对的老方户口本上虽然有3个人,但家里总共才两个房间,他自己住一个,另一个锁着房门;另一户老姚家是新房,但守家的邓妈只有自己住的那个房间钥匙,看来能且只能住刘家组的老曾家了。

因为打定了主意住老曾家,我最后才走访他家里。看看猪的长势,问问新添的鸡鸭是不是已经产蛋、鱼塘放了些什么鱼苗后,见曾嫂又是带孙又是照顾丈夫又是做家务还要备猪食,我在后走廊上坐了下来,认真地说:"这堆玉米,我都给你攞(掰)完,晚上就住你屋里,要得不?""王干部真的要住?只要你不嫌农村里邋遢呢!"曾嫂非常诚恳地看着我回复道。傍晚的太阳照在后山层层叠叠的竹叶上,反射着微黄却仍然夺目的光芒。龙溪水接纳了几条支流后流到老曾屋边时,水量已不算小。因为混合着公路上的车轮摩擦及来往人声,溪水在长滩上流淌的哗啦声只是时有入耳。公路边往山里龙丰村方向,几户人家的烟囱陆续冒出蓝色的炊烟,两板踏水桥横在溪流转弯处,心里陡然有了儿时居住在老家的那种感觉,亲切而温馨。

白天走访其实也有些累了,加上没有看电视的习惯,我整理完白天的走访记录并上传"益村"平台后就早早地上了床。可不知怎么的,眼皮子合上了脑子却停不下来,各种镜头无序地翻腾:其他单位的帮扶干部真的忠实执行了文件规定没有?几百个工作队,队员们都在忙些什么?文冲那个广场有不有人去使用健身器材？村民今年养了一头猪要等到过年才卖出，年人平纯收入中到底该如何计算才合理？县经促会有好几个分会答应为村里的帮扶工作筹点资金，准备得怎么样了？糊里糊涂地，居然睡着了。可惜再次醒来时一看手机，才凌晨一点整。夜空还有些许亮光透过纱窗，墙壁上挂着的手提包和薄膜袋只剩几团模糊的影子。公路上的车声早停了下来，老曾夫妇和他们的小孙子早就进入了梦乡，屋子里静悄悄的。溪流哗哗、咕咕、唧唧的声音在这静寂中显得特别地洪亮，从耳门直入脑心，将我的睡意荡涤殆尽。

辗转反侧之中，我的思绪竟然跳到了30年前的那个9月，那个枕涛难眠之夜。

那是一个星期五的下午，我随学生一路跋涉来到了川岩江，一个最远的陈姓学生家里。学生家是木屋，阶基下边就是溪流。溪谷中石头散乱得很，入眼的都突出于水面，小的比箩筐略大，大的比半个房间不小。澎湃的溪流遭遇乱石的阻挡，发出激越的訇訇声，溅起的水花不停地冲击屋下的石坎，洒落在阶基上，足下稍不留神就有可能跌进溪谷。我不善水，本能地贴身木壁而行。虽然时令还刚至白露，但陈家人晚上已经要围着火炕而坐了，南京的庙王北京的土地一通胡扯，估摸着也就八九点钟便都进房睡觉了。不一阵子，几个房间的煤油灯都灭了；再过一阵子，几个房间都传来了均匀的呼吸声，唯有我怎么也难以入睡。木格窗户外的夜光很微弱，远处什么也看不清，空气中飘着丝丝寒意。窗外，水声比傍晚更加洪亮，犹如千军万马在奔腾。我起身将杉木窗板推到窗格子后面，屋内顿时全黑了，但奔流激石的声音一点也没有减小，于是再次起身将杉木窗板推开，放那点微弱的夜光进屋。溪流的怒吼，让我的思绪更不宁静。为了跳出农门，我以全校第一名的成绩考进了中师，而当初落后200多分的同学有不少此时正睡在大专、本科学校的宿舍里。参加工作的第二天，我代收的3180元学费被学校边的一个小青年连带放钱的箱子一起偷走，成了全县安全教育的反面教材。一个月工资才80元，不吃不喝也得40个月整才还得清，全家因我而成为村里最大的贫困户。父亲母亲和二姐得知后，生怕我想不开急匆匆赶到学校安慰我，一家人哭成一堆。想到这些，我的心好痛，大颗的泪如窗外的水珠滑落成流。朦朦胧胧中，居然再次进入了梦乡。

在洞市任教的那几年，乡联校为了早日扣回这笔学费，每月只发给我30元生活费。为了早日还清这笔债，我自己组织学生义务砍柴两天卖给了乡中学，500来元收入记在乡联校的账上。那偷钱的小青年两年多后良心发现投案自首将钱款退还到了派出所，这笔卖柴款被返回到事发时的学校，居然当作意外收入被瓜分，而我因第二个学期就调到了偏远的高山学校而分文未得。派出所倒是毫不含糊，在交账到乡联校时顺手扣掉300元破案开支。我靠着自学考试取得的大专文凭调入了中学，再后来因为在报纸上发了些"豆腐块"被借调进镇政府、县报社，最终改行当了机关干部，在县城安了家。山城空间有限，各色高楼互相穿插，极少有住宅能看到月亮和星星。即使夜深，夜空也因为各种灯光的矫饰而失去本色。为了抵御车水马龙的嘈杂声和混淆昼夜的灯光，大家都将窗户装上了厚厚的双层玻璃，再拉上了厚厚的遮光窗帘。但是在这个夜晚，我却重新品尝到了久违的乡愁，勾起了我跌落几十年的记忆。也因为那段经历，我对贫困户为钱发愁的境遇才感同身受，觉得自己真的应该为他们做点什么。

我突然间想到了才离世的刘松贵老弟。如果不是我送他入驻龙丰村担任第一书记，他是否不会走得这么急切？我又想起还是由我送进村里接任第一书记的蒋平，龙丰村部的下边也流着我身边的这条溪水，他此时是否已经入梦？他的梦里，是否有松贵老弟的魂灵在窗外游走？从偏远的山界学校教师到县城机关干部，命运对我虽然有捉弄但还是算眷顾的，我因此非常珍惜当下，不管在哪个岗位都想将工作做到极致，并常常以此来对待身边的同事，同事们是否理解？老曾家的这个夜晚，就在这样似睡非睡的状态中过去了。当我再一次醒来，窗外已有晨曦射入，曾嫂已在忙着做早餐了，而我也即将投入第二批干部走访的准备工作之中。

为政协人的格局自豪

格局，指一个人的眼光、胸襟、胆识等心理要素的内在布局。谋大事者必要布大格局。布大格局，才能站得更高、看得更远、做得更大，也就掌控了局势。2018年，为了实现贫困县摘帽，安化县委、县政府向省市两级立下军令状。县政协人作为服务县委、县政府中心工作的智囊，助力实现脱贫摘帽的一系列举措，就充分彰显了一种大格局。

全局规划显情怀。3月8日，县政协出台《2018年"脱贫攻坚专项行动"方案》，提出了大幅度提升基础设施、全面改善生态环境、全面开展济困帮扶、全面扶持致富产业的目标。县政协主席王益文亲自主抓全县交通扶贫工作，并直接领导建设全县农村公路这条脱贫大动脉。各位主席会

安化县九届政协主席王益文（前排左一）在柘溪林场白水村走访贫困户

驻三星村工作队召开屋场会议研究帮扶工作

议成员在中药材健康产业、万企帮万村等重点项目建设中各展身手：发动县经促会各地分会及其会员对口联系乡镇和贫困村，一年之内捐款达到300万元；全县275名政协委员及驻安化县的市政协委员，每人结对帮扶3户以上贫困户；委员企业结对帮扶1个村和10户以上贫困户。县政协常委会于9月28日召开推进工作调度专题会议，决定从10月18日起，各委室与县派驻村办和扶贫开发、发改、住建、卫计、教体等单位业务骨干对主席会议成员联系的仙溪、羊角塘、冷市、烟溪、平口、柘溪林场6个乡（镇、场）共17个村帮扶工作情况进行模拟验收。验收分4个组，侧重点分别为结对帮扶、驻村帮扶等工作，"三率一度"（漏评率、错退率、综合贫困发生率、群众满意度）、政策落实等基础性工作，易地搬迁、住房保障等工作，村卫生室建设、就学就医保障等工作。我有幸作为第一组组长，与县派驻村办的王侠和李云海进驻烟溪镇双龙村、雪峰山村和羊角塘镇云盘村、银花溪村查验，亲身经历了这段不平凡的工作，并对模拟验收情况进行汇总，将梳理出的具体问题分村提出反馈意见，限期整改到位。这次全系统的专项行动,尤其是预验收,在全县范围内引起了不小的震动,对及时整改并顺利通过上级验收、如期脱贫摘帽起到了巨大的促进作用。对这场历时一年的专项行动,我在当年第四期《品读安化》内刊中以"同心助摘贫困帽"为题作了专题报道。

挂图作战明思路。挂图作战本为安化县委对扶贫攻坚提出的要求,但真正做到"挂图"二字的,县政协办驻仙溪镇三星村工作队是第一个。军人出身的工作队长兼第一书记夏新华,5月以三星村卫星地图为蓝本制作出了"帮扶全息作战地图",详细标注了全村的贫困人口分布位置、贫困人口家庭基本情况、帮扶责任人、具体帮扶措施,还用不同的颜色标明了贫困户的脱贫年份、基础设施建设等。进入作战室,如同进入战地司令部,紧张严肃的气息扑面而来。多少次,扶贫工作队与村支两委一起围绕在作战图前探讨农网改造变电站台区的定点、人畜饮水工程蓄水池及管网的建设、太阳能路灯的走向及盏数设定、村村响广播喇叭架设等基础设施建设;思考探讨三星村整村经济发展和70个贫困家庭的稳定脱贫问题。工作队想尽办法帮助矛仑界组、欣云组修建了通组公路,疏通了大坝塘灌溉水库。为解决村集体经济收入来源少的问题,先后将安化县科源公司、安化三军中药材种植专业合作社引入三星村,发展林下经济,进行中药材种植。省委扶贫工作督查组赞誉三星村的作战挂图为"全省独一份的创举",广东省扶贫办将三星村的作战挂图模式在全省铺开。

入户清查见精细。县政协系统的模拟验收刚结束,县扶贫开发局就于11月10日安排了全县范围内的住房保障大清查行动,县政协办的清查对象是仙溪镇大桥新村、三星村、龙丰村。因为任务急,时任县政协秘书长的刘学军接到通知后,马上和我就动了身。刘学军是一个较真的人,别的单位同样的任务有两天完成的,也有三天完成的,我们硬是在驻村工作队员或村干部带领下,白天查看、拍照、询问和记录,每个小湾子、每栋房子过目,晚上整理资料,忙了整整一个星期才完成。大桥新村一户贫困户房子仅有一层,下雨天平顶漏水如注,屋内连放床铺的干地方都没有。我们

入户清查发现的不宜居住贫困户住房

将情况告知镇扶贫站,镇上立即做了安排。住207国道边的一位老大妈养育了几个儿女,却被迫住在一栋破旧的木屋里,我们又做开了其儿女的孝道工作。龙丰村村部对面的李家三兄弟共一栋旧木房,厨房屋顶已完全坍塌,土砖墙体随时有垮落危险,主体部分也漏雨严重,我们在清查时发现上报,镇上立即将其纳入了危改范围。当我接替前任第一书记蒋平到达村上时,旧木房已换成了砖坯房。上丰片腊树组肖某的木屋好几根柱子和楼枕木被白蚁蛀空,我们发现问题后提请镇上给予关注,镇领导及时派人将房屋进行了加固,消除了安全隐患。

第二辑

驻步龙丰：

亲历攻坚决战

紧急入村

去龙丰村接替调离本单位的蒋平同志担任驻村帮扶工作队第一书记兼工作队队长,是我在2019年底主动向单位领导提出来的。

还在2017年年中时,我就和单位原任秘书长刘学军一起到龙丰村进行过农村危房调查,脚步基本走过了村里的每个角落。2018年来向村里派驻的前两任帮扶工作队第一书记兼队长,也都是我这个时任分管扶贫工作领导亲自送到村上的。我基本上每个季度都会到村上跑一趟,同派出的干部交流工作情况。走得多了,因此对龙丰村的村情已了然于胸。

按惯例,驻村工作队春节后入村时间与单位干部返回岗位时间是统一的,入村所需的个人物品都在县城的家中准备好了。没有预料到的是,一场突如其来的新型冠状病毒引发的肺炎疫情,让我连这短暂的假期都没能过完便要匆匆赶到村上。2020年1月26日,农历初二,两个姐姐全家来新居拜年,忙得不亦乐乎,到床上时已是27日凌晨一点半。一整天没摸手机,习惯性地打开微信,单位分管扶贫工作的副主任王勋晚上10时半左右连续发来了3条信息。第一条是县派驻村办致各县派驻村帮扶工作队的《紧急通知》:"根据县新型冠状病毒感染的肺炎疫情防控领导小组要求和县委主要领导意见,请全体工作队员于1月27日(明日)下午4时前一律赶往所驻村,协助村'两委'做好疫情防控工作。"第二条是根据县派驻村办要求及单位领导意见,要求我按时到村开展工作。第三条是邀请加入"安化县2018年驻村帮扶工作群"。

晕晕乎乎地,一看手机上显示为27日,且时间又是深夜,我心中一惊:怎么得了,第一次接到通知就迟到了一天!于是一晚上都无法入睡,只想

俯瞰龙丰村核心区域

着要在28日一大早赶到村上。一大早就起床,打开手机仍然显示是27日,我才知道自己犯了最低级的时间阅读错误。不过,心内总算安然了:我还没有迟到。

正与妻子商量着是否返回县城查看一下水电安全和处理冰箱里存放的过年物资,王勋来电,说是已准备出发。于是三下五除二就将晚上睡的铺盖拎下来放进了车里,决定直接前往村上报到。直到一个半月后按县派驻村办安排回到县城家里,才发现当时这个决定是多么地仓促。小区在我不在家的那段时间曾经停电,动员舅舅和妻弟一起在三星村结对帮扶贫困户老曾家购买的近4000元土猪肉全部腐败变质在冰箱里。

听到堂屋门响,母亲和父亲也先后起了床帮着收拾。见我放进车的被子有些显小,母亲很不放心换成了大床的,妻子又拎了一袋椪柑给我当零食。母亲还有些将信将疑:"我以为你讲起耍的呢,真的要到仙溪去呀?"将要发车时,父亲和母亲眼里噙着泪水:"要照顾好自家啊,有人搞饭的不?

你如今𨂿豁（完全）搞不得了。"妻子反复叮嘱："路上慢点开啊，安全第一，你爱开快车的。"

可能加入帮扶群时通知文件已下发，我看不到文件，联系继续派驻仙溪镇三星村的办公室信息中心主任杨琦和新队员周锡辉，两人很快都将文件发了过来，内容与王勋发的微信基本一致。大家约定先到三星村集合，再到龙丰村。一路上，车子真的不多，行人也少，我还比单位分管领导、驻三星工作队员及仙溪镇的主要领导与驻村干部早到三星村村部。参加完三星村的队员入村简易仪式后，大家急忙赶往龙丰村。

车到龙丰村部，村干部们都已在前坪上候着了。虽然都已是熟人，但姜爱民支书还是郑重地将村干部们逐一介绍了一遍：

姜爱民：支部书记，粗人子一个。

周国锋：会计，仙溪镇俊文农业开发有限公司负责人，街上有高楼、有门面，有四五台车子，是致富带头人。

李款愉：支委，人称老三，也称三哥，是村上最有名的泥水匠人、包头。

吴素梅：妇主主任、计生专干、村医，她一个人兼了三样职。

董宏图：便民服务员，仙溪镇沙漠绿洲漆专营店主、油漆工。

肖胜刚：村警，退伍军人。

"龙丰村为老龙溪村和上丰村两个老村合并而成，面积为12平方公里，有22个村民小组1780余人，2017年复核确定贫困户67户258人……"姜爱民支书又简单地跟大家介绍了一些村情。

简单的欢迎仪式完成，我算是正式驻村成为工作队第一书记兼队长了，虽然县派驻村办的红头文件还未下达。

今夜不眠

2020年2月3日，按县疫情防控防治指挥部"六隔断"的要求，三星大坝塘的四村联合值守关卡已改由三星村专值，龙丰、芙蓉、泉塘三村也分别另设关卡。龙丰村设在石家坪的关卡，由几位村干带班三班倒值守。

值守晚班的同志轮流吃完晚餐返回，我正准备上楼为手机充电，毛家组组长吴次文父子及几位村民来到村部办公室。一进门落座，老吴就直呼要封路，并且封到村部前的石桥上，要将本组村民年轻的都转移到蒋家仑上几栋老房子里去，由他免费供应粮食。老吴跟我距离不到两步，有一股酒精气味，估计说话时乘了些酒意。我充分肯定了他的防控热情，也严肃指出盲目封路不可取，村部前的大桥更不能封堵。如果一定要设卡，必须征得村领导同意，只能在村部边到毛家组的路上设，并且要能通行，要有几个人24小时在场值守。我边与几人聊，边在龙丰村工作联系群里释放该组村民的诉求。我上楼去拿手机充电器，几人离开了村部。我还是有些不放心，直接打电话给爱民支书讲明了情况，爱民支书说他会跟吴组长协调。不几分钟，镇长发来信息："村部就不要设卡了。"正要起身出去，刚才来村部的一位毛家组小伙子又进来了，告诉我："封嘎了。封在桥上。车子过不得了。""有人守吗？""没有，放的树拦嘎的。桥那头放了一块板子拦着。"坏了！一定是设了路障。我立即快步往桥上查看，才出操场坪，桥头已有黄色的车灯亮了过来。快步走过去，两台车停在桥上，前面的一台就是三哥的宣传车。一根削成六边形的大树横在桥上，抬树的铁丝还没取下来。

三哥已经在打电话了，刚才的几位小伙子也陆续来到现场，几声"哦呵"抬开了大树。开到村部,发现三哥的车在桥头上坡路障前刹车不及,前保险杠和灯罩都有小损伤。吴组长也到了村部,还是只说他的封路理由。老周也到了,大家免不了又是一番说服工作。

一波未平,一波又起。三哥的手机忽然响起。一位村民称:"大树组刘魁元家有人发烧,可能与湖北那边的人有接触。"老周接过电话,对方说得更加严重,有鼻子有眼睛有证人。办公室的气氛顿时紧张起来。但大家都是老村干部了,相当沉着。一边简要报告爱民支书,一边与村医联系,接着又先后与刘魁元的儿子、女儿接通了电话。刘魁元的女儿女婿及儿子一家在电话里指天发誓,说根本就连湖北那边的人影子都没有看见过,更不要说有接触,对关于他们家的传言十分气愤。几人又投诉说外出的几条路都不通了,母亲到镇上住院都没办法去,强烈要求解除路障。不怕一万只怕万一,上门核实肯定是必须的。镇上送来的口罩一个也没有了,我马上到楼上将单位特送我专用的口罩拿了一叠下来。商定好方案,村医小吴也到了,村"两委"班子挤在一个车子里奔往大树组。这时,已是晚上9时30分。车到坳顶高音喇叭处,村民的封路障碍还在,路障是3根南竹用

拆除路障

铁丝一头横绑在电线杆上、另一头绑在木桩上形成的，绑铁丝用的是钢筋绞扎法，没有剪丝钳很难解开。三哥不愧是泥工师傅出身，一双空手三下五除二就将路障解除。虽然是弯急的下坡路，爱民支书方向盘左甩右甩，几乎没有刹车动作就开到了沟底。

驻车，一行人直奔刘魁元家。见到村"两委"一班人尤其是村医提着药箱一道前来，刘家顿时像见到了救星一般，每个人都有无尽的话要诉说。感谢的，愤怒的，提意见的，都有。首先量刘妻体温：37℃，再量整天在一起的孙儿和其同伴：36.6℃、36.7℃。为刘妻输液。爱民支书、老周、三哥先后将村民质疑的来龙去脉解释了一遍，指出：非常时期，每个村民都有反映可疑情况的义务，打电话向村上反映很正常，请谅解；村干部特意上门核实清楚情况是工作责任，请支持；情况清楚了，村上会帮助澄清实情，请放心；外出求医要求正当，路障已解除，村上、镇上都会全力以赴搞好防控工作，请相信。

最后出门时，已是10时40分。半圆的月亮已升上了天空，山并不远，却有些模糊。我用手机拍了个小视频留存，清晰度相当低。还好，照片效果说得过去。发信息到群里，还在一线值守的一书记和村干部不在少数。"如果真有这样的漏排查情况，掉帽子是小事，疫情后果就不得而知了。""当接到反映这个情况的电话时，对方说得那么紧张，当时一身的皮都紧嘎了。""我们的工作还要进一步务实再务实。"返回的车上，大家各吐心声，虽心有余悸但算是舒了一口气，同时又感到多了一分责任。

虚惊一日

2020年4月20日上午,我一早就来到了一楼办公室,准备处理外出务工贫困户数据。过了一阵子,老周到了。一坐下,老周就面色凝重地说:"咯只路(这件事),莫烂伙就好了啊!""什么事?该不是有疫情进来了?"我的神经顿时紧绷起来。"正是啊,你还不晓得啊?"老周有些不相信似地望着我。"快讲快讲,莫讲半句就停住了。"我更加紧张,催促老周。

原来,事情是这样的:度过两个多月的网络授课期后,安化县教育局决定从4月20日起县内所有小学生入校复课,外地务工的家长纷纷返回家里送子女入学。18日这天,隔壁泉塘村一位学生家长从广东回到村上,回家后不知什么原因次日上午体温上升。村卫生员听说后立即上门进行了体

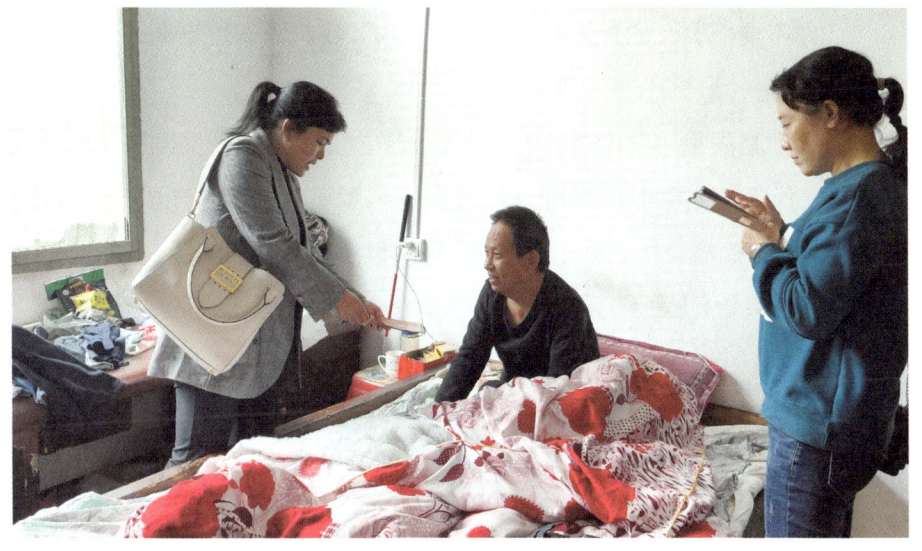

时任仙溪镇镇长龙润苗(左一)上门看望兜底户李林森

温监测和防疫宣传等工作,并判断为普通感冒发烧。中午,村卫生员和村小学工友在同一张餐桌用餐,同时在一起用餐的还有镇政府龙润苗镇长等干部及县里的领导。下午,这位家长服药后仍高烧不退。为保险起见,镇上立刻按要求对其进行了核酸检测采样,同时要求直接与该家长和卫生员两人有接触的人员就地隔离,静待20日下午的核酸检测结果出来。

啊?龙镇长也在其中?龙镇长不是在我们龙丰村部和村干部们一起吃的晚餐吗?我和龙镇长相邻而坐,说话不少,她如果感染了我不会跟着感染?县里那位领导回去以后肯定又接触了其他领导和家人吧?政府几个干部也会再接触其他干部和农户吧?听说镇中心学校的领导到泉塘村检查开学准备工作情况也顺便视察了村卫生室,接触了那位卫生员,该领导之后又去了另一所学校视察了开学准备工作,接触的老师是大片大片啊!还有,据说那位家长回家当晚还跟几位村民打了纸牌,那些牌友的家人不都是亲密接触者?推而广之,如果检测结果坐实为感染人员,那安化县至少仙溪镇不就"沦陷"了?瞬间,我心里突生世界末日即将到来的恐惧。

"是啊!你还只刚刚晓得,后怕吧?外边的昨天下午就晓得信了。昨日晚上,只看有好多人冇睏得好!"老周感叹。

"你不要怕啊,你身体好,抵抗力强!"我赶紧安慰老周,其实心里比他更发虚。

"我都豁落哦,反正要死的,也五十多岁了,就是我又回去接触了我堂客啊,我堂客又接触了我外孙啊!小孩子作孽啵!"老周的语气有些无可奈何,"一冇搞咯只村干部,我任何可疑对象都不得接触!"

"要死只管死呢!"爱民支书和三哥也上班来了,接过话尾巴。

"我们村上也有好几个人昨日在泉塘学校去要了,还有跟那个发烧的人打了牌的。"一位来村部办证件的村民告诉大家,"真的害死人!"

讨论和后怕终归无益,还是等待核酸检测结果出来才有定论。大家议论几句后各自干开了自己的工作。

中餐后,支书打电话给泉塘村那边朋友,结果还没出来。学校老师和

清理代购蔬菜和生活用品

工友都在就地隔离,学校推迟开学,村里一切打牌娱乐活动都自然没有了,大家都关在自己屋里静等上面的消息。

大约四点钟,龙镇长来了电话,语调很轻松:那位家长的核酸检测结果为"阴性"!

"终于可以放心了。"老周紧绷的脸现出了笑容。

"急得要死吧?一书记。"爱民支书也如释重负,仍不忘打趣我。

"不是的就好,要不然全镇的人都背大时!"在场来办证的几位村民也都应声附和,办公室又有了开心的笑声。

我立即拨通了妻子的电话,我边告诉她过程,她边不停地关切,不时地"啊""啊",得知最后结果才舒了口气:"不是真的就好!"

嘘——原来,我们在危难的现实面前是那么不堪一击!

如今,随着治疗经验、新的药物制剂涌现,再辅以疫苗的加持,虽然全球仍然情势严峻,局部疫情已不再不可控制。但当疫情真正来到身边,带给人们的恐慌则是空前的。可以想像,那些真正感染病毒的人们和他们的亲人是怎样的一种煎熬!

回望妻子陪同驻村的那些日子

与妻子相识相知相伴已30余年，但因平时各自忙着工作，真正日日夜夜在一起的时候并不算多。倒是2020年的这场疫情，让我和妻子创历史地同吃同住同室办公达到70天整。抗疫，也让我们的感情得到进一步升华。

2月8日是传统的元宵节，按家乡江南镇往年习惯，这天每家都会煮一锅猪头肉，我们称之为"上工肉"。吃过这顿肉的第二天，农人正式进入忙碌的春耕生产，教师学生正式进入学校开讲开课。我由于是新任驻村第一书记，又是接紧急通知入的村，虽然添了些生活用品，但衣服之类还是很不齐备，家里也还有许多事情没有处理。征得镇村领导的同意，我于7日晚饭后回到了江南老家。

"男人，你终于回来了！"见我平安到家，妻子比父母双亲都高兴。妻子告诉我，我离家的十来天，她的活动范围就是房前的禾场坪屋后的进山便道，镇街只隔了300多米却没上过一次。更要命的是学校要求老师们给学生在网上完成授课任务，而宽带电网却没有铺设到我家。"你明天回村时，我跟你一起走，到你村部蹭网去！"妻子非常果决地说。

红袖添香，巴不得啊！8日，早早吃完晚餐，和父母草草点上整屋阶沿、窗台、房间的红烛，算是完成了元宵节的灯火，我就驾车载着妻子踏上了返村的路途。有道是"三十的火十五的灯"，农村的元宵总会闹一闹，但这个元宵节与"闹"字挂不上钩。从上公路一直到龙丰，沿路除了各家密集而飘摇的红烛，剩下的就是寂寞的山峦和冷清的田野。

有妻子相伴，最重要的是作息更加规律化。清晨，我们6点左右都会起床，在村部二楼的走道上，面对雾绕的山峦打上一遍"八段锦"。然后

妻子（左）和三哥妻子在做南瓜粑粑

进入厨房，早餐也不再是单一的面条加鸡蛋，时不时也会煮煮稀饭、做做包子。中餐后，没有紧急的工作时，妻子都会督促我小睡一会。晚餐后，以村部为核心，或前或后或左或右沿着四通八达的组级公路散上一会步，也顺便隔着三五米距离跟村民交流些家长里短的话题。晚间，在巡查村情后，我记工作日志、准备第二天的播音、写驻村日记、品说梅城方言，妻子则在白天上网课的基础上阅评家长发回的学生作业照片，十点钟准时就寝。

妻子的到来，让我的驻村生活充满了笑声。妻子说她以前打乒乓球老不是学生的对手，我便提出教她几招。下边一楼的老教室里摆着球台，我们早晚瞅空就来上几下子。妻子真不是打球的料，几个简单的接发球动作总是掌握不了要领，更别说遇到对手搓发旋转球了。偶尔性起，我也会故意将球挑到网前或桌角，或将球削得溜溜转。近台球矮个子手短是接不到的，桌角球的话脚步慢了也会瞬间从身边飞过，旋转球则一般不会直线前进。很多时候球离妻子预估的位置不是短了就是长了，不是左偏了就是右偏了，看着她恨不能将身体都扑上球桌或临时调整身位的蛇曲样子，我常常忍俊不禁，而她总是报以哈哈一笑，有时也撒撒娇："不准接到角上来，不准发旋球！我不陪你了！"当然，口头上我会应承，但也会故意"忘记了"一两次，我偶尔也会故意放放水让她赢上一两局。妻子也出生在农村，掐蕨菜、找水溜子，都是她孩提时就熟悉的乐事。随着疫情的逐渐趋于平稳，双休日一般不再加班加点了，我和妻子便投入了山林的怀抱。印象中，妻子至少随同我有七次进山。第一次进山时，打电话给东坪和江南的同事，蕨菜已下锅上桌半个月了，但这里的蕨菜却头也没见冒几根，也许是因为龙丰村在芙蓉山西边脚下，春气相比东南边山脚下要来得迟一些吧。走到山顶没路了，我又不想原路返回，妻子竟跟在身后钻刺篷、梭沟槽、跳土坎，好在最后下到沟底时一回头，发现了一棵苗茎特粗的野生百合，算给了我们些许安慰。真正找到蕨菜，是半个月后在村部前小溪边靠山林的一坵弃耕多年的旱田里。顺便，妻子还找到了许多的水溜子。带回洗净，三哥专门请人磨了米粉，妻子和三哥老婆密切合作，当天我们便吃到了非常甜糯的水溜子粑粑。

当人手不够时，妻子也是我工作的得力助手。2月28日，在县城医院住院的五保户（农村里无劳动能力、无生活来源、无法定赡养扶养义务人，或虽有法定赡养扶养义务人但无赡养扶养能力的老年人、残疾人和未成年人，由政府保吃、保穿、保医、保住、保葬，孤儿保教）肖昭平出院，我和几位村干部在动员春耕抽不出空，妻子匆匆吞了几口面条便自告奋勇陪同三哥上了车。一位村民砍自留山的杂树，被邻界山主怀疑跨界举报到村委，分管调解工作的三哥约我及几位山主一同实地前往"断案",刚好当天授课完毕的妻子也马上跟着进了山。砍伐后的山林到处是高高低低的杂木桩,有的桩口锋利如刀,妻子硬是跟着沿边界爬了一大圈,脚踝处擦出好几道血口子。在调解时,妻子和一位女村民的沟通还真帮到了我们。

我以前总不明白妻子到底有什么诀窍,让她的学生对她的授课百听不厌,不占用学生一丁点课余时间,但学生们的考试成绩总是名列前茅。疫情期间目睹她隔着电脑(手机)屏幕耐心细致地带读课文、分析内容,目睹她隔着屏幕批改作业,目睹她伏在小方桌上细致地书写教案,心里才知晓其实她什么诀窍都没有,有的就是一颗对学生的爱心。该表扬时表扬,该说道时说道,该和家长沟通时沟通,用什么样的语气,妻子都拿捏得恰到好处,难怪就是智障儿童进了她的班级也会进步三分!能够跟妻子读书的学生,真是有福气。

村部后的田埂上,村民们栽下的蚕豆苗不知不觉间由小酒杯高长到了高脚酒杯高筷子高小挖锄高,紫白相杂的小花在油绿的叶片中显得那么鲜艳,性急的已开始挂荚。农民早上山下田了,务工的村民也在企业的召唤下陆续持村镇健康证明返城,县教育部门终归在一延再延网络授课后下达了回校复课通知。先是初三、高三,然后是初中、高中其他年级,再后是小学,最后为幼儿园。妻子接到的通知是4月19日召开教师会、清扫教室,学生20日报到复课。

共同驻村抗疫的这70天,成为我们今生最美好的一段回忆,我对相濡以沫的妻子也更多了一层了解!

蒋家仑 雪木仑 黄羊山

蒋家仑、雪木仑、黄羊山，都是龙丰村曾经的高山自然村落，也是建档立卡贫困户最为集中的村民小组。因为疫情防控的需要，我驻村没几天便都走了一遭。

蒋家仑位于龙丰村后山，是芙蓉山不算太高的一座裙峰，沿大树坪后小坳水库一条山路盘旋而上。镇干部老刘是老队员，也不用村干部带路，我们瞅个有空的下午，就从小坳水库出发了。约20分钟羊肠小道，半山腰的树丛里，两栋木屋映入眼帘。禾场坪里有狗在叫、鸡在跳，阶基上有蜂箱，看得出有人居住。喊几声，没人应。正要离开，蒋跃军夫妇却回来了。两人告诉我们，这山头上原来有七八栋房子，全部是殷姓和蒋姓人家，现在大都已拆除复垦，这两栋木屋是因为大家时不时还会上山搞点农作才留了下来，他们夫妻一般住在下边新建的房屋里，时不时在山上住一两晚。边说，蒋跃军边为我们指点解说哪一户原来住在哪里。其实，他说的那几处地方我们刚才都经过了，还隐约看得出一点曾是屋场的痕迹。

看着眼前这两栋已经衰败的木屋，我的心底真是五味杂陈。曾几何时，他们的先人为躲避战乱觅得一方静谧，在柴火青烟中过得与世无争。但这份宁静的魅力在飞速发展的现代社会面前显得何其渺小！山下的车水马龙，城里的色彩缤纷，将年轻一代都给吸引过去了。村里被选定为抽水蓄能下水库，村民再次搬迁的可能性很大，但选择后靠上山就近安置的村民并不太多。也许，这两栋木屋算是最后的坚守了。

作别蒋跃军夫妇，我们在狭窄的山路上忽左拐忽右拐时上坡时下坡，走了大约两里路来到山的另一侧，只见路的上方现出一个屋角。老刘告诉

蒋家仑上仅存的木屋之一

我，那就是易地扶贫搬迁户蒋彩凤老家。爬上去，蒋彩凤的父母都在。木房子左右相连，有六间，总宽度在二十米以上。虽然有些旧，却还算牢实。老人告诉我们：房子只有一半是自己的，另一半属于侄儿，侄儿在外务工，每年回来看一看老屋，但基本不住。感谢政策好，女儿女婿在山下边建了新房，两人日常也住在山下。但因为可种菜的地方更宽广、养鸡养鸭也更方便，他们两老基本每天都要上山一趟，说是现存的窝巢不住人、作了几百年的田土荒嘎了太可惜。老蒋夫妇种的菜还真不少，长势也很不错，特别是洋葱的个头比超市专供产品还大。临走，老人还热情地要我们带点菜下山。

雪木仑也是芙蓉山裙峰，与蒋家仑一样都在龙丰村进村的左手边，从蒋家仑可以穿山路到达，但相对海拔比起蒋家仑来要高一倍还多。如果从通往芙蓉山顶的主公路分岔进仑，很长一段距离都是与高耸的风力发电塔遥遥相对。我和老刘约上出生在山界上的村警肖胜刚，下午两点半从腊树组的岔路口出发，爬了约一个小时才到山上。

第一座房子是刘红旗三兄弟的。阶基上有最原始的竹笕水接到缸里，我们驻足第一件事就是舀半瓢水喝进肚里。或许是天太热而我们也真渴了，这水入口感觉特别清凉且甘甜。几声狗叫之后，刘家三兄弟次第回到屋里。

刘红旗兄弟山界旧居

刘家三兄弟在山下建了新房。由于老屋是三兄弟共同继承的整栋木房，拆除任何一间都会造成结构不稳，所以老屋也以"合建房不宜拆除"的理由得以保留。老大见我们远道而来，还从里屋捧出一大捧花生，又烧了热茶。临下山，老大从木壁上取下白天刚捡回的一大包新鲜黑木耳相送。弄点山货其实并不容易，推辞一番后，我嘱老刘接受了一小半。当天晚餐，老刘打电话过来，说这顿黑木耳是他这一辈子吃过的最美味山珍，软爽且甜而糯。

雪木仓的主要居民姓周，但全部住到了山下。从刘家三兄弟家出来，老大又当向导带我们去了周姓曾经聚居的老屋场。周姓聚居地在一处非常敞亮的山窝子里，四周开辟了好多坵稻田。房子大多拆了，原屋基上荒草没膝。没有拆的部分窗格栅七零八落，屋瓦稀稀落落开着大大小小的天窗，木柱和板壁摇摇欲坠，屋内破旧碗柜和方桌上尘土与雨垢并存，似乎还可见主人当年弃而不顾的情景。听刘老大介绍着谁谁谁是原来房子的主人，我将一个个名字在脑海里与建档立卡贫困户爱心袋里的红本子挂钩起来。这些人家，或入赘到了山下村民家，或在镇上买了商品房，或投亲靠友，最后一批则都纳入了易地搬迁名册离开了界上。印象最深的是一户叫周喜华的，本来日子过得不错，自己突发重病，妻子遭遇车祸，儿子因故去世，举家寄居在妻弟县城的房子里。为了解决生存问题，村委会将其全家纳入了一类兜底，我曾到县城其寄居处核实过一次情况。

雪木仑还有肖姓人家，但也基本住到了山下。仍然留守的，是一个名叫肖昭平的老汉。肖老汉住在与刘家三兄弟及周姓人家聚居地相隔较远的一个半山腰。肖老汉的禾场坪用竹篾片围着，一大群鸡鸭在里边闹得特别欢腾，被圈在屋侧的两条狗听到我们的脚步声嘶吼得非常急切。屋边的菜园、旱地里，红薯、马铃薯等种得特别多。尤为难得的是，屋后的几坵水田都还插上了稻秧。单论勤劳，肖老汉要算我认识的单身汉之最了。

黄羊山同样属芙蓉山裙峰，不过在龙丰村进村右手边，曾经的村民聚居地海拔比雪木仑不会低。不同的是，黄羊山有着丰富的竹木资源，因而政镇在前些年修通了一条林道。原住村民主要为吴、李两姓。但即便通了林道，真正常住在山上的农户已只剩一位李姓老汉。其他村民保存完好的房子也只有一两栋了，偶尔回山界上居住纯粹是突发怀乡之情使然。

第一次上黄羊山，是随同村"两委"班子成员上山核实留居人员，顺便给留守的李老汉送棉衣，同时扯点萝卜给村部食堂。林道弯多，货车装上南竹后通行有难度，路面也因雨水冲刷变得很不平坦，村上专门雇了一台皮卡车上山。林道在一个山体拐弯处到了尽头，好在这里离村民的房子已不太远。或许是太多天没有人到访，在经过第一栋木屋时，就有一位中年妇女在禾场坪前跟我们打招呼了。爱民支书简单介绍了来意，并特地说明了我的第一书记身份。"你哩也是到火烧坪里来扯萝卜的不？"原来她也是昨天才上山，目的也是扯萝卜。一路，三哥这里一个屋场坪那里一个屋场坪给我做起了介绍。

我们要扯萝卜的火烧坪其实也是一块屋场坪，旁边丢弃的木料还有着明显的火烧痕迹。我随手扯出几个萝卜，都已长满"胡须"，显然已过了生长期。"捡小点的扯，轻的肯定空了心，不要。"三哥吩咐大家。大家扯得正欢，三哥忽然发现了新大陆："大家快看，咯里一只萝卜也想刷牙齿！"

原来，一个萝卜长进了丢弃的搪瓷把缸的把口里，萝卜肉将把缸的把手都包了起来。抬起头，刚才见面的那位妇女也在，她已盛了满满一背篓萝卜。出了萝卜地沿路返回，支书带我走一条岔道来到了李老汉家。其实李老汉已在田垄上等着我们了。接过崭新的棉衣和一桶食用油，李老汉一口一个感谢，并盛情挽留大家到山上晚餐。看看天色不早，似乎还要下雨，大家匆匆告别，李老汉主动为我们砍了好几蔸白菜。

第二次上黄羊山，是跟三哥一起查看村上的自来水管。那些天，几乎每个组都有村民反映自来水时断时续，负责管水的村民又不大乐意上山，三哥便决定亲自查看一番。三哥硬是拨开刺蓬，走进溪沟，将堵在进水管口附近的草屑、树枝和石块一一清理掉。之后，我们又一处一处逐个查看水塔，直到水流恢复正常。

黄羊山面积较大，开辟了多处茶园，镇上有个茶叶公司便以"黄羊山"为名注册，并帮扶了村里10多户建档立卡贫困户。黄羊山的最高处据说也算芙蓉山七十二峰之一，但我都没有到达过，不能不说是一大遗憾。

雪木仑上周姓旧屋

李老倌和他的绷绷琴

李老倌名唤李道勋,是龙丰村土生土长的农民,我驻村时他刚满60周岁。之所以称老倌,是因为他做了祖父且发了点福,一副慈眉善目的长者样。

李老倌走进我的视野,完全是因为他手中那把绷绷琴(月琴)。

我进村时正赶上新型冠状病毒引起的肺炎疫情防控热火朝天,镇上的宣传车每天在公路沿线开个不停,驻村工作队和村干部也写公告、喊广播、测体温,入组上门忙个不停。2020年2月底的某天,三哥突然跟我说:"一书记,等下几跟我到我叔几屋里去耍?他弹绷绷琴的,写了一个宣传抗疫的弹词,请你去修改一下好不?"弹词宣传抗疫,是亮点啊,当然要支持。

来到李老倌家,李老倌先是谦虚了一番,接着就拿出了他的绷绷琴,弹唱起自己写的《防疫知识要记牢》来:

手拿月琴圆义圆,弹动琴弦唱拜年。大家快快乐乐把年过,新型肺炎来讨嫌。列位在上都来听,我唱月琴来做宣传。

不聚会不走亲,病毒传播不染身。拜年的方式多的是,打电话来和发微信。

出门记得戴口罩,人多不要凑热闹。一旦发烧生了病,赶快就向医院跑。开窗通风通空气,病毒最怕太阳照。勤洗手爱卫生,解手吃饭都做到……要做到不造谣不传谣不信谣,大家齐心抗病毒,防控防疫要记牢。

同志们不要惊来不要慌……只要全国人民团结一条心,这场战争一定会打赢,会打赢。

弹词是省级非物质文化遗产,有一套独有的道白与唱词、唱腔曲调和

李老倌弹起心爱的绷绷琴

演唱程式。我完全是外行，因此对弹唱完全提不出什么意见。而且这唱词通俗易懂、琅琅上口，起承转合自然，句式也很规整，又具有很强的政治性，完全符合抗疫的要求，加之李老倌又是用地道的仙溪本地方言，很是贴合宣传需要。我除了欣赏就是赞叹。3月4日，李老倌的《防疫知识要记牢》入选《非遗助力战疫作品·益阳弹词》。

其实，李老倌的绷绷琴弹唱不仅在仙溪镇有名，就是在长沙也排得上号。2019年1月8日，长沙市村民艺术馆实验剧场举行"老树新花·曲坛芳华"长沙弹词专场演出，李老倌就作为梅山弹词传承人应邀现场表演。

李老倌的绷绷琴以弹唱梅山本土文化风情为主体，在县文化艺术界也掀起了一股热浪。2020年8月，李老倌完成梅山弹词《梅山文化传千古》，在中国梅山文化生态园用多人快板配合表演；由老艺人杨人杰创作的梅山弹词《扶汉阳传奇（千古梅王）》由县里多个部门联合为李老倌选配场景录像制作并上传到网络，有力地宣传了梅山文化。县文联等多方联合举办庆祝中国共产党成立100周年专题音乐会，李老倌携琴现场弹唱弹词《扶汉阳传奇（千古梅王）》，诙谐有趣的语言，声情并茂的表演，比起长篇史学论文来别具一番风味。

李老倌身处山陬心忧天下。2020年创建平安安化，他热心创作了弹词《安化你我他，平安靠大家》进行宣传：

家事国事身边事，社会安宁是大事。建设平安新安化，幸福全靠你我他。资江河畔清风吹，平安创建战鼓擂。创平安，促发展，保稳定，为的是平安安化、法治安化、和谐安化。

请看那民情大走访，金话筒交给村民讲。外出串门身上带钱，白天晚上可都安全。不打牌、不押宝，村委楼前跳广场舞。贫困户、兜底户，衣食住行政府来保障。门前道路大家扫，平安乡镇平安村。环境变好是好事，大家齐心创成功。邻里和睦走一走，家娘媳妇手拉手。小事不出门，大事不出村，矛盾纠纷化解在基层。道德档案好，村规民约行，基层自治有创新。人民村民齐参与，见义勇为有担当，百姓也能受表彰。

公检法司了不起，大家要好些表扬下儿。为了百姓生命财产的安全，不顾危险勇向前，大家评价要讲良心。扫黑除恶不手软，黑恶势力一扫光。刑事发案在下降，项目建设大护航。平安建设结硕果，农村治理奥利给。村民穿上红马夹，一切都是为大家。金杯银杯不如老百姓的口碑，金奖银奖不如老百姓的夸奖。看那万家灯火一城平安，我可与君泡茶煮茶把言欢。

9月，安化电视台专门为李老倌录制了这曲弹词，多次在节目中播放。

李老倌的绷绷琴不仅为梅山文化和时事宣讲而弹唱，更多的是为生活的乐趣。李老倌长年居住乡间，把玩绷绷琴已30余年，男女老幼的村邻都是他的粉丝。聚在一起，来了雅兴，就会创作一段弹唱一番。瓜子花生红薯玉米，家娘媳妇哥哥嫂嫂的内容信手拈来都可入韵。

都说高手在民间，李老倌可为一佐证。我很好奇李老倌弹唱的韵味怎么那么浓厚，问起其师承，答曰："行头（开始）看到电视里有搞咯只路的，觉得有味，自己就买了一把琴子，抚（摸索）出来的。"问起其传承，则答："也有来学的，但学不了多长时间就会放弃，坚持不下来。"看来，高手还是需要一定的天赋的，也许这就是绷绷琴比起萨克斯、笛子之类难得一见的缘故吧。

依新嫂

依新嫂住在龙丰村沙湾组，与村部相距不到 300 米远，她的家里我是去得比较多的。

我进村时，依新嫂的丈夫差几个月就满 70 岁了，自己也已满 60 岁。依新嫂是会计老周的结对帮扶对象，我第一次进她家就是和老周一起。旧木屋两正间一偏厦，虽然简陋倒也干净。印象中，她丈夫李依新戴着个旧帽子，背微驼，时不时咳几声，也没什么言语。拿出爱心袋看红色的走访记录手册，上面就夫妻俩的名字。老周介绍说，老两口有一个出赘到了广西的儿子，生了个外孙却是个药罐子，天天离不了人服侍，儿子已好几年没回家了；还有一个女儿，但夫家条件一般。老李一副病态，已多年不能农作。依新嫂年纪轻一点，也有心脏病。"这么说来，那不是家庭年人平纯收入都算不到贫困线吗？"我感叹道。"是呢，一书记。"老周打开上一年度的家庭收入页指给我看，"去年还饫了一只猪，养了些鸡，勉勉强强算到了脱贫线，今年依新嫂身体也不威武，饫猪是没有能力的，硬冇得办法了。"

"一书记，周会计，我哩是冇得用的人，也不敢提出来，了我哩搞得一个低保不呐？"依新嫂声音非常轻。

此后，我多次到依新嫂家，也问过她的左邻右舍，要说经济来源那真正是一个山穷水尽。有一次，喊一阵才见依新嫂开门，她脸上有些浮肿，说话有气无力。我问她怎么没去医院，她苦笑了一下，说是不敢去。想想也是，住院费用虽然有报销，毕竟自己还是得支付一部分，可老人有保障的仅仅是国家发放的每人每月百把块钱养老金而已。

五保是不可能，但低保还是可以考虑的。我打开全村的低保人员名册一一对比，向村"两委"干部提出自己的看法。终于，再次讨论上报低保人员名单时，里面有了依新嫂夫妇的名字。

领到第一笔低保款的第二天，依新嫂将10个鸡蛋送到了我办公室，说什么也退不掉。9月中旬，依新嫂买回了一只架子猪。在上门走访时，我半开玩笑地安慰老周："不要急，低保金加上这头猪长起来的肉，老李家的年人均收入不会返贫了！"

过年前半个月的一天早上，依新嫂打电话给我，说是要请我上门吃餐便饭。为什么呢？她说她杀猪了。见我有些支吾，她又改了口："老人家搞的饭菜，怕合不得后生家的口味，那我给你送一坨来，你自己打汤吃。"果真，我正在厨房里准备下面条时，依新嫂提着个红色的塑料袋已到了操场。打开看，里面一坨腈肉至少在两斤以上。

此后不久，依新嫂又打电话过来，说是要再送一只老母鸡给我，让我给妻子补补身子，我当即拒绝了。过年前不久的一个星期五，我自村上回

左图：依新嫂2021年底新建的铁皮顶新屋
右图：依新嫂在后边的旧木屋准备烧水

老家，车才开到依新嫂家对面的山脚下，手机忽然响了，是依新嫂打过来的。她说，她看见我的车了，我以为她要搭便车到镇上去，便停下了等着她。大约三分钟，依新嫂到了岔路上，手里提着一个蛇皮袋。我打开副驾驶车门，依新嫂将蛇皮袋放到座位下，说了句"我讲了送你一只鸡的，王干部"后转头就走。我怎么能一而再再而三地吃一个贫困的白呢？我将两张百元钞塞进她的衣袋，她又扔回车里。如此三番，我只好说了绝话："依新嫂，如果你不接，我就将鸡丢出去了！"依新嫂只好满面通红地接了过去，嘱我路上开车小心。

　　最近一次跟爱民支书通电话，支书告诉我："李依新的儿子2021年底回来过了年，就势起了新屋。"莫非他那儿子发了财？先前依新嫂的话有假？于是在今年3月的某天重返龙丰村时，我特地来到了李家。但现实给我泼了一大盆冷水。虽然名曰新房，其实就是几堵砖墙上方盖了个再简单不过的屋顶，屋瓦是每片达到六七个平方米的工棚铁皮，有个房间的正中还从顶到地撑着一根钢管。新屋里只是堆了一些杂物，老夫妻俩还是住在后边的木屋里。"我崽说，等他有钱了再回来继续搞，现在孙子还在诊病。"依新嫂说。我的心里如打翻了五味瓶，掏出口袋里仅有的一张百元钞票递到她手里，算是道个贺。依新嫂怎么也不肯收，末了走进房里将一个装有鸡蛋的塑料罐塞进我怀里，但我无论如何也不想再收受："你们两口子自己吃，补补身体。"

　　仔细回忆起我跟依新嫂夫妇有限的一些交道，心潮久久不能平静。走访了解每一个家庭的实际情况，尽最大能力为他们争取权益，共享社会发展红利，这是我作为驻村工作队员的本职所在。依新嫂夫妇所得到的仅是档次最低的一级生活保障，却如此对政府的帮助心怀感激，这让我真正感受到了安化农村人群的质朴，也让我感觉到防返贫和促振兴工作真的任重道远！

回归原点的庆林姐

庆林姐是我驻村接触的贫困户中最最特立独行的一个。

爱心袋档案显示,庆林姐家只有她和儿子两个人,且整户兜底。庆林姐自己年近70,吃个低保还情有可原,但其1995年出生的大学毕业生儿子也吃低保,我有些没弄明白。跟同在一个湾子的三哥探问,三哥点燃支烟:"一书记硬要晓得不?那就当真说来话长哪!"

庆林姐母子的户口本来不应该在龙丰村,但又是真正的龙丰村人。

庆林姐是隔壁泉塘村嫁入龙丰村老李家的媳妇,先后生有4个女儿。也正因为只生女儿不生儿子,在家里的地位很低,甚至还因这因那受到肉体的折磨。庆林姐终于忍不住跟丈夫离了婚,丢下几个女儿出走到了广东,又跟一个李姓男子结了婚并怀了孕,这次生下的是一个儿子。本以为可以一家三口过上好日子了,命运却再次捉弄了这个女人,儿子才十来岁时,丈夫又弃她而去。没了丈夫的保护,庆林姐一个外地人失去了立锥之地,无奈之下带着儿子回到了安化。然而,时过境迁,老家也没了她的地盘。前夫已经去世,几个女儿都已成家立业,家境也都还不错,二女儿入赘了一个男子给李家续香火,还在原地基上建起了崭新的两层砖楼。记恨于母亲当初的无情抛弃,几个女儿都拒绝收留她,更排斥她带回的同母异父的小弟弟。万般无奈之下,母子俩只好在镇上寻个最便宜的处所安顿下来。靠着时有时无的打零工收入,庆林姐勉强将儿子送进了大学。或许是看到这对母子无天无地无依无靠实在可怜,村里人还是敞开胸怀接纳了他们,将他们的户口落了回来。

某日中餐后随机入户走访,在桥头阮叔家坐下,说起庆林姐的遭遇,年龄与庆林姐相仿的阮叔又透露了更多的细节。庆林姐读过初中，这在当时的女孩子中是比较少的，算是村里的知识分子，因此还曾在村小学上过讲台，据说还写过一些文学作品。但在农业学大寨的大背景下，庆林姐的这些所谓知识在当村支书的公公眼里一文不值，拿粉笔的手远不如拿锄头来得实在。偏偏庆林姐生着当小媳妇的命却发着当大小姐的脾气，常常公公说一句她就回一句甚至更多，惹毛了公公，公公就动粗了，随手操到扁担木棒什么物件就往庆林姐身上抽。没得什么东西操，则提起庆林姐的两只脚倒地就拖，有时头发都被扯掉一地。从某个角度来说，庆林姐的出走也算是被压迫下的反抗吧。

2013年底，新一轮扶贫工作展开，上无片瓦下无寸地的庆林姐母子被确定为贫困户，当时她的儿子还在学校，正是需要大把用钱的时候。后来评定低保，母子俩作为一类被申报。考虑到住房保障问题，村里反复做整户在外务工的二女儿夫妻的工作，二女儿终于松口答应母亲在新居代为留守。

第一次到庆林姐家走访，她正在厨房里煮猪潲。按理，儿子参加了工作，自己有低保金养老金，吃饭不成问题，没必要这么劳累。但庆林姐有自己的想法，她喂了两头猪。一坐下，她的话匣子就收不住了。听同行的三哥说"一书记是安化的大才子"，庆林姐眼睛里顿时发了光，脸上也有了笑，说自己写了一些东西，想请我看看。说着，她起身进了里屋，拿出了几张双横格材料纸。哇，《〈周易〉家史——中国故事》。

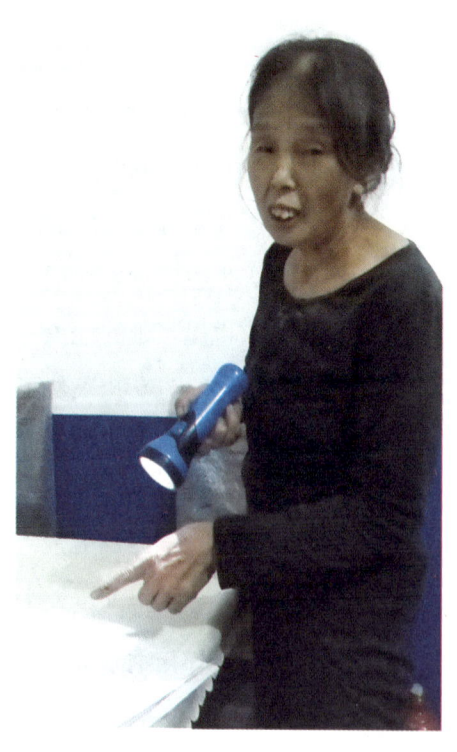

庆林姐跟笔者说写作计划

好大的主题！粗粗一看，文字基本通顺，只是里面的论证并不严谨，所举事例似乎都有些老掉牙。庆林姐的手指各处都是厚厚的茧，指缝边有多处皲裂。想起她一双拿粉笔的手如今种菜斩猪草提潲桶，稍得点空闲时还不忘心忧天下、冥思苦想，在一无辞书词典、二无参考资料、三无师友同道，甚至电视机都没有的条件下提笔成文，心中不由对她陡生敬意。我当即慷慨应允："看你要写好多书，你的材料纸我全包了提供。"得知我在村部生活，庆林姐也大方地说："想吃么子新鲜菜，我都作得有，干部你自己进菜园扯就是的。"

双休日回到县城，我当真到办公室将这些年来久已不用的方格材料纸都收集了起来，叠在一起足有小板凳高，在第二次走访时都送给了庆林姐。另外，还给她送了一盒子水性笔。我想，就是三五年时间天天写时时写，应该也不会缺少纸笔了。

再一次走访时，庆林姐情绪相当低落，问了好半天才叹息说："咯猪冇得饫场。"原来，"房东"二女儿在庆林姐约好屠夫来买猪的那天刚好回了家，8000元整卖猪的钱都被二女儿一把接了，只留给她700元钱购仔猪。"女儿拿了也要得啊，都是你身上掉下来的肉。"我安慰庆林姐。"有些路你不晓得的，干部。"庆林姐语调中带着满腔的忿懑，眼眶里有泪在打转，"她太狠了！咯只屋好歹也是我的地基啊！我只要有得一个草窠安身，我都不得住咯里。"

之后的几次走访，我也曾问起过庆林姐写作的事，她都回复："冇得空写得。"也许她说的是真的。猪栏里，她还是再买回了猪崽。平时还要挖土，插红薯，种玉米、黄豆、花生，秋后又一样样地收回、加工。她一个70岁的老人，能有多少精力再跳出汗水的浸渍去布局文学的荒园呢？据她介绍，儿子大学毕业后虽然留在省城务工，但混得并不怎么样。她拼命地种地喂猪，也许都是为了帮她的儿子，只是不知道她在省城的儿子是否也体会到了她的艰辛？我不由想起了父亲常说的一句话："崽啊，天脚下（天底下）只有做爷娘的就是蠢人的！"

这一家子

结对走访和驻村帮扶以来,已遇到了不少不幸的家庭,林家组的吴右保老汉家算是最特别的了。

这一家才5人,但要扯清这一家子的关系还得花上好一阵子。

翻开村部存档的吴老汉家红色帮扶走访记录本,一眼扫见户主为陈姓,祖父和姐姐是吴姓,侄儿为李姓,真让人摸不着头脑。反复询问知情的村干部,才弄清这一家的人口组成。

这一家本是更偏远的黄羊山界上人,前些年随着下山潮搬到了上丰片的林家组山脚下。年过八十的吴老汉一只脚有些跛,拄根棍子才能行动。小他7岁的妻子双目失明,离开了他的牵拉哪里也去不了。夫妻俩育有三个女儿,两个女儿外嫁邻村,留了一个女儿在家,入赘了一姓陈的女婿。第一胎生的是个女孩子,跟了女儿姓吴,第二胎是个男孩,跟女婿姓陈。不幸的是,留家的女儿和女婿早早去世。没了父母的关爱,祖父祖母又行动不便,加之住在山界上,两个孩子很早就失去了读书的机会,日日与牛羊为伍。因为年少不谙事,孙女刚成年就糊里糊涂怀孕了,打胎后草草嫁到了邻村李姓家。孙女嫁到李家不多久又怀了孩子,而且连续生了两个儿子。谁知小曾外孙才落地不久,开拖拉机的孙女婿又因故去世,孙女儿只好带着年幼的曾外孙回了村里。红色帮扶走访记录本上的家庭成员中另外三人,其中之一是跟女婿姓陈的孙子,另两个就是孙女和孙女的小儿子。

两个行动不便的老人不可能有收入。山上又全是不能随便砍伐的生态公益林,更何况就是砍了树也没公路运下山来。孙辈的姐弟俩唯有外出务工一条路。但这对姐弟从小就在山上放牛长大,没有任何技能,打工也只能是做苦力，根本就挣不到什么钱，而老吴的曾外孙正是读书花钱的时候。精准扶贫实施，老吴家没有任何悬念地被确定为建档立卡贫困户，并被确定为整户兜底户。因为存折实名验证等许多手续须户主本人到镇上现场办理，而老吴又行动不便，户主便更改为老吴的孙儿。

记得清清楚楚的是，公路到老吴家还有一段较陡的距离没有硬化，老吴家的木房子是很旧的那种，旁边一间水泥砖平房还没有完工。干保洁员的邻居老姚告诉我，这屋是买的他一个在外边建了新房的堂兄弟的。没完工的平房，也是在危改资金的帮助下才建起来的。因为一个行动不便一个双目失明，老夫妻俩连鸡也没有养，所以户平3000元封顶的小产业奖补资金也没有得到。没有任何技术，国家贴息小额扶贫贷款也就免谈了。

"咯户人，至少咯两个老人家，如果不是政府帮助，命都活起下去不得！"邻居老姚感叹。

孙子30岁了，怎么还不成家呢？有知情的村民打趣："你怕别个不想堂客啊，前些年在梅城镇上做点副工攒了几千块钱，拿得一个几十岁的姆妈子骗嘎去了。现在是到处混，只怕有点困难。"

可让我百思不得其解的是，虽然脱贫不脱政策，但这样一个家庭还是在2014年就第一批脱贫出列了。是电脑系统错误，还是评定工作人随意？

"是有原因的。他孙子膂力满壮，打一年工总有几万块钱不？老人家有养老金、残疾人两项补助，整户兜底，算得钱来的呢！"三哥回复，"关键是，他孙女子又嫁了人啊，就嫁在九龙社区村，家里搞得还好。脱贫标准是达到了的。"

如此说来，老吴的孙子、孙女母子的兜底也是可以调整出列的，毕竟还有更多的老弱群体需要政策的红利关怀。暂时还没有调整出列，算是"扶上马"再"送一程"吧，谁知道下一年他们的命运又会怎样？

兴美老汉的喜和忧

最大的易地搬迁集中安置居住地茶乡花海安置小区,龙丰村有吴尚群和蒋良访两户建档立卡贫困户在此安家。疫情基本稳定后,结对走访工作恢复常态,我和爱民支书商量后决定第一时间陪着龙润苗与会计老同两位帮扶责任人入户走访,了解一下两户人家的生活状况与帮扶需求。

茶乡花海安置小区就在317国道边上,毗邻的花海我是去过多次的,但旁边的安置小区还是第一次到。蒋良访在梅城打零工不能回家,只能再约日期见面;吴尚群一家都在,于是大家径奔吴家。

吴尚群一家与几位干部都是老熟人了,相谈甚欢,特别是对镇长龙润苗和爱民支书亲自造访感到非常激动。

"爱民支书,幸亏听了你的建议,这个地方真的不错。"吴尚群的父

茶乡花海安置小区

亲兴美老汉边表谢意边感叹。原来，吴尚群一家住在黄羊山的界上。因为住地偏远、交通不便，黄羊山住户基本搬到了山下居住，兴美老汉一家人在评定贫困户时是为数极少的坚守村民了。起初申报易地搬迁时，兴美老汉父子都是不愿意的，说是山林田地什么的都在山界上，就是要搬迁也最好搬到就近的山界下。爱民支书于是坐下来给他们父子分析：同样地建新拆旧，就近搬迁人平两万元补助，还有严格的面积限制，恐怕购买地基后就没什么钱剩了。茶乡花海安置小区位置靠近县城，规模大，住户多，老人有伴，后生家（年轻人）就业机会多。每家人出资一万元封顶，而拆旧奖励就有一万元。不花钱住现房，为什么不去？

这么说来，天上真的会掉馅饼？兴美老汉一家还是将信将疑。

至少目前看，天上是会掉馅饼的。支书肯定。

就这样，兴美老汉家勉强申报了茶乡花海安置小区搬迁。

后来的事实证明，全县这种易地集中安置搬迁，几乎就是白送了一套房子给建档立卡贫困户住。

"感谢政府的好政策，三皇五帝到如今，朝朝代代下来哪个有如今的好事啊！"兴美老汉一个劲地夸，"那房后阳台上面有个顶就好了，下雨天有点积水。统一的设计，自家加顶又加不得。"

兴美老汉的儿子是专在工地上做事的，随着人脉的积累，慢慢干起了包工头，收入一年比一年高。户口没有迁移出去的姐姐，唯一的女儿考上了公办教师编制，日后也衣食无忧。尤其是兴美老汉两口子，在山界上住惯了，起初总以为难得认识几个人，没想到小区像他们这样的老人多了去。几圈字牌扑克下来，院子里散几趟步，认识的人就多了起来。如果隔天不下楼的话，催促的电话还响个不停。小区后山坡不久前还开发建设了山地汽车赛道，时不时可以看到电视里才有的比赛画面。回到黄羊山界上劳作几天，大半年的蔬菜就不愁了；何况，小区最近还在为每个家庭规划一小块菜地。

"就是还少个媳妇哦，尚群咯伢几。四十岁的人了，不晓得还有女的看得起不？"兴美老汉说，他还想有生之年抱个孙子，那就完美了。

猜不透的美英姐

龙丰村67户建档立卡贫困户，要说最让人猜不透的，掂量来掂量去只有大坳上的美英姐。

美英姐快奔70的年纪了，户口本上是4人，夫妻俩加上一个在外务工的儿子和一个读中专的孙子。第一回上门走访，美英姐给我的印象还算不错。鸡群用木栅拦在屋角一边养着，家里卫生状况也还行，享受的帮扶待遇也说得上一二。

第二次走访时，麻烦来了。才坐定，美英姐就问："干部，我饫的咯些鸡，么子时刻给奖啊？"贫困户喂鸡都有奖？我一时被搞糊涂了。"18年饫鸡不是都给了奖的啵？去年我也饫了鸡还饫了猪，干部都登记去了的，也都还冇给奖，是一起给不？"我这才明白，原来美英姐说的是贫困户发展小产业奖补资金。由于县财政资金有限，也就实行了两年时间，且每家每户都是3000元封顶的。美英姐家享受的奖补资金虽然没有达到封顶数额，可这项奖补政策已停止了啊，美英姐却还在等着后续奖补资金到位。我赶忙解释，但美英姐越听解释越是不满："只有他哩（他们）就得了好处，咯号那号，像我哩（我们）呀，一点嘎几好处都冇得到。"

脱贫攻坚几年下来，直接获得经济帮扶多的觉得帮扶力度还太小，直接获得经济帮扶少的喊没得到好处，普通村民则大有弃儿般的埋怨，这在农村并非个别现象。正是美英姐的不满意，让我下定了决心要整理出全村所有贫困户自建档立卡以来有据可查的一切受益金额，整理出全村开展精准扶贫以来的一切公益事业建设一览表。小产业奖补、企业对接、扶贫贷款贴息、医保减免、住院扶贫报销、危房改造或新建、兜底保障、残疾人生活费与护理费、教育助学扶贫、公益岗位等，一一列表到户张榜公布。统计出来的数据真是吓到了我，全村建档立卡贫困户几年来直接到家庭账户的受益资金就达到260余万元，户平接近4万元。美英姐家受益不算多的，但也达到了1.5万余元。一同驻村的老刘担心公布数据会因高低相差悬殊而引起更多的不满，我则认为实事求是就不怕别人议论。公布，比不公布更好，村民迟早是会知道这些数据的。政府的投入，要让大家都看得见。

再次来到美英姐家是和帮扶责任人、黄羊山茶业公司的老总熊妈一道。因为掌握了情况，我底气足了，掰着手指头跟美英姐算起了2017年以来的受益账：小产业奖补1780元，茶业公司帮扶6000元，医保款减免1600元，

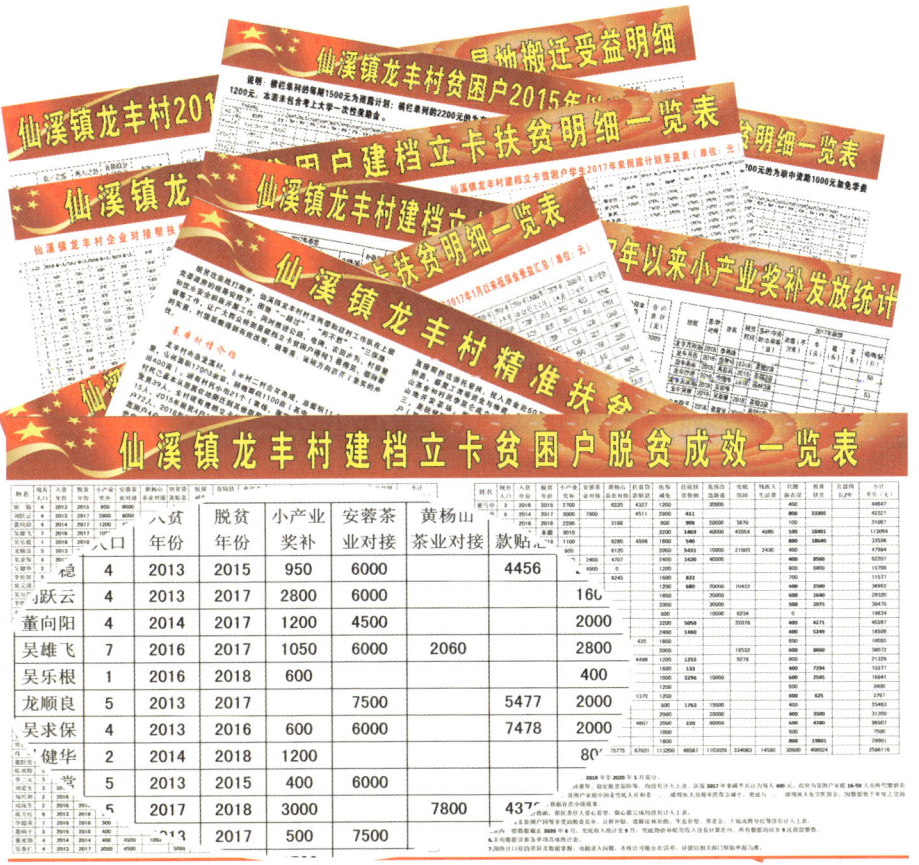

龙丰村建档立卡贫困户2017年至2020年7月底止部分受益汇总公示牌

扶贫助学 5651 元，总共 15031 元，还有包括生病住院比别人多报销的百分之十、各种帮扶责任人的微心愿、年底慰问等。客观地讲，受了的益，美英姐还是买账的。没什么可辩的了，美英姐又说："他们的屋补了钱，都好几万哪，我的屋一分都没有补。"原来，美英姐家原本在黄羊山界上，是最先搬到界下居住的一批村民，那还是精准扶贫前好几年的事了。我告诉她：你搬下来时，国家还没有定这个补助政策，也还没有评定贫困户啊！美英姐不依不饶："补得的啊！"同去的熊妈扯扯她的衣角，笑着给了她一颗软钉子："按政策，国家限定的易地搬迁面积是每人 25 平方米，你 4 个人加上五保户满叔也只有 5 个人，总共只能建 125 平方米住房，现在你的屋 300 平方米只有多的吧？把多的拆嘎，我补给你！"

此后每次经过美英姐家门前，美英姐总会喊住我。一张口，不是说这家受了一个什么政策的益，就是那家受了个什么政策的益，似乎政策唯独把她抛开了。坐下吧，这些唠了不下十遍的话听得人耳朵起茧，解释得喉咙冒烟也没用。不坐下吧，又会说我看不起她，不愿意跟村民打交道，感觉很是无奈。

某次经过美英姐家，正好有几位妇女坐在阶基上说话。美英姐眼尖，又喊住了我："王书记，我请你看看我的病。"只见她挽起裤脚，露出一腿巴子的疮痂。又掀起上衣露出腹背，说是腰痛得不得了。有病住院啊，不是住院报销结算比一般农户要高十个百分点吗？"我住院不起呢。"美英姐不依不饶，"一书记，你借点钱得我去住院要得不？"正嚷嚷，爱民支书刚好开着车路过。下车问得详情，爱民支书大声说："陈美英你咯就有点无理取闹了，每个村民生了病都跟一书记借钱住院，一书记把工资捐嘎还把衣服脱了卖嘎都少了啊！"

此后，我又一次次地从美英姐家门前走过，每次我仍然会停下来问一问她家的近况，她再也没有当我的面挽裤脚掀上衣，但热情明显减退了不少，也许是因为给不到她满意的答复吧。

一笔小额扶贫贴息贷款救活一个家

村部边的李玉明是贫困户,在农商银行借的 5 万元政府贴息小额信贷已经到期,必须还上才行。农商银行工作人员和镇扶贫站干部都已跟李玉明说了多次,但李玉明就是一句话:"我冇得还的。"三哥受两方面的托请,决定邀我一起上门做工作。

李玉明正和一位堂兄弟在吃晚餐。坐定,李玉明妻子给我和三哥都摆上了碗筷,邀请再"喝点酒"。特意来劝人还账,酒肯定不能喝。看着一大家子渐次放下碗筷,三哥才慢慢地将话题引到还账的主题上来。

"我冇得还的啊,老三,你也是晓得我屋里的情况的。"李玉明说。

"想办法啊,找亲戚朋友啊。"老三回复。

"能找的都找了,借不到呢!"李玉明强调。

绕了好大一阵,结果还是"没有"两个字。

借债还钱,天经地义啊,怎么能够用"没有"两个字搪塞呢!我听得有些不耐烦了,忍不住插言:"政府给你贴息让你借钱是要你发展产业吧?你搞的么子产业?总有点效益吧?"

"搞么子产业呀,不瞒你干部,我借的钱给两个读大学的交嘎了学费做嘎了生活费,只慢些他哩来还得了!"李玉明如实回答。

"可是到期了必须还啊,也莫让村干部为难啵?"我看看李玉明夫妻又看看老三。

"干部,硬要还,那你借得我要得不?"李玉明突然冒出一句。

"那就好啊,我哩村上借嘎几十万贷款,都找一书记借,他又不是来把我哩还账的,又不是印钞机!"三哥当即回复。

我也火了，气话随口而出："未必你就冇一点用？全部的亲戚都借5万块钱不出？"

"我就是冇得用。"李玉明也来了火，借着酒劲提高了嗓门。

"一书记，莫发火。"三哥赶忙圆场，"办法还是要想，钱必须还。"

"那天我就跟他们银行里的讲了，我只是现在冇得还的，又不是不还，让我继续借倒了，我保证自己清息都作数。"李玉明仍然一肚子火。

最后，三哥表态："是这样的，明天我跟你到农商银行去求情，但你必须借到5万元钱现金还嘎，再当即又借出来，以后你自己还本出息。"

"如果银行里不肯借出来了，那我借的5万块钱只问你要！"李玉明声明。

"我用我的名誉作担保！"三哥回复。

从李玉明家出来，三哥足足跟农商银行的工作人员打了半个小时电话，总算按自己的想法谈妥。

第二天，三哥和李玉明到了镇上农商银行，按前天晚上的承诺办妥了事情。

后来，因为晾晒被子和陪同帮扶干部上门走访，我又多次来到李玉明家，对李玉明家的实际情况也有了更深的了解。李玉明本人身体状况不佳，在附近乡镇一所学校当门卫，工资不高。妻子是一位勤劳的村妇，在家务农，也上芙蓉山摘茶。为了供一双儿女上大学，家里一样值钱的家具也没有。好在儿女都还争气。每次到其家，其妻都会热情地邀请我们喝上一碗擂茶；我晾的被子被风吹下了地，她都会一发现就给重新晾上。令人欣慰的是，李玉明一双大学生儿女暑假回家不是在学习，就是在田地里干农活，待人接物很有礼貌。

2020年底，李玉明大学在读的儿子入了伍，有望在军营中考进军校升造。次年，女儿又毕业参加工作。单从这一点来看，李玉明的家庭是看得到光明的家庭。就冲这一点，那5万元贷款的政府贴息值得，三哥的担保也有价值！

还是住惯了的老地方好

一个双休日的晚上,大概8点半的样子,上丰片的刘红旗突然打来了电话:"王书记,我的屋里漏雨了,床门口都有水。我到界上去了啊,跶(摔)死了你管我不管我啊?"听那声音,对方似乎还喝了几杯小酒。

刘红旗是原居雪木仑的一位单身汉,已年近六旬。他还有两个弟弟也都未娶妻,但各收养了一个女孩子,如今大弟弟的孩子已外出务工,小弟弟的孩子在镇小学读书。考虑到三兄弟的实际情况,村组将两个弟弟家都纳入了建档立卡贫困户。乘易地扶贫搬迁和危房改造的东风,三兄弟在界下建起了新房。由于有面积限制,兄弟们不知是听了哪个的主意,完成一楼楼板的浇筑后,一不砌房子两侧的山墙二不砌房子前后的女儿墙,更谈不上准备檩子椽条之类,村干部怎么劝也不复工,说是等扶贫验收完后,几兄弟赚了钱还要接着盖二楼。

专门建的平顶屋都会渗水,何况刘家三兄弟的房子只是浇筑了楼面而已呢?起初还没什么事,慢慢地楼面就有了缝隙,只要下雨就有水往楼下渗。两侧山墙因没有粉刷,雨量足时也有水沿着墙体往屋内流。唯一的办法是粉刷好外墙,完成屋顶建设。但刘家兄弟就是不听村干部的劝。帮扶资金都已到位,房子也不是村上的,村干部总不能自做主张给人家强做个屋顶吧?

大半夜的一个人往几里路外的山上跑,万一真出了问题呢?我一个电话打给同住在一个湾子里的村支书,请他派人追回来。电话那头,村支书却见怪不怪:"一书记,莫急,他每次屋里漏雨时都是古讲的。当初他们要这么建房子时村上就讲嘎了不管后果的。"催急了,支书说:"好呢,一书记有指示,我要他两个兄弟去解回来。"不多久,他的大弟弟打来了电话:"王书记,不要急呢,我哥哥冇出去,他吃多了酒乱讲的啊!"

回到村上,我再一次来到三兄弟在山界下的新居,想做通他们的工作,将屋顶盖好,以绝后患。老二不做声,老三有些不快地说:"都要搞水库移民拆迁了,还搞么子屋顶啰!"老大则还在抱怨:"本来住到界上要得,硬要我哩搬下来,一点补助只买得地基到,把我哩一点钱都搞空了。起点咯的屋,住又冇得好住。我是觉得还是住惯了的老地方好。"

"当初是有哪个镇领导和村干部逼着你们下来的不?"我问。"那倒冇呢,是看见大家都下来了。"老三回复。"早晓得咯抽水蓄能项目真要搞的话,我哩就不搬落来了,一不是干脆像蒋良访一样搬到茶乡花海去,省得到时又要搬回到山上去住。"旁边一户同样从山界上搬下来的贫困户感叹道。

其实,三兄弟的产业全部在山界上,三兄弟也基本不外出务工,搬迁到山界下的意义并不是太大,要说意义也只是两个孩子回家不要爬山界而已。三兄弟基本每一两天都要到仑上的田地里侍弄一番,红薯黄豆白菜萝卜什么的都得靠山界上的土地种出来,否则山下的屋里就没得吃食。雪木仑的老木屋也非常结实,唯一的缺陷就是上山没有通公路。不过,随着芙蓉山抽水蓄能项目的实施,雪木仑上十有八九会修建环下水库的公路,三兄弟的老木屋到时倒有可能再次成为常居之所。

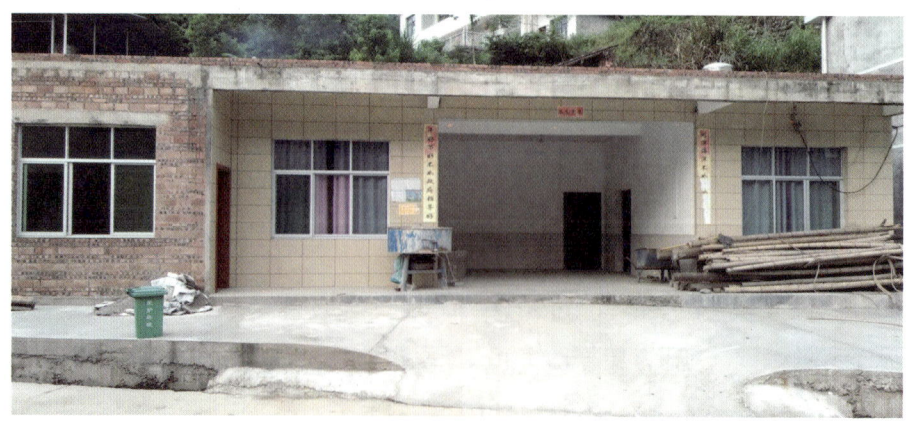

刘红旗兄弟的易地搬迁房屋

有一种纠结是无语

我们常说"只有落后的干部,没有落后的群众",可真到了现实工作中,一些事情却令干部们纠结,甚至无语。

干部,我还少一截水管子

要说攀比和等靠要,殷某在我接触的人群中算是数得着的了。

殷某丈夫常年在外务工,儿子读高中,自己也在小镇务工,婆婆身体也算硬朗,家庭经济完全说不上贫困。之所以"入档"贫困户,是因为其公公在评定贫困户的那个年份患了重病。不过仅过一年,老人便辞世了,致贫原因已经消失,按理应及时"退档"。据说是由于电脑系统问题,才保留了下来。但人心就是不满足,上门走访难得见上一面,只要一接通电话,听到的就是对扶贫工作的牢骚。单说她家的自来水这件事,就很让人无语。

殷某家住一个小山冲最里头,地势比村上修的水塔要高,因而不具备架设村集体统一供应的自来水管道条件。其实早在村上统一供自来水之前,殷家和周边几户地势较高的农户就已经自行引山水解决了饮用水问题。山涧水量时大时小,遇上暴雨时水管被泥沙石块水草堵塞是常有的事,加上一些不可预见因素如野兽踩踏、樵采农作等,水管用不了几年就需局部更换或重新架设。第一次更换时,考虑到这几户人家没有享受到村集体统一供水的红利,村上想办法提供了部分管道。2020年,殷某家的水管再次因故不能通水,又需要重新架设。殷某一个电话打给镇政府结对帮扶干部老吴,老吴找到镇上水厂好说歹说讨得数十米水管,立时就给殷某家送了过去。但不久之后电话走访时,殷某再次跟我提出:"一书记,上次吴干部送来

桐车坝边的桐车桥

的水管还短了,只到得一半路程。"我告诉她,老吴也是尽了力才争取到的,再要老吴弄的话他就只能自己出钱买了。殷某在电话那头回复:"我不提无理要求的,我也不少咯点架管子的钱,但大家都吃的村上供的水,我吃自家搞的水,村上一根管子都给不得?我只问您要。"我知道,殷某自己住在镇上,家里只有一个婆婆用水。我问她:"如果村上不给管子,是不是你婆婆就不吃水了?"谁知殷某这般回复:"你哩只讲扶贫扶贫,一点古的好事都做不得?"国家复查在即,如果殷某跳出来说自己家没有解决饮水问题,那责任可谁也担不起。一半出于帮扶职责,一半出于同事情谊,多番电话联系之后,老吴终于将殷家所缺的数十米水管装进了村里,并明白地告诉我:"一书记,这些管子,硬是我自己出钱给她买的。"

"再这么搞下去,随么子都依贫困户的,我自己都要成贫困户了,还要他把我扶一下才好。"老吴感叹。

我还是排在第二位

要说贫困户受益,老周一家算是最多的了。夫妻二人、儿子儿媳再加上一对孙儿,家里共6人。其父母虽然住在一起,但单列一户,也是建档立卡贫困户。全家从雪木仑实施易地搬迁下山建房,加上其父母实施危房改造,一栋新居政府补助资金就达15万元。加上母亲和儿媳妇的残疾人两项护理、产业奖补、本人的护林员工资,几年来的总受益达到了20万元。

但在一次走访时,因为没有给其家解决兜底保障,老周还流露出一些不满:"定护林员时开始不是定的我,是××不搞才派给我的,我还是排在第二位。"

全村近70户贫困户,受益总金额排第一,只是因为一个公益岗位排在了第二位就不满意,哪有这样的理!该教育的一定得教育,该批评的一定得批评!我当即一项一项地给他说道开了。面对一个个有根有据的受益数据,老周终于承认:"好处都是得了呢,感谢政府的政策好。"

所谓不打不相识,此后走访及上级调查,老周再也没说半句对帮扶政策落实不满意的话。本着实事求是的原则,村组又上报为其长期住院的精神病儿媳解决了一类兜底保障。老周的护林员工作也干得更加出色,得到了村上的认可,某次甚至还邀请我们一起品尝了他巡山采挖的美味。

未必我老倌子就吃不得个低保

吴老太家虽然住得高,但我走访其家次数算是比较多的。吴老太儿子和孙儿都在外务工,孙子还买了小车。孙女在读高中,老两口留守,儿媳在家照看两位老人。家里新建了住房,经济条件还过得去。老人也好,其儿媳也好,其实每次走访都蛮热情的。但吴老太却几乎每次都会执着地提出一个问题:"干部,未必我老倌子就吃不得个低保?他在轮椅上坐了好多年了。"一查底册,她老倌根本就没达到享受残疾人两项补贴的等级。吴老太家之所以"入档",最主要的原因是家有两位年近八旬的老人。但换个角度思考一下的话,哪个家庭又没有老人呢?哪个人又不会变老呢?年老了,肢体行动不便是常事啊！提的次数多了，我忍不住还是在议事时向村干部转达了吴老太的诉求。村干部听了马上起了高腔："两个技术工赚钱，有房有车，他都还要吃低保，那全村都只吃得低保了。"

受了么子益？不晓得

李大妈一家四口人，儿子儿媳常年在外务工，一个孙子在贵州的外婆家读书。档案里标注的致贫原因是李大妈本人"因病"，但在2014年即已脱贫。之所以一直在"档"，估计也是系统处理的问题。李大妈一家该享受的帮扶待遇是全部到了位的，特别是教育助学的受惠额度相当大。但每一次上门走访，上次一项一项告知了的受益项目再问时都是一句老话："受了么子益？不晓得。"要说老人记性不好吧，其他贫困户受了什么益，老人信口就说得出来。"我硬恨不得骂她一餐死的。"结对帮扶的熊妈每次走访回来都气得要吐血。但气归气，下一次同熊妈一起走访，她又是一脸的和气，跟李大妈一样一样地说开了，真是天生的好脾气。

黄羊山界下一角

一坪薯渣坨

李老爹住在村部旁边的山坡上。刚到龙丰村时，李老爹还不是户主，户主是他的驼背儿子。有关这一家子的故事，我都是在其驼背儿子去世后才陆续知道的。

李老爹全家四人享受一类兜底保障，加上物价补贴，每个人仅此项平均每年已大几千元以上。老夫妻有政府按月发放的养老金，虽然数额不大，但买米买油足够。老伴是肢体二级残疾，享受残疾人生活和护理双项补贴，每月又是一百多。2020年初，其驼背儿子去世，孙女儿改享孤儿待遇，金额又翻了一番还多。孙女儿在职高学校还享受"雨露计划"补贴及生活补贴，每年又是大几千元，如果节约着用，还有余钱可以带回家。偏巧帮扶责任人又是仙溪镇的女镇长，天生一副菩萨心肠，每年个人自掏腰包资助李家孙女一笔生活费用的同时，又动员自己在外打拼的同学每年为女孩争得上千元资助。加上各种临时性救助、慰问，即便各种农作物收入不算数，真正的家庭人均纯收入也远远超出脱贫标准。家里本来有个木房子，柱粗壁厚，看上去也还结实，但李老爹也趁着贫困户普遍进行危房改造的东风建起了两层砖木结构新居。政府提供的改造资金有限，女镇长又动用自己的人脉包下了地面粉刷及门窗安装的费用。说穿了，李老爹一家其实就是政府在供养着。

然而，就是这样一个被国家政策红利包裹的家庭，却给我们的驻村工作添加了无穷的阻力。

李老爹的驼背儿子我没见过，不知其残疾状况到底如何，但其妻吴再吟老姆妈我是见过多次的。残疾证上写的是肢体二级残疾，本人说是一条腿手术过后比另一条腿短了几公分，但其年过八旬走路时却既不左偏也不右倒，腰板挺直，实在看不出两条腿有长短之分。2020年下半年，县里普遍换发残疾人证，对残疾人等级进行重新认定。考虑农村偏远老人行动不便的实际，三哥自己开车将大家送到了镇上医院。定残医生反复检查，并让走路瞧瞧实际情况，最终李老爹的老伴只定了个四级肢残。这下可好，残疾证一到手，老人跳起脚后跟发火了：瞎子都晓得我两只脚有长短，吃了咯多年的残疾人补助了，我都不是残疾还何个是的啊！走访时，一家人上下都认定是三哥跟他家有过节，特意要医生不给定一级二级的。我的天！三哥和李老爹是同房同宗的亲戚，其家建新房时又数三哥出力最多，他何苦又有何能主宰医生的评定？后来，因为还有部分残疾人没有到镇上去鉴定新的残疾等级，李老爹也正有请医生重新为老伴鉴定的想法，有人建议三哥接定残的医生到村上来上门服务，三哥直摇头："修福修福，我一不接二不送，莫结论不合心理预期时又落得是我特意要医生评低的骂名。"私下里，三哥跟我诉苦："我也打电话问了医生，医生讲'她走路平平稳稳也给个二级以上，除非我是瞎子

李老爹的新建住房

呀，国家的钱也是钱哪'！"

国家脱贫验收调查前的一次上门走访，我到李老爹家时，正巧其外嫁三星村的女儿回了娘家。才一开口，这女儿便放开喉咙喊起来："么子扶贫哦，尽扶了些会跟村干部拉关系的。"她这话刹时也点起了我的怒火，我也抬高了声音质问："那要得，就按你的讲，你娘屋里跟村上的干部拉了哪些关系啊？是给了钱给几个村干部，还是给了腊肉腊鱼给村干部？"也许没想到我会跟她开杠吧，她这才支支吾吾："那都有呢，那都有呢。"见她态度收敛，我又一五一十地说起帮扶的政策来，并为她所在村的贫困户评定正名。好在李老爹老伴走了过来，跟着说道："莫信她的，她有神经病。"

农历九月起，红薯陆续进入收割季节。这些年，红薯拿来喂猪的越来越少，种红薯的农民多用来洗滤淀粉制作红薯粉丝。某日，太阳正暖时，我和一同驻村的镇干部老刘来到李老爹家，只见李家水泥禾场坪满是滤粉后的红薯渣捏成的坨。这些薯渣坨虽然只剩得一些粗纤维，但拿来给猪撑肚皮还是可以的。老刘在街上长大，一时半会没有弄明白这些比拳头略大的坨坨是什么东西，轻轻地问了句："咯是么子东西？"我告诉他，是红薯渣。过去，这样的红薯渣拌上盐是可以制成咽饭菜的。我打趣说："刘主任，晒干了要李老爹送几坨给你，做腌菜子吃。"接着，我又跟李老爹开玩笑："镇长对你家真的是好，刘主任送两三坨的话，镇长怕要送十几坨哦！"大家正要起笑，在堂屋里捏薯渣团的李家火爆儿子突然发话："分得镇干部冇得吃的，只把村干部吃，我还要拌两包老鼠子药进去！"

"话莫这么讲啊，你爷老子一家算是得了政府的好处的！"老刘和我面面相觑，像吃了只苍蝇。老刘还要再多言，李家火爆脾气儿子又跟其他人说开了另外的事，好不尴尬。

"你咯伢几，讲话不晓得好歹，不是政府的话，靠了你哩两弟兄，我饿都饿死嘎好久了！"背后，李老爹似乎在说道他这个儿子，但声音有些低。

有关李老爹家最新的消息是，李老爹的孙女儿考上了师专，几年后将成为一位光荣的人民教师，李老爹家整户出列兜底指日可待了。

金泉金子心

　　李老爹的孙女李娜能够顺利读完中学考上大学，除了各种国家助学金，还与仙溪镇的女企业家、政协委员周金泉十年来的帮扶与鼓励密不可分。

　　父亲身体残疾，又患着高血压、先天性心脏病等多种疾病，需经常用药，丧失基本劳动能力；母亲出走多年没有音讯；李老爹夫妇已是风烛残年，李娜在本该无忧无虑的童年时期就学会了做农活和各种家务事。贫困的家庭生活，让李娜暗下决心：一定要努力学习，用知识改变命运，让祖父祖母和父亲过上富足的生活。但是，龙丰村小学早就并入了镇上学校，学生都在镇上住读，进入初中后生活费用和其他开支会更多，对于能否顺利完成学业，李娜并没有把握。这当口，周金泉作为李娜生命中的贵人出现在她跟前。

　　周金泉出生于仙溪镇大桥新村，父母是盲人。因为家庭贫困，高中没毕业就回家务农了，在镇村干部和亲戚邻居的帮扶下，一家人才得以挺过一个又一个难关。成家后，周金泉决定外出务工，先后进过工厂、跑过运输、卖过煤炭，积累了上千万资产。2009年10月，周金泉和丈夫响应县政府"引老乡回故乡建家乡"的号召，回到仙溪镇成立了金玲商贸有限公司，之后又成立璟洋房地产开发有限公司。2012年，周金泉被遴选为安化县第八届政协委员。2017年，周金泉被遴选为益阳市第六届政协委员，并当选为常委。感恩于当初社会各界对一家人的关怀，周金泉一直牢记着父母亲"一定要尽力帮助别人，回馈社会"的叮嘱。成为政协委员后，周金泉的一言一行更是无不彰显着一位企业家的大义和担当。

　　2013年2月，刚担任安化县政协委员不久的周金泉来到龙丰村进行妇女权益保护情况调研。在村部前不远的溪边旱地里，周金泉看到一个身材瘦弱的女孩正在干农活，立即停车仔细询问情况。这个女孩正是在九龙学校读小学四年级的李娜。周金泉跟着李娜来到她家里，看望了她驼背的祖父、父亲和肢体残疾的祖母，当即决定对李娜予以资助。她掏出2000元钱交给李娜的祖父，承诺直到李娜大学毕业，在校期间每月资助300元生活费。

周金泉信守着自己的承诺。10年来，她总是按时将生活费送到李娜的祖父母手中。李娜初中到县城酉州学校就读，高中进入安化黑茶学校学习，每年寒暑假都会登门对周金泉表示感谢，送去一些自家种的土特产。而周金泉每次回馈的都是浓浓的母亲般的关怀，像对待亲女儿一般给她买衣服和学习用品。2018年，李娜家进行危房改造新建，周金泉送去5000元现金给予资助。2020年3月，李娜的父亲李自刚去世时正值新冠疫情特别防控期，周金泉待疫情稳定后专程到村里看望李老爹夫妇，送来1000元慰问金。10年来，周金泉对李娜一家的资助超过3万元。

从李娜开始，周金泉的爱心帮扶越来越广，将公益心作为其企业文化核心。2016年6月，周金泉组织益阳市女企业家协会会员筹集资金6万元，

李娜一头扑入周金泉的怀抱，如同母女

周金泉看望李老爹夫妇，为其孙女李娜送来生活费和资助金

前往芙蓉山开展幼教帮扶活动。同年8月，安化一中"圆梦大学"助教活动，她现场资助2名贫困大学生每人6000元，并承诺帮扶至大学毕业。2020年，仙溪镇党委、政府采纳她的建议成立教育基金会，聘任她担任理事长，她带头捐款15万元，并承诺会持续捐款5年。目前，基金会已收到捐款近百万元。这些年来，周金泉先后捐款110多万元，资助了83名贫困学生。受助学生中有3人成了企业家，6人考上了大学，5人光荣入伍，4人留在周金泉的公司工作。

"周阿姨就像我的妈妈一样。我是靠着周妈妈和大家的帮助才一步步走进大学的，我毕业后要成为一名优秀的人民教师，将周妈妈金子般的心传递下去！"李娜在电话中如是说。

到亦神芙蓉摘茶去

"到芙蓉山去哦!"

"到亦神芙蓉摘茶去,包接包送包中饭!"

清明后三天开始,龙丰村的大小湾子里,妇女们说得最多的就是这两句话。

芙蓉山出好茶,这是公认的。清代名臣陶澍的《芙蓉江竹枝词》就专写了妇女们上芙蓉山采摘春茶的情景:"才交谷雨见旗枪,安排火坑打包厢。芙蓉山顶多女伴,采得仙茶带露香。身背竹篓上山岗,白云深处歌声昂。

亦神芙蓉茶园基地

红网益阳站制作的潘亦可参加国际茶日活动有声海报

十指尖尖采茶叶,笑语阵阵比情郎。"

安化黑茶被誉为二十一世纪的健康之饮,芙蓉山作为安化茶叶最优质产地之一,自然茶园众多、茶企众多、制茶能人众多,潘亦可和他的亦神芙蓉就是其中的佼佼者。

潘亦可是土生土长的芙蓉山人。为了圆创业梦,他在外开货车、承包码头、从事矿业开发,通过10多年努力终于攒得千万家当,于2008年底

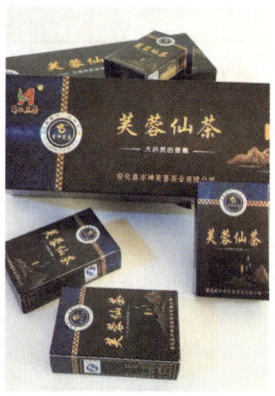

亦神芙蓉的小块、小盒便泡茶

回到家乡。其时，安化黑茶已在全国小有名气，要强的潘亦可决定停下漂泊的脚步就地进行第二次创业，打出芙蓉山茶产业品牌。次年1月，潘亦可流转200多亩荒山垦植茶园，让芙蓉山连片茶园面积翻了一番。2010年，潘亦可尝试进行作坊式生产，因为茶质好，卖价和受欢迎程度远远超出了他的预期。他动起了大干一场的心思。他自己出钱带着110位村民来到中国梅山生态文化园参加"茶叶300句"培训，仅买门票的开支就达8800元。回到村里，参加培训的村民都开起了茶园，潘亦可自己也增开了200多亩茶园基地。不久，大家抱团组织成立了茶叶种植专业合作社，茶园面积达到4000余亩。2012年，潘亦可开始学习安化黑茶制作，与人合作建起了加工厂。2015年，潘亦可单独成立安化县亦神芙蓉茶业有限公司，成功注册"亦神芙蓉"商标，建设了3000多平方米的茶叶加工厂和1500平方米的仓储库房。为了保证茶品，他四处拜师学艺，花了不少钱请专家到公司讲课、现场教学。与其他茶企相比，潘亦可在传统的基础上更具创新力。为了增加茶的甜度和茶汤亮色，他将红茶、白茶等茶类制作中的萎凋工艺引入黑茶制作中；为了方便消费者携带冲泡，他率先将黑砖茶、千两茶饼等紧压茶切割成一个个小块后再包装售卖。2016年11月，潘亦可被遴选为县九届政协委员。成为政协委员后，潘亦可带领村民脱贫的愿望更加强烈。为了鼓励茶农扩大生产规模，一起做大芙蓉山茶叶的品牌，他每年从农商银行贷款30余万元，直接从厂家购进肥料等生产资料，全部按成本价赊销给茶农，最多的一次拉了几十车，共计300余吨。几年下来，他贴息达到26万多元。2018年以来，公司年产茶叶稳定在500吨以上，年综合产值达5000万元。跟着他一起干的100余户合作社农户年均增收3万余元，有的超过10万元，全部走出困境。在潘亦可的引领下，芙蓉山上安蓉、庙山坑等茶企先后注册成功，小型黑毛茶加工厂达到10多家，许多茶企和个人纷纷来到芙蓉山建设新的茶园基地。如今，全村500余户村民家家种茶，茶园总面积达到8000余亩，每年茶叶还没开采就被各路茶商全部预订。2021年底，县政协换届，潘亦可的妻子屈久瑛成为县十届政协委员。

  茶企增多，茶园面积不断扩大，茶叶采摘、施肥、锄草都要劳动力，芙蓉村本村劳动力根本满足不了生产需求。龙丰村地处芙蓉山下，上下也就20多分钟车程，正好满足了这一需求。最多的时候，芙蓉山上仅潘亦可亦神芙蓉茶业公司采摘用工就达到80余人，每天仅采摘工资和午餐开支便达到1万元。石家片村民董向阳最多的一年在芙蓉山摘茶80天，领取工资8000元。加上培管用工，龙丰村从事采茶的村民每年从潘亦可的亦神芙蓉茶业获得的报酬在50万元以上。难怪，爱民支书说要授予潘亦可龙丰村荣誉村民称号！

熊妈结对

熊妈大名叫宗辉,虽然儿子已达结婚年龄,其实自己才不过"不惑",还是大美女一枚。无奈她乐得长一个辈分,有叫必应,我也只好跟着改"熊姐"为"熊妈"了。

熊妈和丈夫简少华都是仙溪镇的企业家,办过水泥厂、碎石场和农庄。2011年正是安化茶业风生水起的时候,仙溪镇境内的芙蓉山茶又因历史悠久而享有盛名。熊妈夫妻欣然前往芙蓉山考察,与龙丰村委会和数十户村民签订协议,承包下芙蓉山裙峰黄羊山800亩荒山,经一年多努力垦出200余亩茶园。茶园培管和茶叶采摘都需要劳动力,偶有矛盾也需要村委会出面调解,熊妈自然而然跟村上的人都熟了。

2016年,熊妈夫妻俩又注册成立黄羊山茶业有限公司。夏末的一天,

上图:熊妈(左)跟村民讲解冰箱使用常识
右图:熊妈察看帮扶对象家生猪长势

时任村会计的姜爱民找到熊妈，向她求援：村里寡妇殷庆林儿子李玉峰考上了大学，但殷庆林年近六旬，一年到头除了喂养的一头肥猪外再无其他收入。学费勉强凑齐了，生活费还没有着落。熊妈跟随姜爱民来到殷家，看着殷庆林忧愁的面容，摸着殷庆林开裂的手掌，当即掏出1000元现金予以资助，并承诺之后每个学期资助李玉峰1000元生活费直至毕业。

2017年，全县范围的贫困户复核工作完成，脱贫攻坚进入关键时期，熊妈的黄羊山茶业有限公司接受镇政府安排对龙丰村18户贫困户进行产业帮扶，熊妈夫妇同时作为责任人与10户贫困户结成帮扶对子。

熊妈做企业上心，结对帮扶同样极具责任心。熊妈是"龙丰村脱贫攻坚帮扶责任人群"里唯一不拿国家工资的，但每月的上门走访都是第一个找到工作队领取《本月帮扶须知》。我曾多次陪同熊妈一起走进她结对的贫困户家，该登记签字就登记签字，该计算收入就计算收入，该送达"微心愿"就送达"微心愿"，该宣传政策就宣传政策。因为每到一户都非常细致，她一轮走访搞完常常需要两天整。

熊妈心软。来到结对帮扶户姜畅和家，见老姜坐在角落里直喘气，知道是感冒得厉害，得知其在外务工的儿子本月还没打款回家，连忙掏出两百元现金，嘱咐他到村医处治疗。之后，她和丈夫简少华又多次对老俩口予以资助。结对帮扶户吴香仁辟有茶园但不会做茶，熊妈大大方方承诺：将鲜叶送到我的企业来，免费给你做好，也可以免费教你做茶。吴香仁后来学会了制茶技术却找不到销路，又是依靠熊妈代为销售。熊妈开了个山庄，结对帮扶户陈美英自养的鸡鸭销售她几乎包了下来。2019年有一段时间猪肉行情很不理想，帮扶对象殷庆林家养的猪却到了必须出栏宰杀的时候。她找到熊妈求救，熊妈眉头都没皱一下就答应下来："我帮你找人买。"殷庆林不知道的是，她家宰杀的这头猪整整300来斤肉，在熊妈的冰箱里足足囤了半年时间。

2021年起，农村工作重心由脱贫攻坚转入乡村振兴，但熊妈作为一位企业主仍然忠实地执行着上级的帮扶安排，惦记着村里的脱贫户，多次与

县十届政协主席胡能华(左一)、仙溪镇党委书记贺磊(左二)视察熊妈的仙溪镇乡村振兴展示馆

镇上的其他企业家走进特殊困难家庭进行帮扶。也因为这份责任心,熊妈在年底被遴选为县十届政协委员。成为政协委员后,熊妈的事业也随思想境界的提升不断拓展,承建起了安化县乡村振兴展示馆仙溪分馆,并参与供销展示馆和品牌文化馆建设。在上门帮扶脱贫户时,熊妈甚至还学着做起了"正确使用家电"等讲座。熊妈对困难人群的关注视野也从龙丰村而扩宽到周边的三星、芙蓉等村,还将爱心播撒到镇上的几所学校以及安化一中、二中学子。她说:"能够帮助到别人,是我最大的快乐!"

群妈的叹息

正中的两层平房就是群妈的家

群妈终是没能抗住病痛的折磨，走了。三哥作为堂侄且是村干部，既当都管安排各项事务，又披麻戴孝迎送村邻凭吊。婶侄之间的恩怨也随之划上了句号。

群妈丈夫去世得早，女儿嫁出去后虽养育有一儿一女，但女婿不是特别顾家，后来两口子分手了。孙儿年过二十，虽然在外务工，但很不懂事；孙女跟着务工的女儿在外读书。因为群妈动过手术欠了账，身体很不好，家里被评定为建档立卡贫困户，结对帮扶责任人就是她的堂侄三哥。

伯母一个人在家，做侄儿的按理会悉心照料；而群妈也没有理由不视侄儿为己出，但事情就是不按剧本发展。

三哥是晚辈，也是一个很懂得感恩的人。那年起屋，三哥的地基在群妈的屋后，如果群妈不让出一两米进深，三哥的新屋进深够了就禾场坪里小车倒不了车，小车倒得了车就新屋的进深不够。群妈想着三哥平日对自己的好，今后还得多靠三哥照顾，虽有些不舍还是让出了两米进深。就冲这一点，三哥对群妈一直心存感激。群妈在梅城住院时，女儿远在广东打工请不了假陪护，三哥一日一趟跑医院，并打发妻子全程陪同。医疗费用不够了，三哥二话不讲先行垫付。群妈行动不便，上个厕所都要人扶着，洗澡也不能自理，三哥的妻子像服侍亲妈一般不离左右。

错就错在群妈那张嘴。三哥老婆身材长相不错，人缘也好，群妈不知是从哪个嘴里听到了什么流言呢还是自己臆想，回来后居然跟人说三哥的妻子在外面怎么怎么的。世上哪有不透风的墙，前一刻说出的话后一刻就传到了三哥妻子的耳朵里。一片好心被当作驴肝肺，年轻气盛的三哥妻子当然不服："大伯娘，你真的讲了那些话吗？以后有路（事情）再也不要找老三和我哩了。"

前屋接后屋，风言风语总是能以最快速度传到对方的耳朵里。此后，群妈和三哥的妻子又因这因那闹过些矛盾。渐渐地，两家人生疏了起来。2018年，村里搞公路扩改，三哥在工地上做事。施工到群妈屋前时，三哥正蹲在地上抹水泥浆，忽感耳边有风声。急偏头，一个拳头大的石头擦耳落地，砸得地上水泥浆四溅。抬头看，群妈正立在自己的禾场坪里。三哥正要发作，被身边的工友劝住。群妈解释，自己是在清理禾场坪上的东西，不是特意丢石头打侄儿。但是，三哥心里对这个大伯娘更有气了，每月一次的走访也再无心上门，都是委托驻村帮扶工作队第一书记代行。

这些事，我都是进村发出第一次上门走访通知后听三哥说起的。我试图说服三哥别跟长辈计较那些没来由的事，但三哥说群妈太伤他的心了，坚决不同意上门。我没有强迫三哥上群妈的门，也试图借走访解开群妈的心结。群妈没进过学堂门，每次走访签字都是按手印。从按手印时的认真态度看，她不像是一个粗心人。几番将心比心的交流后，群妈的心倒是放得比较开：

"那些话讲嘎了的，也收不转了，冇得办法了。我一个老人家，乱讲的。"一次说起这事，群妈也叹气："也只有些古的（这几个）亲人，如地不想搞好关系哦！"但话传给三哥夫妇后，两人却都只是淡淡地笑："那是身边冇得人帮忙了啊，她讲那些伤人话的时候怎么不这么想？"虽然口头这么说，但三哥对群妈家的关注还是没有减少，群妈家该享受的政策待遇及民政关爱，三哥一样都没有给落下。每次完成贫困户微心愿，结对的其他贫困户是什么物资送达，群妈家也都照样准备好，只是请我代为转达而已。而群妈每次收到三哥私人出钱送出的物资，也都似乎有一些小迟疑。我想，她老人家必定心中也是有话说不出吧。毕竟，要她老人家拉下脸来先给侄儿侄媳赔不是的话，可能也放不下面子。

  此后，因为教育助学问题落实及贫困户外出务工信息处理，我与群妈的女儿有过多次电话联系。还好，群妈的女儿与三哥堂姐弟关系还算不错。对于三哥夫妻的付出，群妈的女儿是非常感谢的，毕竟远亲都不如近邻，何况三哥还是亲加邻呢。母亲要面子，堂弟也有个性，她也曾努力劝说过双方，但都没有效果。唉，人与人之间的隔阂，一旦产生竟是这样地难以解开！

  群妈走的那天是双休，次日赶回村里后又恰逢县里通知要以最快的速度完成乡村驻村新旧工作队资料交接。我回到了村部一打开电脑就停不下来，也没得空过去拜祭。群妈家与村部隔一条溪，白底黑字的氢气球祭幛沿溪排成一路，道场的锣钹声不断地冲击我的耳膜。间隙时，三哥时不时喊上一嗓子"请吊唁的亲友坐席中餐""请厨房准备三牲三果"之类。我想，群妈应该是早就在心底里认同了三哥这个侄儿的，而三哥的实际行动应该也表明了他对这位没读过书的大伯娘的谅解。三哥妻子当时正在广东务工，一时没法赶回，但随着三哥一句"伯娘去世了"的电话，她心中的那个结应该也跟着化解了吧。

梦儿姐的忧虑

我派驻到村里时，梦儿姐已被镇上作为稳定脱贫户退出贫困户序列，我到梦儿姐家走访，多是扯扯老年保养、孙辈教育的事情。

梦儿姐自己有一栋木房子，但自从二女儿生了三个孙儿孙女后，基本都是住女儿家，或住在女儿在镇上租的房子里，以方便照顾孙儿孙女上学。本来母女娘婿相处蛮不错，但这种和谐在村里开始芙蓉山抽水蓄能项目建设后被打破。

芙蓉山抽水蓄能项目需建上下两个蓄水库，梦儿姐家正在下水库坝址处。随着项目建设实物量调查和在册人口迁移安置摸底工作开展，梦儿姐家的矛盾就开始显露了。

本来，需要安置人口都是以派出所在册的人口数字、名字为依据，清清白白在那，用不着争执。但梦儿姐心细啊，大女儿母子3人的户口虽然还在村里，但脱贫攻坚建档立卡时是剔除了的，现在自己的户口本里只有5个人，国家会不会以这个户为依据？木屋、地基、田地的实物量赔偿也动辄上十万元，二女儿会不会同意大女儿享受？

在利益面前，二女儿二女婿对安置问题还真有自己的看法。要说平时的赡养，梦儿姐还真是二女儿二女婿夫妻在尽义务；况且名义上二女婿是入赘，梦儿姐的老木屋在其百年之后按农村常理由二女儿一家继承毫无问题。自然，实物补偿也该由二女儿一家享有。这些，梦儿姐都是没有意见的。最关键的问题是，如果新的房屋安置是按原有房屋面积为依据呢？大女儿独立了门户，岂不是一无所有？梦儿姐尝试着跟二女儿沟通，如果按旧房面积安置的话可否给姐姐一份，不想被果断拒绝。梦儿姐不高兴了，赌气

龙溪水潺潺

回到了老木屋。

梦儿姐的老木屋我是知道的,属和另一位村民共建房,一共有七八间房屋,木料用得扎实,两边都有包廊撑着,看上去既不前后倾斜也不左右摇摆。但木屋毕竟有了年月,而且靠后山较近,湿气有些重。走进室内细看,多处木地板已因腐朽而拆除。二女儿家建了宽敞的新房,她平常都跟二女儿住在新房里,所以危改也没有进行。现在搬到这里面长住,哪天不小心掉进烂地板窟窿里摔坏了手脚怎么办?

"我就住咯里呢,又不是冇住过的。"我上门劝说梦儿姐搬回女儿家里居住,梦儿姐还在气头上,"莫气人哪,咯号女,还讲要我死都只管死到泉塘娘屋里去呢!"

"母女家,莫见气哪!"我安慰梦儿姐,"我看,你女跟郎对你都还是蛮不错的。"

"我也有吃她们的冤枉！真的讲，几个孙儿孙女，哪个不是我一泡屎一泡尿帮了带大的啊？几个人到镇上读书，我起早煞黑搞饭接人，还服侍少了？"梦儿姐说着说着忍不住滴泪，"我对她哩也要得了的。我大女比起来得了么子好处啊，不公平。"

左说右劝，梦儿姐就一个态度："不搬。"

既然事情与梦儿姐的大女儿有关，是否可以探问一下她大女儿的意思呢？隔天再到老木屋，梦儿姐正和大女儿在通电话，说的正好是水库移民的事。梦儿姐将老年手机递到我手里："驻村的一书记正好在咯里，我要他跟你讲。"出乎意料的是，梦儿姐的大女儿在手机里劈头盖脸就是一顿怒怼，速度快、声音大，几次想说点什么都被打断，根本就没有听我说话的意思，当然我也没有弄明白她到底说了些什么。

作为稳定脱贫户，梦儿姐这栋旧木屋已没有实施危改的理由。于是，我尝试跟交道打得较多的梦儿姐二女婿进行沟通。二女婿究竟是见过世面的人，也认为妻子说过的一些气话有些不妥，并表示一定会善待岳母。对于迁移安置，二女婿表示一切都按政策办，自己也并没有和妻姐争财产的意思。

母女连心。再次找到梦儿姐二女婿家时，梦儿姐也在，看来她是原谅了二女儿，搬出了老木屋，我也放下了心。

离开龙丰村后，我在与村干部打电话时又多次问梦儿姐的情况，并嘱其女婿一定要照顾好她。最近了解到的情况是，二女儿两个大的孩子已分别考上了省市大中专学校，小儿子也在读寄宿制初中，梦儿姐用不着再在他们姐弟仨身上花工夫了。但大女儿夫妻都要务工，梦儿姐于是将两个外孙接到了仙溪镇上来，承担起了陪读任务。看来，梦儿姐真是要还大女儿一个公平了。可怜天下父母心啊！

超妈有话

超妈是聋哑人,一开始我并不知情。

第一次认识超妈,是跟镇上驻村干部老刘一起上门走访。超妈是老刘的五户结对帮扶对象之一。

那次上门,天气还有些冷。走进屋里,超妈一家正在柴炉边烤火。见我们来到,超妈立即起了身,"啊,啊啊,啊"地喊开了,同时辅以各种手势,我才知道她是聋哑人。

"我母亲,她搞不清的。"超妈的儿子老周介绍,"快满88了。"

老周递上爱心袋。翻开户口本,却只有超妈一页。

一个聋哑人能单独成一户?不应该跟做儿子的在一起?见我有些疑问,老周连忙解释,说父亲还在世时就分开了多年的,老人家喜欢过自己的生活。父亲去世后,只是户口本没合起来,实际上还是在一起生活的,住在一个屋里,也吃在一个锅里。

正在拉扯家常,政府另一位帮扶干部老邓也上门了,他是来找老周走访的。老周也是贫困户,因为村里将从雪木仑搬下来的村民基本评定为了贫困户。

一下子来了三个干部,超妈更加比划得起劲,表情非常丰富。看着老周的妻子起身出了烤火房,超妈指了指媳妇的背影,先是右手握住左手臂,做出一个拉拽的姿势;之后右手捏住左手臂上一块皮,作出使劲揪的动作,表情似笑非笑。我对老周说:"你妈妈是跟我们讲,你堂客经常拖她、揪她吧?""冇哪,何个欺负她?她拖我堂客还差不多。"老周回复道。

抬眼看时,超妈又改成了一副痛苦神态,右手做着抽耳光的假动作。

这到底是在表达她与别人之间的纠纷呢，还是恨自己讲不得话而要自残呢？反正一来猜不透二来猜透了也没用，我于是不再询问。但超妈可不管我们理不理，仍然接着"啊啊"不停手势不停，时而如泼妇撕扭样，时而如小孩淘气状，时而扯扯我的衣袖。

告别出门时，超妈追着我们到禾场坪，仍然"啊啊"有声，一手指着楼上位置，划了一个圈圈，然后做伸颈闭眼垂手状，再摆出一副哭腔。老刘轻声告诉我："有些事情，我到车上再跟你说。"

"她在禾场坪里比划的手势是个什么意思？"我追根究底。

"大前年过年前几天，新屋还刚起起，她男人到楼上自己吊颈死嘎了，应该是年纪大了，又有病，受不得罪了。"老刘介绍，"听支书讲，超妈一路来（一直）就是聋哑人，一辈子吃的苦还是不少的。"

"一书记，你是乍甫（初次）来，还想猜一下超妈比划的么子意思，真的像老周他们一家人天天在一起，听她啊啊啊的，就有蛮厌烦的呢，要不然她媳妇都起身走嘎了？"老刘继续说。

"看样子，超妈威武得很，看88不出，是百岁老人家的胚子。"我跟老刘说。

但事情的发展常不以我们的判断为方向。离开龙丰不到半年时间，某天打电话问起村里的情况，说到超妈的时候，村支书告诉我："王主任，超妈前几天已经过嘎了（去世）呢！"

我不由心内有些怅然。超妈是先天性聋哑人，也没有学过手语，尽管表情丰富，但她一般的手势别人都难以猜透意思。也正因为别人猜不透，超妈跟人比划时的表情才会那么急迫。我想，超妈一辈子因为听不到声音也说不出话，心内郁积的何止千言万语！驾鹤西归极乐，对超妈的家庭，对她本人，或许都是一种解脱。

行走大树坪

大树坪是龙丰村的一个村民小组的名称,与村核心区域隔着一个高百米左右的山坳,顺着组内一条小溪沟走出去就是泉塘村。大树坪按地名考究,应该是至少有一棵大树,可现在却见不到任何大树的影迹,最大的坪也难得装下一个篮球场。新旧大小房屋才21栋,农户以殷姓为主。住户不算多,行走其间听闻的故事却不少,略撮几例,以为记。

何个害我,偷了我8个鸡蛋

蒋跃军60来岁,原为山界上蒋家组人,搬居到了大树坪,是坳下公路边的第一家住户,也是建档立卡贫困户。建房期间,他与村干部三哥之间发生的一则故事着实有些趣味。

一天正午时分,蒋跃军夫妇突然奔到操坪里,大喊:"何个害我,偷了我8个鸡蛋,门也撬开了,你哩赶快搭(给)我去处理!"三哥知道蒋跃军是个急性子,马上就带着辅警小肖动了身。几人雷急火急到了蒋家,只见大门敞着,没有人为破门的痕迹。走进里屋,床下有一个商品鸡蛋座盒,座盒不规律地空着些蛋窝,一清点正是8个。真是贼来了,会只偷8个鸡蛋吗?再看地上,蛋清蛋黄蛋壳往大门、阶基的方向流粘滴水,三哥的心里已猜着了三分谜底。"跃军,我跟你讲,你咯几只蛋十有八九是猫啊狗衔嘎的,冇人害你!"三哥平和地说。

"几个钢筋箍呢,也冇看见了。"蒋跃军又嚷起来。三哥估计蒋跃军有些信口开河。果然,才走几步,就在楼梯间的一堆纸壳下找到了好几个钢筋箍。

"不晓得何个哦,把我几斤马钉也摸嘎去了,我记得是装在一个纸箱子里的。"蒋跃军又叫起来。肯定是在放在哪间房里不记得了,三哥分析。才走进楼梯边的第一间房,一个啤酒纸箱里满是马钉。

转眼间,蒋跃军三条线索都被三哥否定。

"反正贼古子(盗贼)搞开了我的门,摸了我的东西。"蒋跃军一口咬定,并说下边的邻居殷科章可以作证。

那就喊证人来对质吧。七十好几的殷科章正好在家,拄根木棍摇摇摆摆来到上屋,说是10天前在菜园里亲眼看到蒋家的大门被风吹开了,冇得人偷他家的东西。真相已经非常清楚了,三哥将"破案"结论再表述一遍:"你说的丢失的东西都在,鸡蛋也不可能是别人偷走的。"

蒋跃军夫妇听了三哥的结论,张口就是一顿怒骂,暴跳如雷:"你不关心村民的财产安全,我要到上级去告你,请上级来处理你!"

嘘——

大树坪

县政协副主席廖小寒（右一）、刘学军（右三）视察龙丰村综合楼建设工地

这木屋子不会垮的

殷科章为坳下第三家，和最小的儿子殷苏兵一户，是镇村两级确定的边缘易致贫户，由村会计老周结对。

殷科章父子住在一栋木房子里，房子连厨房有六间，从右往左同时往后倾着，撑了好几根木戗，民政部门干部目测判定为危房。这木房要说倒还真不一定会倒，但要实行危改却不知从何改起。将木屋全部立正吧，不能保证屋顶的瓦片不震落，也不能保证根根木柱都经得起折腾。给再修一栋小些的房子吧，殷本人不是五保户，其未婚的小儿子也还未达五保户年龄，不符合政策规定。只能想其他办法。其实，殷科章的大儿子在下面溪沟边修了两层砖房，房间多，他们父子挤进去住完全没有问题。大儿子也很通情达理，但老人念叨着种菜不便、自己的房子更自由，硬是不搬。秉着"人不住危房，危房不住人"的宗旨，村"两委"干部上门跑断了腿、许尽了愿，镇上民政室的干部也现场进行了几轮劝说，好歹终于将老人劝到了大儿子家，并签下了一纸协议，保证长期居住在大儿子家就将危改资金打给大儿子。

没几天，殷苏兵打电话来说自己回老家了，打算第二年在家养鸭。在大儿子家，他将派给父亲和弟弟的房间和厨房一一指给我看，并说弟弟这一番回来一般住在这里。走进派给他们的火炕房，一个化纤袋里装着一些必备用品，铁锅里却脏得一塌糊涂。"说实话，老人家没有天天住我这里，住这里时就是和我一起吃的饭。"殷科章的大儿子有些无奈和无辜。一溜烟来到坳下旧木屋，房门都没有上锁，敲门却无人应答。转了一圈，殷科章蹲在屋边菜园里挖红薯。"不方便呢，上厕所、进厨房都要打弯，作菜也不方便。这屋不得垮的呢，一书记。"无论我如何言语，老人都只是含含糊糊地"哦哦"，到后来归个总："我耳朵也不听见了！"

殷苏兵到镇上办事还没回，天已将黑，我只好返回。看来，这殷老爷子也未必甘心离开这老窝。真要是哪天出了人命案，我这一书记恐怕也不会安然，但又能怎样？

我有儿子，我不是五保户

沿殷科章家门前的公路而下五十来米，上个小斜坡，就是殷茂章夫妇的家。

殷茂章夫妇没有儿子，且夫妇俩身体都不是太好，完全可以享受五保户政策，但夫妇俩坚决不同意享有这份收入。为何？故事说来有些绕弯，也有点让人心酸。大树坪村民赴外务工者多为去广东清远、韶关烧炭，殷茂章就是在这过程中有了"儿子"。因为在一起混熟了，云南一对曾姓兄弟21世纪初随着殷茂章来到了村上，哥哥在原上丰村姜家组入赘，弟弟则到大树坪给殷茂章做了干儿子。中年得子，殷茂章好不欢喜，请人"写了纸"做了满湾认子酒，小伙子还改了姓。次年，小伙子将在云南谈好了的女朋友带回，殷家又做了结婚酒，再后来媳妇生下了小孩，家里又做了周岁酒。日子眼看着越来越红火，殷茂章心里就一个字："爽"。可过着过着，小伙子夫妻却在一次外出务工后再也没有返回。殷茂章心里特别不是滋味，感觉整个人的心都被掏空了，不止一回寻到广东一起烧炭处和云南小伙子老家，试图挽回这段父子情缘。然而，小伙子就是没有回家。十来年了，"儿子"住的房还是当初的摆设，红色家具光亮如新。夫妻俩的房间老式三门柜上，满是"儿子"三口及其兄弟的照片。

"我有儿子、有孙子，我不是五保户。"殷茂章对村里的照顾很反感，根本就不同意享受五保政策。村里没办法，只好为经济状况并不理想的夫妇俩评定为建档立卡贫困户。

确实，就在2020年疫情期间，"父子俩"还通了电话，电话里殷茂章依然被呼为"爸爸"。堂屋横梁正中，"百年好合"四字的大红底色久已淡褪，字迹也只剩上半部分，却粘得十分牢固。

尽管熟知情况的村干部们都判断殷茂章的"儿子"不会再回归，"儿子"的哥哥也表示弟弟肯定不会再回到村里，但在殷茂章的心里，"儿子"一家终究是会回来的。我也期盼他能心愿成真。

最真实的梅山民俗活化石

殷品全是由我结对的边缘易致贫户，家住大树坪的正中央，全家常年在家务农。如果要找寻最真实的梅山人20世纪生活场景，殷品全家可以说是非常难得的孑遗。

殷品全家定为边缘易致贫户，主要是因为一个出嫁女儿患间歇性精神障碍后返回娘家长住，家里须有人照顾，药费也是笔不小的开支。说是结对，其实我心里还是有些发虚。除了动动嘴告知他我是帮扶责任人，在其家木板壁上贴上一张有我头像的电话卡，摸几个养殖业种植业数据，真正落到实处的帮扶只是跟村干部们一起为其女儿争取了一个单人低保。每次到他家里也只是限于堂屋里坐坐，扯几句家常就离开了。

一天，因为核实贫困户"主要燃料类型"，我再次来到殷品全家。

殷品全还在山里未回，其妻吴早清正在厨房里忙着。灶膛里，红红的干柴火焰直往外窜。锅里是正沸着的鸡蛋花，估计是给女儿或是外孙女的特殊照顾。趁她进屋寻"碟子"（花生、瓜子）倒开水的间隙，我抓紧对其家来了个大侦查。灶屋后是两间猪栏，第一间关着一头七八十斤重的架子猪，第二间关着一头母猪。猪栏后是厕所,意想不到的居然还是20世纪七八十年代都不曾多见的倒置王桶形粪缸,上厕所要爬一米多高的楼梯。房间里睏柜、圆角木箱、老式梳床、三门柜一应居全,只是看上去有些陈旧。液化气灶搁在另一端空房的一个台子上,一副许久不曾动过的样子。女儿殷姣在房间和外孙女说着话,也和我搭讪,看来状态不错。吴早清告诉我,猪都是今年新捉的,还有一头大的端午节时杀了,卖了七八千块钱但也很快就用完了。母猪已"傍起了"(怀孕),明年的用度就靠它了。

走下阶基,只见泥土禾场坪里一台已卸了锯条的锯木机都快锈成了废铁,锯台下堆满竹柴。禾场坪下的田块也是殷品全的,已收割完毕,稻草有些凌乱地堆在厨房偏檐下。车子开上水泥路,回首山坎下的殷家木屋,青烟在屋项自由地扩散,我不由想到了十多公里地外的中国梅山生态文化园。那里是有识者为了保存古老的记忆而专门打造的一处景观,而这里却是最真实的存在。作为民俗文化爱好者和自诩文化人,内心不由又为农村新建与拆旧中的文化遗存矛盾而纠结。

龙丰村旧村部边建起了新的综合楼

我的崽耶，要去找了回来

国爹国妈夫妇都已80岁高龄了，但不像其他老人，这对夫妻在村里有些不受人敬重。

第一次认识国爹国妈夫妇，是刚进村不久时与镇上驻村干部老刘随机进行农户普遍走访。国爹夫妇住在村部后的吴家组一栋旧木房里。我们到时，国爹夫妇刚吃过中饭。听老刘介绍我是新来的一书记，国爹热情地招呼着："坐，坐坐。"其实，国爹家的阶基上凳子都没有一条，我们只好站着跟他们夫妇聊天。木屋还算宽敞，只是楼上因为没装上板壁有点空，大雨天时楼面可能会有点漏飘雨子。见我眼睛在看木屋，国爹开了口："他们的屋都兴搞危房改造，政府一拨就是一两万，我咯只屋也烂嘎了，能解决点钱整一下不？"看来，国爹以为我是在城里长大的，会看见木屋就喊危房、喊要搬迁、喊要整改。阶基地面坑坑洼洼，到处是鸡粪鸡毛。国爹见我眼睛移面地上，又开了口："搭我拨点钱把地面打一下也要得。"老刘生怕我同情心泛滥乱表态，急跟我眨眼又轻轻摇头。我问老人，家里都还有些什么人，国爹刚要回答，国妈忽然接白（接话）："我的崽耶，要去找了回来。"这是怎么回事？老人有一个儿子走丢了？我急忙询问详情。国妈当即说开了："还是那年出去的，就冇回来了，有些的讲在广东看见过他，我出去找了好多回呢，我的崽啊！""她搞不清，是我一个伢几，已经不在了啊，瞒了她的。"国爹岔开话题。"哦哦。老人家莫急，慢了慢些找，找得到的。"还要劝说时，三哥妻子打来了电话，说是该吃中饭了，我和老刘只好起身告辞。在下阶基的过程中，国爹还在倾诉个不停："我哩为国家吃了亏做了贡献的啊，咯只脚上的疤子都是为国家建设受的伤！"

"这个老人家，不知足的呀！"老刘一路跟我介绍，"有儿有女有孙，但两口子都吃了低保的。""按理说，儿女双全，这是通不过的吧？哪个人不会变老？他们两个都身体很健康呢。"我疑问。原来，国爹成天就是在湾里上蹿下跳跟村干部要这要那，不给就吵死人，让你办公都不得安宁，是很逗厌（讨嫌）的那种。实在吵得烦，村上只好给夫妻俩解决了二类低保。回到村上，跟村干部说起这事，村干部们直摇头："最自私的就是他！要了低保要残疾人补助，要危改资金，要民政救济，把国库拿得他都嫌少了！这种人最可鄙！我哩齿都不得齿他了！"

果真，没两天，国爹就一根竹棍子打天打地打到了村上："咯贫困户，也把我哩两口子搞个看哪！他们都当得，未必我哩就当不得？"村干部也真没有一个人愿意理他。或者商量村上的工作，或者起身上厕所。"如今最大的好处除了五保就是低保，你老人家有儿有女评不得五保户，但已经吃了低保啊！贫困户的待遇你都有呢。"我只好耐着性子跟他解释。"一书记，前一向（前几天）你也到我屋里看了的，上面有救济款来的时候，也要把我考虑一个啊！"国爹不得到满意答复誓不收兵。

"他崽有新屋，他生得贱，不去住哪！"周围一个邻居对我说，"他是吃惯的嘴、拿惯的手。"

扶贫先扶志，说起来容易做起来难啊。因为口才实在有限，我此后对这个本应尊重有加的老人也只好采取了静听不言的办法。他有力气说，就让他说罢，权当一个耳朵进另一个耳朵出的山风。

挨户走访还是必须的。再次到国爹屋里时，除了问一问身体情况、鸡生蛋多不多、菜种得好不好，我不再谈及贫困户、救济款一类敏感事。但国爹却始终没有忘记加深我的印象："国家有救济款时，请一书记硬要帮忙搞一点啊！"而国妈关心的还是同一件事："我的崽耶，要去找了回来，他哩讲在广东看见过哦。"

起屋和泼粪

年底，石家坪一栋独栋木屋起火，烧掉的是五保户吴建良的家。

五保户是民间约定俗成的称法，因为国家保吃、保穿、保医、保住、保葬（孤儿为保教）而得名，现行的书面称谓叫特困供养人员。在农村，五保户还是单身汉的代名词，因为单身汉是五保户的"预备队"。

吴建良的屋烧了，就没了住所，紧跟着又会缺吃，还会缺穿，村上义不容辞要负责。村干部们第一时间就找到了吴建良的亲弟弟吴国良，一起商量对策。

吴国良其实也是一个作孽人。由于父母亲去世早，哥哥吴建良许多年前就是跟着他一起生活。吴建良略有一点智障，平时逢人就笑，不由自主地就流口水。吃饭时则因控制不住鼻涕口水，随手抹了墙上揩地上甩。田间地里的劳动技能，吴建良一丁点也不会，煮饭炒菜也不知道怎么开始。可以说几十年来如果没有弟弟的照顾早就不在人世了。也因为这个包袱，吴国良错过了不少姻缘，直到年近四十才娶了一位因小儿麻痹症双脚有些瘸的女子为妻，并生下了一个儿子。幸亏妻子心地善良，吴建良这些年来的吃饭问题都是一起解决的。

"有么子办法？咯些年为得他我还吃少了亏啊！"吴国良感慨万千。衣服被烧了倒不愁，一个人穿不了几件衣，作为老弟支援哥哥几件就够了。吃饭也不是问题，只是添张口，何况向来就是他供应的。住呢？这是村干部们来要协调的关键问题。

吴国良家的房子其实够宽敞的，两层楼，每层有三通房子。拿一通给哥哥住完全不成问题。"那搞不得的，干部！"吴国良诉开了苦，态度十分坚决,"他那把鼻涕得了啊!挨我的屋边上建一点都要得,硬要脱开。吃饭都要他单独到他自己的屋里吃,茅厕也给他起一个。"

还能怎样?村上按政策,将该给的钱补给吴国良,由他在旁边代建两间平房。

但是,小屋才开始施工却遇到了阻力。

因为地势原因,建房要将屋后一条两米多高的土坎笔直切下,而土坎的顶端却托着一截灌溉渠道。因为挖的时候不小心,建成了十多年的渠道随着土方下崩而塌了下来。渠道上方的地基是邻居的禾场坪。"不把坎砌好,不恢复渠道,莫想搞下去!"邻居放出话来。

"要搞的,让我先把屋起起了哦。"吴国良一边保证,一边在下面砌屋基。

"讲了莫急起了,莫怪我不客气啊!"邻居发狠。

"不起起屋,老兄就没地方住啊!"吴国良还是没有停下手中的活。

忽然间,"啪"地一声响,吴国良只觉得有东西伴着一股恶臭味从头顶飞了下来。他赶紧起身跑远。原来,邻居舀了一瓢大粪泼在了渠道垮塌的地方。

吴建良兄弟大小新居

起屋泼粪，这在乡下是最不祥的禁忌，吴国良怎么受得了这般气。但自己有错在先，想打架又个子小占不到便宜，只好一个电话打到村委会，请求调解。

三哥赶紧来到现场。三哥是村里一等一的泥水匠人，专门建筑施工的，对砌堤保坎的事非常熟悉。仔细察看了建房的地方，觉得土坎确实有进一步崩塌的可能，邻居的要求不算过分。于是，向吴国良提出了先行砌坎的要求。

哪家没有个不方便的时候？泼粪未免太恶毒。三哥来到了邻居家，对邻居提出了严肃批评，责成邻居立即对吴国良赔礼道歉。邻居本是个不服软的主，来到禾场坎边，就是不开口说赔礼的话。吴国良倒是先开了腔："赔礼有么子用？泼都泼了，嘴巴里都差点去得有，只要莫再泼粪就要得了。"

"还不快些砌起坎，落大雨把我的禾场坪洗垮了，莫说我还是要你起屋不成。"邻居硬腔得很。

好在那几天没有落雨，吴国良紧做慢做，几天就将土坎加固，恢复了渠道，正赶上下边的田地过水灌溉。几个星期过去，吴建良笑呵呵地搬进了新居。

特别的"半边户"

> 轻轻的我走了，正如我轻轻的来。我轻轻的招手，作别西天的云彩。（徐志摩《再别康桥》节选）
>
> ——题记

很不情愿，将徐志摩优美的诗句当成此文的题记，而且挥手背后的辛酸远比作别康桥要沉重。标题用到"半边户"这个老术语，也是反复寻觅后觉得相对准确的表述。

在龙丰村走访，有一个现象曾令我十分不解。不少家庭的人口构成中，年轻的户主没有妻子却有一个儿子或一个女儿。与村干部和村民交往得多了，才慢慢知晓其中的曲折。

中国农村受传宗接代思想观念影响，新生儿男女比例历来都是男性高出女性，婚配关系中本来就呈男性过剩趋势，这是不争的事实。一个村有三五名成年男性娶不到老婆，本不是稀奇事，龙丰也不例外。尤其是改革开放的春风吹进小山村后，村里青年男女纷纷外出务工，虽然也有适婚男青年娶得外地妻子回家，但更多的是适婚女青年嫁到了外地，在世纪交替时成年男子娶不到老婆几乎呈遍组遍户泛滥之势。

其实，娶不到妻子的现象不仅发生在龙丰村，发生在仙溪镇，也是全国各地偏远村落的一种普遍现象。买卖妇女和骗婚犯罪行为，一度成为公安部门的办案重点。一半为生理需求，一半为传宗接代，龙丰村一批娶妻无望的"70后"，就是在这时当上了这种犯罪行为的帮凶。

贵州，是龙丰村"70后"找妻子的主战场，始作俑者是腊树组的董××。他先是从贵州娶回了一个妻子，然后告诉大家说贵州的农村女孩特别多,只要花点钱随便就能娶回家,并说他岳父是一个小煤矿的业主,由他介绍不会吃亏。于是,想妻子想疯了的一群后生崽纷纷跟着董××到了贵州织金等地,有的一边挖煤打工挣钱,一边自己瞄机会接近当地女子,有的直接找董××的岳父或其他中间人牵线,开始了找妻子的大业。快的七八天,慢的半个月,再慢点的个多月,不论满意与否,过去了的男人都成功地找回了一个妻子,并且领取了大红的结婚证书。成功的消息传开,邻近的芙蓉、平溪、九渡水、大桥水等地男人结伴前往贵州。一时间,到贵州去找妻子成为全镇偏远山村解决娶妻难的金钥匙。

"我讨那个老婆是2001年,直接给介绍人2万多一些,加上来来回回和在当地的吃住开销,一共花嘎3万多块钱,那时刻在村里起得一栋两层楼。"姚家组的姜××回忆,"冇得女几愿意嫁进来,出憨钱也只有讨啊!"

姜××说,那个老婆当时说是姓金,后来才知道是姓陈。老婆在姜家待了2年有余,为他生下了一个儿子。某一天,老婆上街去就再也没有回来。

"我想,她应该是本来就有丈夫有孩子的。"姜××猜测。

"你到过老婆家吗?"我问。

"到过,但后来听说那只屋根本就不是她的家里。"姜××叹了口气。

"待了两年,也生了小孩,按理应该有了感情啊,怎么不留住?"

"她动了心要走,就是关也关不住的啊。"

与姜××的情形如出一辙的,仅龙丰村就还有十多人,他们的家庭成了真正的"半边户"。稍让他们欣慰的是,好歹算是给家里生了个孩子,至少免去了"无后为大"的不孝之名。

相比起来同样是花钱买妻子,村里另外几个同龄人的运气就差了不少。肖××和刘××的妻子娶回家不到半年就杳无音讯,李××的妻子进村两个月不到就不见了,而殷××的妻子则只是到梅城镇区一趟就消失了。

最幸运的要数吴家组的吴又清和黄杨组的李昭明,因为他们的妻子直到如今仍然不离不弃。虽然也可算在"买老婆"之列,但他们的妻子是真正地落了地生了根。吴又清是"60后"尾上的人,年纪在这些"买老婆"

村会计老周（左一）陪同镇政府结对帮扶干部姚喜群（左二）走访村民

者中是较大的。到贵州去时，吴又清没有太着急，而是请介绍人介绍女孩时，还真在边挖煤挣钱，知道女孩确实是未婚，便认真地谈起了恋爱。吴又清虽然在家里是最小的儿子，自小身体较弱，但人很勤劳顾家，重体力活总是一个人悄悄地完成，从不让妻子插手，妻子是真正地喜欢上了他。回到村里，妻子先后给他生了3个孩子，家里家外样样吃得苦。即使住着老木房，还有老婆婆要服侍，是建档立卡贫困户，但妻子跟他在一起很知足。对岳父岳母，吴又清也很看重，每隔两三年便要带着妻子回娘家一趟。而李昭明则婚后和妻子一直在外务工，非常恩爱，妻子先后为他生下了一对女儿。

"后来，你哩就冇想过再讨个老婆？"

"如地不想！"姜××重重地叹了口气，"何个来当咯后头娘哦？讲句真话也真是讨不到，咯地方太偏了。"

"其他村买来的那些老婆后来的情况呢？你晓得好多不？"

"大多数都差不多，有的生了崽走嘎了，有的冇好久就不见了。估计有好多都是本来就有男人的，是专门骗人的，像殷××的那个一样。"姜××说，"换作如今，打死我也不得买了。"

龙丰随记

龙丰村除了大树坪组要翻一个山坳，其他组都散布于老龙溪的两岸，到村民家走访其实还是比较便利的。驻村一年半时间，沿着溪边的公路上百次进进出出，两岸的山水田畴、屋舍菜地、牛哞犬吠、人来车往都已再熟悉不过，深深地印在了我的脑海。

龙丰、老龙溪和上丰

龙丰的村名，是因为村子由老龙溪和上丰两个村合并各取一字而成，其实是值得斟酌的。

据清同治《安化县志·疆域》记载，老龙溪村集中地段在清代即已得名"老龙溪"，而原上丰村地段则名"下龙溪"，老龙溪一线山水，同属归化乡二保（仙溪）老龙潭村。

从地理学角度和地名学来看，既然两个村的老地名都有着"龙溪"二字，合并后的新村用"龙溪"最合适不过。也许，是并村时大家没有考虑到这个历史因素吧。据村"两委"干部介绍，并村时镇上倾向于使用"老龙溪"三个字，但上丰村的村民总觉得自己村被老龙溪村吞并了而不是平等合并，非得原村名也"占个股"不可，于是自然就有了"龙丰"这个新造的村名。

在20世纪末和21世纪初，安化实施了好几轮撤区并乡建镇和小村合并成大村，合并过程中就曾因为新名称问题有过失败的教训。原大福区境内的新桥和东山两乡最初合并成东山乡，可东山乡的位置相比更偏远，新桥的干部群众都不服气。闹了两年后只得设立新桥建镇试验区，争端才暂时缓和。最后两个乡镇都并入大福镇，矛盾才最终平息。许多新合并村的村名都像龙丰村一样以"占股"形式产生，或许也是不得已的一种权衡吧。村民们虽然觉得面子上没吃亏，但这样的"占股"却毫无文化气息可言，实在是一大遗憾。

老龙溪寻古

老龙溪发源于芙蓉山，沿山间夹缝一路跌跌撞撞下流八九百米，又汇入十多股大大小小的泉水，到原上丰村山脚下时才渐显澎湃。出龙丰村进三星村，合并同样发源于芙蓉山从现泉塘村流出的平冈溪，之后再合并另一条小溪，过九龙村进仙溪镇区，注入资水在安化境内最大支流洢水。芙蓉山是一座很有文化底蕴的山，山顶的云雾寺最早建于北宋。南明小朝廷时期，安化人尹三聘曾任兵部侍郎，兵败后就隐居在云雾寺参禅赋诗以终余年，后人保存的一道圣旨如今已成县档案馆的镇馆之宝。如今，芙蓉山上还可找到数处明清时期的高僧舍利塔。裙峰之一天罩山在清代又曾被挪威传教士买走，建成过成片避暑别墅，不过在20世纪50年代时全都被砸毁了，连完整的石条都没有留下一根。据考证，毛主席到安化考察农民运动时曾沿溪上过芙蓉山。三星村大坝塘边上毛主席在湖南一师的老同学贺

三星村贺梯旧居，右图为旧居局部

梯的旧居仍基本保存完好，据传毛主席曾在这里留宿。

但是，这些都不属于现在的龙丰村。

走访村民之余，我曾遍问老人关于村里的一些历史掌故，但收获很少。查村民家谱可知，最早迁入的李姓大概在清康熙年间，至今已繁衍10代人。村民们熟知的老地名有董家冲、桐车坝、灯嘴上、庙山里等几个。村里所产茶叶为安化有名的仙溪四保贡茶（仙溪、大桥、九渡水、老龙溪）之一。如今，老龙溪旧属地芙蓉山已有村民潘亦可等办起茶厂，仙溪的女企业家熊宗辉在辖境内的黄羊山开辟基地产茶，龙丰村内也有村会计周国锋等收制茶叶，产品远销海内外。但是，这些茶厂的产品主头已转向安化黑茶，并非一代名臣陶澍笔下的芙蓉仙茶。

真正还能散发一些古旧历史气息的，是村里一座石桥和两处木构房屋。

石桥在如今的大树坪水库里，叫龙中桥。老石桥虽然沉入水底，交通功能已经丧失，但村民们还是没舍得拆除。石桥在丰水季隐身，枯水季又露面，也算是村里一处小景致。更可喜的是，桥头的一块石碑还在。据说此碑曾被人抬到一条小水沟当桥板，是旁边的村民又抬回来重新竖在桥头的。这是一块桥序碑，捐款功德也一并记在上面。由于石材本身质量不是太好，上面文字已有较多风化剥落，一些字只能依稀辨识："是溪也……之通往来，自昔然矣。余每过之，未尝不苦其道之陂而迂，而诟桥之不固也。岁癸卯（1903），诸君子纠赀而建石桥于兹，并凿山以通道。越甲辰（1904），而其功乃成。道且直，桥益坚，行人无不歌利焉，诸君与桥而并传。沛霖殷士敏谨叙。"碑立于光绪三十二年（1906）。文章虽然很短小，捐款名单也不是很长，但透露的信息还是相当多的。从序文来看，这溪沟本来是搭有便桥的，只是桥不大牢固。从捐款姓名来看，附近的曾阮龙刘陈李姚王蒋董杨姜等姓氏都有捐赠，个人姓名共25人，署以桥名或桥会的10个。另外，庙冲甲费会、灯会也有捐款。捐款总额为194串文（1串文即1000个铜钱，大约相当人民币200元），相当于人民币4万元。捐款最多的是村里的桐车桥和隔壁村的泉塘桥，均为25串文。奇怪的是，这块碑上没有

大树坪水库中的龙中桥（右图为桥序碑）

刻录 10 位修桥首事者和桥序作者的捐款数字，也许另有捐碑被挪到别的地方了吧。如果就是这 4 万元左右修成一座石桥，也算相当节省的了。

桐车桥建在老龙溪桐车坝处，离村部很近，但旧石桥已毁，村民于 2002 年建起了水泥拱桥。因远离公路，如今已只有少数村民耕作时经过。从地名来看，老龙溪上应该是有桐车的，因为灌溉方式和榨油方式的改变，溪边连桐车的影子也不曾见到。

两处木房一处为老龙溪核心地段的李家院子，一处为吴家组的吴家大屋。李家院子为四合院结构，为一李姓大户于清代末年修建，有房子共 40 余间，屋前还建有半月形的消防池，建制保存基本完整。如今还有村民在院里居住，但院子四周已被各色新居包围。吴家大屋修建于 1949 年，用料十分讲究。现长住于此屋的，还有村民吴梦稀一家。据吴梦稀介绍，此屋为其祖父卖出囤积的一大批竹纸后所建（龙丰村土法抄纸现已绝迹），他祖父去世前一再交代后人万不可拆毁。但随着芙蓉山抽水蓄能电站项目的实施，吴家大屋又处于下水库护坡位置，拆除已不可避免。

和超平兄扯白

进龙丰村的当天，为尽快认识更多村民，我晚餐后特地来到了村部对面的村民居住集中地段，村民们听我操着与他们完全不同调的东坪腔，一个个眼神中带着警惕。直到我亮明身份，看到我胸前别着的党徽，大家才慢慢地同我搭腔。超平兄又是问好又是搬凳让座，还探问县内外最新的疫情发展情况，是最先接纳我的村民。

超平兄说话很是幽默。我指着超平兄隔壁的一层毛坯砖房告诉他，我和单位领导2017年就在村里进行过农户"三保障"核查，那地方原是一栋厨房垮塌了的木屋。超平兄低估了我对村里情况的了解程度，脸上显得很是惊讶："是的是的，你大前年就到过我哩村上啊？"末了，又说："他哩家占着'三面旗'（大哥名红旗、二哥名国旗、三哥名党旗），不能总冇变化啵。"超平兄更加语出惊人的是，说附近几个村里至今还有天罩山传教士们的后裔。看大家一脸惊讶的表情，超平兄有些得意地说开了一二三四，有鼻子有眼睛，逗得大家前俯后仰笑。"笑么子呢，硬是真的！"好像怕别人传开似的，超平兄甚至还附耳跟个人关系最密切的三哥说出了几个他认为属传教士后

颇具气势的李家院子保存基本完整

裔者的姓名。三哥听了却直摇头，给超平兄泼冷水："看何几，你信口开河，别个不撕你的嘴巴啊！"

超平兄是地道的农民，一起扯白说得最多的还是农事。我长在农村，耨田、割草、插红薯之类的农活都干过不少，自然有共同语言。超平兄又是一把木工好手，偏偏我也自小喜欢刀锯，家里商品房的装修基本是自己亲手操持完成，所以也说得出些道道。村野乡居，大家最喜欢听小道消息新闻旧事，我不等超平兄开口便抢了先。我告诉他，村里有个以前拿过粉笔的殷姓老大姐，想写一本书出来；隔壁李老倌无师自通弹得一手好绷绷琴；一位姓龙的老师毛笔字很不错；后边"老院子"是清末民初建的；毛主席来安化考察时曾沿溪边小路上过芙蓉山……

随着交道的增多，超平兄和跟我几乎无话不说。我当然也没忘给自己吹点牛皮：我是出过书的人，说不定哪天你就会出现在我的书里；听乐器不？我弹不得绷绷琴但会吹箫，哪天吹一夜让你耳朵听起茧来；书法也还行，过年的春联我给你写。超平兄连连点头："我都信。一书记，你是个万宝全书啊！"

超平兄夫妻勤劳，家底比较殷实，每次到了其家，只要是家里有的东西，夫妻俩都会拿出来分享。白菜、萝卜、红薯、花生、橘子什么的，老是要我"带点到村部去吃"。其兄长因身体原因被评为了建档立卡贫困户，超平兄和他兄长长相有七八分像，有一两回在路上相遇，近视眼的我还错将其兄长当了他。说起帮扶工作，超平兄告诉我："我老兄是有些困难，按政策应该如地搞就如地搞，我哩冇得么子意见。"

三会李灵芝

在我熟识的村民中，李灵芝是很有个性的一位。

第一次见到李灵芝，是在进行普遍走访发放工作队名片的时候。李灵芝家住上丰集中地段，离公路不过二三十米远。那天，当我还在李灵芝隔壁家发送名片时，她听到人声就大步出了门，人随声到："干部在发么子好东西啊？我也有份不？"她毫不含糊要过一张名片，扫了一眼后说："你就是新来的王书记啊！"还没歇气，又大呼："你哩咯扶贫如地扶的呀？把我也搞个贫困户要得不？"其他围坐在一起的妇女也跟着起哄。有的说"还搞么子搞？老鼠子尾巴上打一锤，扶贫马上就要验收圆功了呢"，有的埋怨"村上的好处都拿得贫困户得嘎了"，有的发咒"吃了冤枉要屙痢疾的"。我越解释政策，女人们就说得越来劲。末了，还是一位稍年轻的女子说了句"王书记刚刚来，大家莫为难别个"的公道话，一群人才各回各家。

回到村部，我跟爱民支书问起李灵芝家的情况，得知其丈夫为篾匠，儿子媳妇都收入可观，孙儿即将报考国家工作人员岗位，心里有了底。没过几天，在走访旁边一户贫困户时，我特意来到了李灵芝家里。我先是自我批评宣传工作不到位，接着表达了对非贫困户家庭自力更生精神的敬佩，最后预祝她孙子考试成功，从此乐享儿孙之福。见我态度诚恳，又对她家情况掌握得如此详细，李灵芝脸色渐渐由怒色转向平和，最后露出了笑容。

两个月后，当我第三次到李灵芝家走访时，她竟然老远看见我就招手邀坐。一落座，就打起了擂茶，摆开了点心，频频赔不是："干部，感谢你吉言，我孙子真的考取了，就要去上班了。你开的是金口啊！"喝擂茶的过程中，李灵芝还告诉我，她孙子回家后听说她跟我发生争执，要当贫困户，一天中就数落了她三四回。她说："我孙子到单位上去上班前一再交代，要我再不跟你提当贫困户的事了。"看李灵芝那开心的样子，我不失时机地夸了她几句，说她思想认识提高很快，她更不好意思了："干部，快莫古讲了，我往日是乱讲的，你莫见怪，莫见怪。"

是非自有评判

为了便于村民联系，我给全村农户家都发放了工作队联系电话卡。一天，一位村民接通电话就问："你哩特意发联系卡，反映了情况就会解决的不？"详细询问才知，他是希望村上出资硬化到其家的一条500多米长的沙石路。"这里正是芙蓉山抽水蓄能电站下水库淹没区，即便修好硬化路也用不了几

吴家大屋（左图为屋主吴梦稀在介绍大屋修建情况）

年就会沉入水底……"我一条条地跟他解释村上没有安排这个项目的原因，但他不等我解释完就挂了电话。再打过去，不接电话了。一位村民正好在旁边劳作，见我有些动气，赶忙劝慰："王书记，莫信他古多，人心不知足的，咯条沙石路当初就是村上出资修成的。老板已经在镇区购买了商品房，一年到头都回来住不得一个晚上。"

一天中午，我正在为特困供养人员李某家张贴住房保障卡，一位穿着花色睡衣的妇女突然出现在我跟前，气呼呼地说："一书记，我哩是一世都冇得过村上半点子好处，也安排点路做不？保洁员我也当得的哪！"看她那涂着脂粉的样子，完全不是当保洁员的料。我正要细问详情，这个地段的保洁员正好肩扛扫帚手推垃圾桶经过。"这个就是她家爷，把咯只路拿得她搞就是。"旁边一个村民有些看不过，立即驳斥。呵，一个村总共就三五个保洁员，公公是保洁员，媳妇也还要争个保洁员当，我真是服了。

建仁牯牯

建仁牯牯本名李建仁，是龙丰村上卸任村干部，也是村里的致富能人。"牯"是个文言词，与"牝"相对，普通话里有成语"牝鸡司晨"。"牯牯"，用白话文说就是公牛。仔细想来，建仁牯牯还真有一股牛劲。

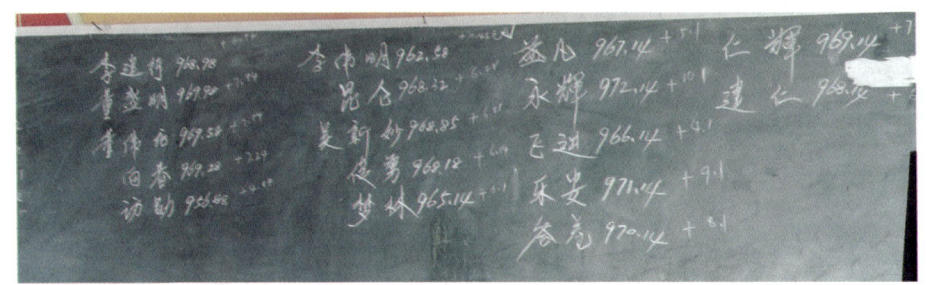

村综合楼现场竞标部分数据

2020年8月中旬,龙丰村新建综合楼公开投标,村民一共联系到了18家有资质的建筑单位,其中建仁牡牯联系的就达到8家,纸面上的中标机率超过四成,势在必得。

为了确保投标工作公平公正,仙溪镇党委纪检、城建、财税、派出所等多个部门负责人亲自到投标会场全程监督。根据当地砖混结构建筑实际,正式投标价格定在945到975之间。先由各投标人抽签投标,再请镇村干部、党员组长、普通村民共同确定基准标的,最接近基准标的者中标,如果最接近者弃权则由第二接近者中标,以此类推。客观地讲,这套方案是完全公平公正的。

事不遂人愿。基准标的为962.01元每平方米,而建仁牡牯8个标的与之相比,要么低得太多,要么高得太多。建仁牡牯虽然心中有一万个不甘,但又有什么办法呢?

建仁牡牯的牛劲在于,他有哪里跌倒就在哪里爬起来的决心。综合楼修好后,抽水蓄能电站建设、配套公路建设工作也在紧张筹备之中,建仁牡牯又以敏锐的眼光捕捉到了商机。工地离仙溪镇区有好几公里路,工作人员总要餐宿吧?电站建好后,肯定会带动旅游业发展吧?一番盘算,于是建起了一个名叫月形湾的家庭宾馆,餐饮住宿一把抓。看来,建仁牡牯还是真有两把刷子的。

箫声引得知音来

村部白天人声喧哗，但到了晚上就剩我一人独守了。为丰富一下工余生活，我买了几支竹箫。因为追求的是自娱自乐，从古曲到流行歌曲，记起哪曲吹哪曲。感谢村民们的大度，只是将我的箫声当了虫鸣水响和风声鸦唱，不仅没有出现到村委会来投诉的现象，我还因此交到了两位朋友。

第一位叫李乐安。大概是2020年农历十月底的一天早上，我吹完一曲古曲后，忽然听到村部对面的一处村民建房工地上传过来一个男声在唱20世纪80年代的流行歌曲。我预感会有知音出现，马上吹奏了一曲《故乡的云》，没想到对面居然和着箫曲唱了起来。箫停歌止，对面喊话了："王书记，过来炙火（烤火）哦。"交谈得知，他名叫李乐安，家里和村部只隔了一条老龙溪，他是在替亲戚守建房材料。谈的话多了，他告诉我，他年轻时吹得笛子和唢呐，现在多是学全民K歌。也许就是这个共同点，乐安老兄嘱我："村部后背那块炕葱（香葱）和大蒜是我的，萝卜也是的，王书记要吃随便扯！"某个星期五扯过一阵闲谈后，我主动将购得的第一支竹箫送了过去，并手把手教了他几个基本音的吹奏。第二周过去问情况，他老婆代为回答："咯两天夜里天天抚几个钟头，一声几都冇吹叫。""不难啊！"我拿过来轻轻一试气，箫音就响了起来，"不急，是冇找准发音点。"遗憾的是，年底到了，亲戚的房子已差不多修好了，我却一直没有听到乐安老兄将箫吹响。某天扯谈，乐安老兄很不好意思地将箫递还给我："年纪大嘎了，硬学不到，莫到我手里作惜（浪费）了。"

撤队前一个月的某天，昆仑山庄的李总来办公室闲扯，拾起这支箫放到嘴边一使劲，居然就叫了。给他指点一下指法，不出三分钟就吹出了简单的曲子。我毫不犹豫地将这支箫送给了他。他说："我女儿在大学学的正是音乐专业。"看来，这箫应该是送对了主。

半夜鹅嘶

睡到模模糊糊，隐约有嘶鸣声穿窗而进，人一下子就醒了。时间已是后半夜。

"嘎——嘎——啊——嘎——"明显不是猪牛羊类大家畜的声音。也不是鸡，鸡的鸣叫声没有这么宏亮，也不会这么拖长声。鸡一般半夜不会再叫，除非遇到黄鼠狼撕咬，但声音也是急促而惊恐的"咯——咯咯咯"声。公鸡司晨则更不可能是这声音这时间段。鸭呢？似乎声音更低沉沙哑啊！最可能的是鹅了。

"嘎——嘎——啊——嘎——""嘎——嘎——啊——嘎——"嘶鸣声没有停歇的意思。我起床打开窗户静听，声音是溪对面村塆里传过来的。回躺上床，用被子将耳朵盖上，嘶鸣声有所减小，但还是直往耳朵里灌，而且因声音越来越沙哑而显得撕心裂肺，辗转反侧都无法入眠。夜已深，也没有主人的吆喝，是哪家的鹅这么不遗余力地嘶鸣？

不知怎么的，我突然想起了30年前在老家一所村小晚上所听到的一个声音。

那是上半年接近油菜花开季节的一个晚上，时间大概也是后半夜刚开始，同样是将我从睡梦中扯了出来，同样越听越撕心裂肺，不同的是那声音是人声，一个女声。

女声从厨房侧边的民居群传过来，越往学校操场里越听得清白，是扯着喉咙喊的那种声音。越进操场，这声音就越是歇斯底里，如丧考妣一般号叫。这女人，全村人都称静华癫的（癫子），以至于大家都不管其真名姓了。

静华癫的我是见过多次的。她发型比当时流行的"西瓜皮"女式短发略短，但比男人们的西式分头又略长，身材修长，脸长而色发黑，一双眼睛的光亮很像是要射进人的灵魂里，衣服上圩迹不少，身上散发出一股恶臭气，总是自言自语。听说还很喜欢与年轻男性搭话，如果对她出言不友好，她儿子知道了准会大闹一番。每次见到她时我总是疾步而过，生怕被她缠住。

既然已经醒了，我想干脆听听静华癫的说的啥。但很遗憾，她的话实在没有一点逻辑性，甚至不能拼凑出一句完整的话。隔壁的同事陈这时也醒了，隔着墙跟我说：“老王，到走廊上去把她骂走哦。"也是，那就试试吧。

"回去，回去！搞么的？回去！"我们厉声吆喝。

"呵，呵，呵呵——"谁知，静华癫的的声音更大了，还夹杂了得意的笑声。

"再不走，我打岩了！"同事陈从墙体上掰落一块石灰浆扔了下去。

"哎哟——打我！"这次实打实听清了静华癫的的话。

"还不回去，我还打！"同事陈大喊。

"哎哟——打我！"静华癫的骂骂咧咧加"呵，呵，呵呵——"地原路返回了。

第二天，我们跟本村的一位民办老师说起静华癫的的事，那位老师说，静华癫的嫁过来之前本来是跟一位知青谈了恋爱的，那个知青回城后没了下文，她就气癫了，是"梅花癫"。之后她一看到长得标致穿得漂亮的后生家就缠，应该是同事陈长得有跟她那个曾经的恋爱对象相像的地方。

后来，我调出了这所村小，再也没有了静华癫的的消息，但那次半夜被吵醒的事却印象深刻。前段时间问起一个跟我读过书的邻村学生，答曰：“死嘎好多年了，骨头都只怕化嘎了。"

这鹅叫又会是怎样的缘故呢？答案在次日上午便有了分晓。三哥来上班时，一同来的还有一位年纪跟我相仿的中年人老李。问候一下扯几句谈，老李忽然感叹："莫说是人，畜牲也懂得感情呢！你看我蓄的那两只鹅啊，昨日上半日不晓得如地搞的，到后山里去找食吃，那只母的一个颈骨卡到两只杉树丫里出来不得，活活夹死了。咯只公的一夜都不睏哪，就是古叫，就是古叫！打又打不得，作孽得是。"

"那只夹死的鹅搞了几斤肉不？"三哥问。

"早时刻就出去了的，我找到的时刻已经绑硬了，一么子吃场，埋嘎了。"老李说。

"咯只叫的不干脆杀嘎？一不是叫都会叫瘦，杀嘎还落得几斤肉吃得！它也省得吃亏。"三哥建议。

"摘不得刀，下不得狠心。"老李回答，"今朝夜里看还叫不叫了。"

其实，虽然车辆人声渐次嘈杂，细听一下，那鹅还在间歇性地嘶鸣。

入夜，那鹅还在叫，声音比昨晚更为凄切，但微弱了许多。记完日记时已近午夜，我听着听着迷迷糊糊就睡着了。

早上起来，溪对岸没有了鹅叫声。三哥来上班，我问那鹅怎么没叫了，三哥告诉我："老李早时刻起来，看见那只鹅死嘎了，白天饫的食一粒都冇吃，应该是饿死的。"

我不由愕然。没想到鹅类的爱也能达到殉情地步。

"尸体如地处理的？"

"开始我思提了来挦嘎毛，提到手里冇好重，就冇提了。"三哥说，"老李还是个有情人呢，把它提到埋那只母鹅的地方，一起埋嘎了，省得它们两个互相挂倒（惦念）。"

这样最好，我舒了口气。在鹅类比人类更为坚贞的爱情面前，人类的口福原来也是可以选择让步的。

吓脱一粒牙齿

2020年为迎接脱贫国检，全县统一要求各乡镇在5月初组织各村相互预检，计划时间是5天，我被分在了仙中、河东、圳中、圳上几个村。哪知第一天就碰上了两件闹心事。

驾车从村上出发，出三星村来到九龙村"丁"字路口，三丰村的两位队员夏赞锋和陈立元正好在路口对面等着我。这时镇区方向一个女子骑着一台踏板摩托车驶来。我是岔道要左转汇入主车道，车头刚达主路边沿，赶紧急刹停住让行。哪知对方车辆却既未靠左避让通过，也未右转拐进三星村方向，而是直直地向我的车撞了过来。还好，对方车速并不是太快，摔到地上后自己迅速爬了起来，旁边的住户又帮忙将车扶了起来。打开车门，只见摩托车刹车把将车门铁皮擦出半个手指深的划痕。那女子已坐到旁边屋里，讨了红化油在揉膝盖。互相问了些避车的判断情况，老夏问车怎么办，我说人没有问题就算了，还是赶检查要紧。

越是情急越容易出状况。车出镇区，往梅城方向的仙中村赶。我没有到过仙中，只能凭到过一次的两位指引。前边一台小型四轮电动代步摩托车不紧不慢地驶在右边路半幅路面中心，我在后跟了半里路后一踩油门就超了过去。坐在副驾驶坐的夏赞锋忽然急喊："到了，到了，就在右边。"我一侧脸，果然楼顶立着"仙中村村民服务中心"一行大字。情急之中，点刹减速加右转，驶进了村部大坪。停好车，到大厅见过仙中村村干部，端起茶杯，厅里忽然闯进一个满嘴是血的老头。老头一口梅城腔急急地嚷嚷着什么，我半句也没有听清。只见老头边嚷又边引着大家到外边的地坪，指着我的白色轿车继续嚷嚷。村主任总算是听明白了："他讲，刚才一个干部开的咯台车子急刹车,把他的车都吓翻了,他跸到地上,脱嘎了一粒牙齿。"

大家赶紧看我的车子尾部,却一点碰撞的痕迹也没有,一时间觉得莫名其妙。好大一阵,村干部终于问清了老人所在的村组,让村里来人将老人接了回去。临离开,村干部代为表态:"只管放心,如果真是刚才的干部急刹车的原因造成的,干部会负责的!"

送走老人,我们立即投入了核查工作,渐渐地也就将这事忘了。晚餐时,村干部告诉我说那老人中午又到了村上,说是"找干部赔牙齿"。村干部这一提醒,老人满嘴是血的模样马上又涌进了脑海,一个晚上都没有休息好。

第二天来到村部,我第一件事情就是将昨天吓掉老人牙齿的事件报了交警大队和保险公司,并请来老人所在村的村委会主任作调解见证人。交警来得特快,很快就调出了村部的监控查看。只是监控摄像将物体的高宽比无限拉大了,影像中我的车被挤压成了一个直立的馒头,老人的车几乎就挨着我的车。交警的结论是我突然转向影响了后车的正常行驶,虽然没有直接造成追尾,但也应当负后果的大部分责任。一阵子,保险公司理赔中心人员也到了,听了交警的责任划分,直接和在村部大厅等候的老人开始沟通:"你想要怎么样的结果?""赔我一个牙齿。"老人回答。"牙齿贵的上万都有,便宜的两三百块钱也有,这个不好裁决。你就说要多少钱?"理赔人员出言很干脆。"我不晓得,你断倒就是的。"老人样子很诚恳。理赔人员竖起两根手指:"2000块钱,一次性了结,这是我的最高权限。"理赔人员的话一出口,我差点要喊出声:"我去年车子撞到开不动都才赔了1000多块钱!"或许这金额也超出了老人的期望值吧,老人过了好一阵,再次核实没听错才连连点头:"要得,要得。"签好调解协议,接过带着我体温的20张百元钞,老人满意地走了。

"那个老人家肯定还在想,哪天如果有可能,那几粒牙齿再换个几千块钱。"再次坐到我的车上,一行人还不忘打趣。只有我心里在苦:第二年的保险费要加成了!

迟到了两分钟

小时候听惯了父亲拿着竹丫枝挥舞的呵斥，走上工作岗位后听惯了领导坐在台上对着下边大声宣讲，但怎么也没有想到会被村上一位大姐抢白到无从分辩，更不可理解的还是在为她办实事的过程之中。

2020年5月的一天上午，我一个人在办公室整理帮扶资料，一位大姐走进了办公室。大姐六十多岁的样子，体形偏瘦但看上去很精干。中等个，一头短发，铁青着个脸，加上两个上门牙突出嘴唇的包围向前龅着，样子有些吓人。

"领导，要向你反映一件事了。"招呼她落坐也不坐，直放炮，"听到讲你是县里来的一书记吧，看你能够为村民做主不？！"

一看这态势，我心里预感来了硬茬。近段时间接触的村民像她这样的不在少数，一开口就像干部欠了他家的账似的，他的话干部没有照着做就是吃干饭，就是一点用都冇得。我跟支书、老周和三哥交流过，几位村干部很有同感却也无奈："冇得办法呢，一书记，如今的村民都是爷，村干部都是崽了呢，龙镇长进来也受了好多的气呀！"

"我哩姚家院子那里一条渠道，旧年（前一年）村上修路堆渣子填嘎了，重新搞的那渠道搞起松土子上，那过得水？你只去看看。"大姐继续发炮。

春插在即，村民的正常诉求必须得管，尽管对方态度不怎么友好。我马上起身，发动车子，带上大姐往事发地点驶去。在车上，我问了村上对这件事的处理过程，并知道了她的名字：董公牧。农村妇女的姓名多是花呀君呀婉呀莲呀娥呀柳呀妹呀春呀之类，这名字却很有些书卷气，只是与眼前这张满是煞气的脸完全对不上号。

董大姐热情待客

很快就到了现场。堆渣的地方违规建起了两栋木屋，渠道由路边改到了屋后。屋后到渠道没有路，只能沿有些坡度的毛石坎小心地下去。董公牧年纪大了，带着我从另一家屋边绕着弯过去。边走，边表示着对村上处理她投诉问题的不满。支书是找过的，答应了"应该搞"；三哥也是找过的，也答应了"马上搞"，但眼看着秧都快能移大田了还没见人来施工，她"急死人了"。那边几丘田，牵涉到她在内的几户人家，当然她家的面积也最宽。指给我看后，董公牧就回了家，留下我一个人仔细察看详情。

渠道本身并没有坏，坏就坏在中间有一截地势下沉，渠坎的顶部都要比下游的渠道底部低，是真的过不了水。我拨通了三哥的电话，验证董公牧所言不虚。三哥告诉我，他已经答应了，并且来看了多次，准备这两天就动工的，是村上事情太多没来得及。答应了村上出钱，但这个组的村民自己不愿动手，承包给别人搞他们又担心质量不行。"一书记，你不要操心咯些事哦，莫赚骂，让我哩来搞。"见我已到现场，又一再反映村民的迫切愿望，三哥说："要得，那就今天到姚家院子组开个会啊，让他们自己定方案。前年就是他们自嘎不修才包出去的，免得又讲我哩修得不好，村上再不修第二次了。"开会的时间三哥定在晚上7点整。

"是真的应该搞。"从新修的木屋后爬上公路,董公牧和几位妇女还在打讲(聊天),我直接拍板,"今天晚上就到你屋里开会,不过要请你发开会通知,我跟三哥都来。"

"那感谢了,干部。"董公牧脸上露出一丝微笑,又邀请我到屋里小坐。看来,虽然人是厉害了一点,前乡妇女好客的传统在她身上还是没有丢。

晚上我和三哥来到姚家院子组时7点还差好几分钟。我要下车,三哥说先到现场再去看看,确定主要问题,拍板有把握一些。"定的时间是7点,我们是组织者,只怕要村民等不好啊。"我提醒三哥。三哥回复我:"冇事的呢,一书记。"一瞬间,车子就开到了现场。三哥在前我在后,沿我白天查看现场爬上来的路下到了渠道。打开手机手电筒功能,俯下身子几番察看,三哥确定确实只要几包水泥几担沙子就可以解决问题。

忽然,三哥的手机猛烈响铃,一接电话正是董公牧打来的:"只讲7点钟开会,7点了,你哩人影子都冇看见一个啊!不来就不来啊,弄起我哩搞么子?"三哥马上辩解:"我和一书记都来了呢,在看渠道现场。""何个信!他哩不等了啊,要去嘎了啊!""马上来,马上来,稍等一竿(一会)。"三哥赶忙起身,和我马上往公路上爬。

才上到公路,三哥的手机又响了,还是董公牧打来的:"李三,你哩到底来不来呢?人已经去嘎了啊!"三哥边走边回答:"讲了我哩来了啊,回去搞么子?要他们不急走啊!""晓得你哩是真来了还是假来了啊!"电话那头,一直是白天那凶神恶煞的语气。

就这你来我往骂架般的通话过程中,我已先老三一步来到了董公牧的屋场边岔道上,路上有董公牧夫妻和另一位村民。我手机上的时间才7点过2分!

"人呢?"我问。

"都去嘎了。"董公牧还是那副别人借了她钱没还的气势。

"来了几户代表?"我再问,心底下很有些怀疑。说真的,我还没见过村民要村干部做事却三五分钟都不愿意耽搁的情况，何况是急着要插田赶水的大事。

"来了好多，差不多都来了。"董公牧的丈夫替她回答。

这时，三哥也拍马赶到了："讲了我哩来了，在看渠道现场，如地就不相信？"

"只讲来看，只讲搞，何个晓得你哩搞不搞啊？"董公牧的话似乎还占着理，"到嘎了时间你哩冇来，他哩以为是弄人的，就去嘎了。"

"董大姐，你咯就不是古搞的啊，作数（就算）我哩迟到了，总共才几分钟？"三哥又转向他的丈夫，"平华叔，你是组长，平时村上开组长会，莫说两分钟，两个小时我哩村干部也等过啊。"

董公牧男人不做声了。董公牧的喉咙里还在不停地"喷火"。

"就作数你哩不相信我哩村干部，还有一书记啊，一书记日里（白天）跟你也到了现场，你哩总要相信县里来的干部啊！"三哥是真的有些来火了。

"一书记我是相信的呢，我找了，大厮（大家）冇得一书记电话。"董公牧回复。

嘘——再咋地，也不在乎这两分钟啊，才七点多，也不至于马上睡觉吧？强烈的不被信任甚至被捉弄感，让我的心里堵得慌。

散了就散了吧，事情还是得做。

"也不管你哩来了几个人冇来几个人。"三哥终究是村干部，没有忘记此行的目的不是争个对错，"争也争了，吵也吵了，咯渠道的路今天要下个结论。"

"你讲要如地搞？"董公牧劈头盖脸问，余火仍在。

"我哩反复勘察了，就是中间一段沉下去了，几包水泥几担沙两三个人一天就可以改好。我的意见是，沙子水泥都归村上出，你哩组上组织受益的农户自己施工，村上可以适当付两个工的工资。"三哥表示。

"嗯——嗯——嗯，"平华组长支支吾吾，其实是想多挣几个工的工资，"我哩不搞呢，喊人不拢。"

"先让你哩搞,毕竟咯田是你们要作的,搞好了也是你哩受益,别人家搞怕你哩不放心。"三哥见平华组长不接应,开始表硬态,"平华叔,麻烦你再问一下那几家人,最好自己搞,明朝回我一个电话。咯路也是硬拖不得了,自家硬不搞的话,村上后天就请人开工了,到时莫怪村上!"

第二天,三哥没有等到平华组长的电话,打电话给了村上另一位经常施工的村民,并要求当天至少将沙石水泥运到现场,立即喊人施工。

后来的结果是,渠道赶在插秧前完了工通了水,董公牧也没再到村部来。但我却老以为她来了多次,并且送过奈李给我和几个村干部,还说过她的菜我可以随便去采摘。村干部们都说不可能,一定是我看错了。

某天,我终于在她再度现身时拖住了支书当面问了个清白。支书笑得合不拢嘴:"一书记,你眼睛马虎啊,这个叫董金娥。"

呵,但面相好像哦。

"是有人讲我跟董公牧有点像,不光一书记讲。"董金娥笑了笑,"我是董公牧的堂姐几。"

后来,为了调查劳动力去向,我又再次到过院子组,董公牧热情地邀我到她家小坐。不过她没再提修渠道的事,而是说起了其他:"领导,你是个干实事的,我哩咯村上,要你哩咯号干部。"只是,她的脸上还是很少有笑容,龅牙齿还是向前方突出得厉害。我忽然想起了一个词语:生相。

三哥察看水渠

"你走访的是个神经病"

按驻村要求，走访是要每家每户走到的。村干部各有各的事，我基本上是独来独往。

这天午后，我又到了对门老龙溪组。一栋水泥砖房在先一天走访时没有会到人，这时刚午饭后应该在家。

果然，老远就看到阶基上一个男子蹲在那里侍弄着什么。走近了，却觉着有点不对劲。这人头发两寸多长，直的直蔫的蔫，中间还夹着些杂草，看上去不仅完全没有用梳子梳过，就是手指也不曾理过；衣服也有些旧，脚上的拖鞋似乎也有了岁月。

"老板。"我主动打招呼，但对方似乎没听见，我又提高了些声音，"老板，吃了中饭不？"

"嗡，嗡嗡。"对方总算发出了一点声音，但既没有起身也没有回一下头，我才知道自己多情了，他是在跟自己说话。

这人到底在干什么？干得这么入迷。我于是走到了他的对面。原来，他在对着一个铁桶忙，里面是一些泥鳅。

"技术好啊，搞得古多泥鳅到。是手挖的呢，还是磁电机打的？"我尝试着和他交流。

"嗡，嗡嗡。"这回，他终于抬起头看了我一眼，但旋即又埋头不理我了。

对干部爱理不理的人见得多了，但我就不信他这么不通人情。我于是自己走进堂屋，搬了条方凳坐下，等着他抬头好聊几句家长里短。搬凳时我心里又是一阵纳闷：方凳都是一下一上凳面相贴规整地码着，朝天的几个脚都结上了蛛丝。这家人怎么平时不来客人的？自己也不坐的？

至少等了五分钟以上，眼前的这个男人都没有任何要搭理我的意思，热脸贴到冷屁股上了，我心里有气但也不好发作。知道再坐多久也没有回应，我只好起身告辞："老板，你不得空，我去嘎了，下次再来。"

我起身离开，回头看了一下这个男人，但男人仍然俯着身子没有搭理我。

回到村部，三哥正好已在值班了。见到我就问："王主任，刚才到何几去了？我过来时好像听到你在我哩那边作了声。"

我告诉三哥，我去走访村民了，并描述了简单的走访过程。

"这户人家你去走得的？你不熟悉情况，要先跟我哩讲一声，有些路好先告诉你。"三哥表情严肃。

"如地走访不得呢？啮人吃啊？"我反问。

"打人呢，一书记啊！拖刀劈，捡岩坨砸人的呀！"三哥拖长了声音。

什么来历？

"你走访的是个神经病！"三哥慢慢地说开了，"一路来搞么子不清的，作不得田也挖不得土种不得菜。村上解决了低保的，平时一个人胡乱搞点东西吃。要说他做不得路呢，他砍树又晓得砍。自家山里的砍，别人家山里的也砍。年头到年尾经常有来告状的。"

"关键是跟他讲道理不清哪，来嘎了火他就打人哪。咯湾里他还只怕了我。"三哥继续介绍，"你到那里啰嘴巴嗦，今日子你是运气好啊，不然早打了人了。"

"啊？真的打了人理都有得地方讲啊！"

"是的呢，一书记，他屋里去都有得人去的。"

"总还有弟兄吧？屋不小啊。"

"过年时季回来几天，平时在外边打工的。"三哥再次强调，"那只屋里呀，你再莫去了。到我哩村上受个伤的话，我哩交不得政协的差，也交不得你堂客的差。"

面对"加试题"

2020年5月至9月,县派驻村办要求每个工作队结合工作实际上报"三个一":一项特色亮点工作、一项当前工作中面临的突出问题、一项工作建议。

说实话,收到这项工作任务时,我是很感动的。我内心的想法是:上报特色亮点工作,县派驻村办有可能让大家互相学习,这是好事;对于当前工作中面临的突出问题,县派驻村办会在进行调研的基础上研究出破解的良方;工作队提出的建议,有利于后续工作的开展。这对工作队而言是开了一扇方便之门,对县派驻村办而言则是开了一扇纳谏之门。于是,我每个月都对自己当月的工作感触和听扶友们谈起的感受作梳理,毫无保留地填报,特别是当前工作中存在的突出问题这一项,生怕有遗漏。

5月,我对帮扶走访工作还不是特别熟悉,听到的负面反应较多。在"当前工作中面临的突出问题"一项中,我填报的是:"普通贫困户纠结于既得利益不够多;非贫困户纠结于当初评定贫困户有失精准,对帮扶整体成绩选择性忽略,心理失衡,怨言不少。"但期待了一个月整,既没有等到对特色亮点工作的肯定表扬信,也没有等到对突出问题的破解答复以及对工作建设的采纳情况。

6月,县里关于迎检的要求一项一项下达,互检、自检以及完善表格资料等,让我忙得晕头转向。在"当前工作中面临的突出问题"一项中,我填报的是:"同一项工作的不同操作要求太多,工作队有些疲于应付。"同样,一个月过去,还是没有收到任何答复。

7月,随着走访的深入,接触的村民数量增多,以及与帮扶干部的不断交流,帮扶工作在社会上的真实反响在我心中基本有了底。在"当前工

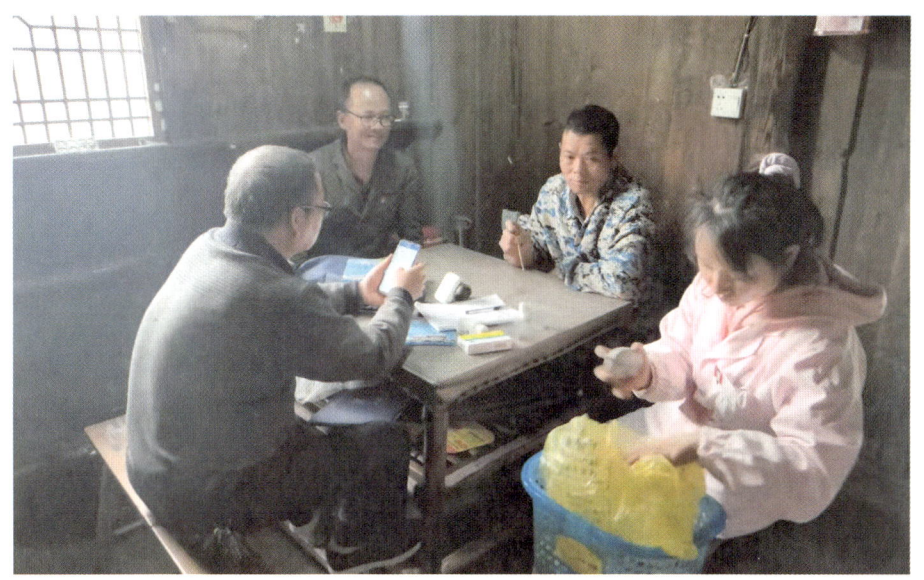

作者（左二）与村医上门进行脱贫户健康监测

作中面临的突出问题"一项中，我填报的是："一些非贫户不满情绪较浓，认为当前的帮扶政策客观上造成了新的资源分配不公平。"有什么最新的政策延续解释吗？没有等到。

9月，随着县市省国家一级一级的检查推进，经常有村民咨询工作队是否继续的问题。在"当前工作中面临的突出问题"一项中，我填报的是："村民很关心扶贫到底撤不撤队，明年是否继续派工作队，希望明确答复。"但是，这答复我也没有等到。

其实，作为一位有着30多年工作经历的老同志，我也并没有坐等上级的答复。几百位一书记每人提一个问题就是好几百个问题，县扶贫开发局人手再多也很难一一答复，何况大家提的问题根本不可能有标准答案。提出问题的同时，我也在积极地寻找着答案，就当是在做一道县扶贫局下发的"加试题"。

我所提突出问题，也都是自己所驻村曾经存在的，那当然得自己想办法化解。从7月上旬开始，通过一个多月的表格填报整理，我对全村67户建档立卡贫困户及其他边缘户、低保户这些年来的政策享受情况已了如指掌，于是分医疗保障、教育帮扶、易地搬迁、危房整改、小产业发展奖补、企业帮扶、小额扶贫贷款等，整理了2017年以来的详细受益表，最后列出受益总表，对全村这几年来的整体建设情况也作了总结。

　　凡事预则立。10月底的一天，单位分管扶贫工作领导突然发给我一条微信，说是县扶贫办已向单位发函，要求各单位对下派工作队上报的"三个一"中"当前工作中面临的突出问题"处理解决情况进行报告，并发来了县扶贫办整理的相关问题列表，问题解决情况将会与单位帮扶考核挂钩。单位已召开专门会议，择日来村上进行调研。第三天中午，单位分管驻村帮扶工作领导果真带队来到了村上，包括单位三位委室负责人、县纪委派出纪检工作组负责人、仙溪镇扶贫工作站领导、驻三星村工作队全体队员。在听取镇扶贫站、村工作队和干部们的情况介绍后，领导十分重视，并提出了具体解决方案。看到一个一个曾经的突出问题马上能得到解决，我和队员老刘都露出了满意的笑容。

禾苗青青

苍白的选择

2020年5月底,我终于下狠心退出了"龙丰村村民工作信息群",因为面对群里的诉求,我无能为力。

我是主动加入"龙丰村村民工作信息群"的。新冠肺炎疫情在全国各地闹得沸沸扬扬的时候,某天突然传闻说村上可能有人感染了,村干部们赶紧碰头研究对策,我才知道大家是从"龙丰村村民工作信息群"里发现了相关信息。一位村干部好心地提醒我,说真有情况大家会告诉我的,不一定要进这个群,因为群里不和谐的声音较多,会让人很烦。但我想听一听不同的声音也未尝不可,便加入了进去。

初入群时,我还是感觉到了一定的温度的,至少群里大多数人持欢迎态度。渐渐地,我才发现这个群的问题。一是群里的负能量太多。一些人平时根本就不关心村上真正的工作信息,遇事毫不作换位思考与客观分析,一发言就是牢骚,村上的事情这不行那不合理,似乎村干部们一直都是吃干饭的或纯粹瞎作为,动不动就全盘否定。二是与村上工作相关的信息交流少。打牌邀请、做生意宣传、闲聊的占多,村干部在群里一再提醒但收效甚微。三是主观期望值高。特别是我这个驻村帮扶工作队一书记入群后,一些村民以为抓着了一根金灿灿的稻草,以为一书记就是包青天再世,能三下五除二就改天换地。四是个人欲望太浓。认为村干部不满足个人诉求就是不作为,根本就容不得别人的解释。

于是,我选择了沉默一段时间,静观群动态。但令人失望的是,几天后因为要了解一些情况在群里作了几句声,马上又迎来了一波波的诉求。我尽可能地解疑答惑,但有些问题可真的不是我这个第一书记能答复得了

龙丰村晨景

的，更不用说付诸行动了。看来，真如有的村民所言"上面派你来有么的用，跟没派一样的"了。

本想在村民和村干部间起到一个网上沟通的作用，最后却变成了我无法承受之重，只能苦笑一下自己的多情了。在热烈的欢迎声中进群，在手指轻点中无声退出，准确地说是逃离，而理由是那么地苍白。当然，我也不是毫无收获。我虽然无法满足村民们的所有期望，但至少村民曾对我有期望。群里有部分村民的发言还是很中肯的，是通情达理的，突然地离群，对他们而言是不尊重的。对于个别添加微信的村民，我都来者不拒。

2021年5月12日之后，我转到了平口镇继续帮扶工作，但还是经常接到农丰村民发来的微信、打来的电话，问诸如如何开具证明、办理残疾人证之类的工作。能回答清楚的，我绝不含糊，不能够回答清楚的则转求村干部予以回复，为的是回馈村民朋友的那份信赖。

瓷杯该怎么送

为配合人居环境创建，龙丰村 2020 年春采取出了一项惠民措施：发放瓷杯，禁绝一次性杯具使用。

为了提高瓷杯使用率，村委会专门起草张贴了《告全体村民书》，就瓷杯发放办法、后续管理等作出具体规定。但刚打开一个纸盒包装，问题就来了：瓷杯上印刷的落款单位是"龙丰村村民委员会"。怎么没有印上"中共仙溪镇龙丰村支部委员会"的字样？我连忙提出异议：是否缓发。

"不一定吧？几万块钱的开支，莫非就这样白丢嘎了？"会计老周沉吟了一下，说："当初定制的时候确实是没想这么多。前几日，我好像听一个干部说有个村也是这个原因销毁嘎一批杯子，全部重新定做了。"

"村上一切工作都得以村支部的名义才能开展的话，那同样的道理，是不是乡镇、县、市、省乃至国务院做个决策都要在之前加相应的党的委员会？"三哥有些急了。

还是爱民支书冷静："莫急，先查查依据再说！"

便民服务员董宏图已"百度"到了 2018 年 12 月 29 日修正公布的《中华人民共和国村民委员会组织法》。大家认真地看了下去，第二章"村民委员会的组成和职责"第八条第二款明确规定："村民委员会依照法律规定，管理本村属于村农民集体所有的土地和其他财产，引导村民合理利用自然资源，保护和改善生态环境。"

村委会用村集体的钱给村民发放瓷杯代替一次性杯具，当然可以归入"管理本村属于村农民集体所有的土地和其他财产"之列。龙丰村每户发放 5 至 15 只瓷杯，总开支近 4 万元。事实上，这笔钱全部是村委会列支。

再"百度"2019年1月中共中央印发的《中国共产党农村基层组织工作条例》，第九章"领导和保障"第四十四条规定："各级党委应当健全以财政投入为主的稳定的村级组织运转经费保障制度，建立正常增长机制。"从中可以看出，村支部的经费是用来保运转的，村上大头经费还是村委会在管理的"其他财产"。看来，只印"仙溪镇龙丰村村民委员会"，应该不算错。

但是，《中国共产党农村基层组织工作条例》第三章"职责任务"第十条第二款规定："需由村民委员会提请村民会议、村民代表会议决定的事情或者集体经济组织决定的重要事项，经村党组织研究讨论后，由村民会议、村民代表会议或者集体经济组织依照法律和有关规定作出决定。"第六章"乡村治理"第十九条规定："党的农村基层组织应当加强对各类组织的统一领导，打造充满活力、和谐有序的善治乡村，形成共建共治共享的乡村治理格局。"这就规定了村委会是在村支部的领导下开展工作。现今村"两委"的设置是村支书和村主任一肩挑，一般的决策会议都是两套班子一起召开，而且事先会开一个支委会议，支部决策在先。看来，发给村民的杯子加上"中共仙溪镇龙丰村支部委员会"也有道理。

那就发吧。不足部分再定制时，加上"中共仙溪镇龙丰村支部委员会"就是了。大家最后形成决议。

村民喜接瓷杯

遗憾总是难免的

2022年6月29日,芙蓉山抽水蓄能电站项目举行开工仪式

第一书记的首要工作任务无疑是强化基层党组织建设,但帮助谋划村集体经济发展也是一项重要职责,这方面的不足也是我离开龙丰村时的最大遗憾。

龙丰村的最大希望是生态旅游。芙蓉山抽水蓄能电站项目下水库选址在龙丰村,沿线又是毛泽东进行湖南农民运动考察之地,附近有中国梅山文化生态园、蚩尤故里,项目建成后将成为游客新的打卡点。正是盯着这一点,村上才借资修建起了三层高的新综合楼,以备未来的电站建设指挥部租赁之用。在我离开村子前,库址移民意向摸底和实物量调查已经完成,就等环库公路等实质性建设了。

安化县委书记石录明（右二）向湖南省委副书记、省长毛伟明（中）介绍芙蓉山抽水蓄能项目相关情况

令人振奋的是，2022年6月29日，芙蓉山抽水蓄能项目终于举行了开工仪式，湖南省委副书记、省长毛伟明亲自宣布开工。项目设计装机容量为240万千瓦，年发电量26亿千瓦时，装机规模居全国第二、华中第一，总投资达到151亿元，建成后将承担我省电力系统调峰、填谷、储能、调频、调相、紧急事故备用等任务，为益阳市乃至湖南省高质量发展提供安全可靠的电力支撑。

龙丰村的林业资源也是有文章可做的。进村公路两侧全都是山，马王冲、岩子冲、黄羊山，山山岭岭都是上等的南竹资源。这些年，村民烧柴的少了，竹子密密地立在山里，任凭雪压断风吹折都不见有人运回家；全县的竹制品厂少得可怜，没有人进村收购；竹笋加工也就几十里开外才有个小厂，花得运费来更没有人去山里挖，何况进山还没有林道呢！村上专门联系软弱涣散基层党组织整顿工作的县级领导是大型国企中远集团来的挂职副县长，在整顿会上承诺，只要动工修林道，每公里提供5000元资助；竹制品厂也好，竹笋加工厂也好，每台大型设备都可拨付部分资助资金，让大家心里热乎了好些天。可跑到组上召开村民会议时，山里没有竹林的村民怎么也不同意林道在自己的责任山里过，光一条进马王冲的林道建设方案就一改再改无法落地。不同意的村民当然也不是没有道理：黄羊山前些年修了林道啊，坡陡弯急，路面坑坑洼洼，运竹子的车拐得了弯吗？退一万步讲，有人来买竹子吗？那就选址建厂吧。左引右谈，终于有一个桃江的竹制品厂愿意进驻，但前提条件是先搞好厂房建设的"三通一平"工作。那就开干吧。合心组一所旧村小已烂成危房，拆了正好可建厂房。

　　这所村小我是比较熟悉的，才进村子里不久，我就亲自到过。村小位于一个小山包向龙溪延伸的尽头，两栋民居在山包的两边一左一右扼守着，两边都有小路到达。因为弃置已十多年，黄土操场坪里长满杂草，甚至有部分地方被村民开挖种上了蔬菜，篮球架已锈透。砖混教学楼虽然有两层七通之宽，但抬头望去屋顶到处是天窗，教室里到处是水渍，木楼梯摇摇欲坠。我麻着胆子左挑右拣在楼梯板上蛇行到达二楼，却再也不敢贸然开

时任副县长徐国信（右一）在龙丰村指导软弱涣散基层党组织整顿工作

步进入教室,村小确乎成了危房。

但是,这校址又牵涉到好几个村民小组和好几户村民的利益,到底该如何处置呢?这一耽搁又是一年,挂职副县长已换人,林道还八字都没有写出一撇来。

可喜的是,最近回访龙丰村,正巧在这旧址前的公路上碰到一同驻村的老刘,老刘正是如今的驻村第一书记。驻车观望,危楼已然没有了影迹,连同操场都整成了一块空旷的坪地,面积接近3000平方米。两栋民居之间的小山包被削平,成了进坪的通道。看来,企业进驻建厂房已指日可待。

昔日废弃村小已完成"三通一平"建设

第三辑

转战范溪：

奏响振兴序曲

走进范溪

第一次知道范溪村，是在 10 来年前写一篇《平口吟》骈文，在县志和网络上广泛搜索相关素材后，获知村上有个梅王洞曾留下关羽征伐寨王传说。真正走进范溪村，深入了解这块土地，则是 2021 年 5 月 12 日作为乡村振兴帮扶工作队第一书记兼工作队长派驻这里。

范溪村为原范溪与罗家两个村合并而成，面积只有 5.1 平方公里，村民小组却达到 17 个，我进村时有村民 2026 人。脱贫户 57 户 215 人，其中有 2 户为防返贫监测户。面积虽不大，范溪名头却不小。据同治《安化县志》记载，范溪为五都二保所在地，包括如今花园、原来的漾佳等村都在其辖内，有约 20 平方公里，村子东南西三面均与新化县接壤。村内小地名铜井组，历史上曾为明末避兵乱处，村部后的小西山上有清净庵，传曾有汪、李、潘三位女性在此修佛成仙。范溪村多年来都是平口镇镇长联系村。2020 年，范溪村在全县人居环境建设评比中脱颖而出，因此被列为示范创建村，由县政协办派乡村振兴帮扶工作队驻村。

范溪是一条很小的溪流，从村里的一个溶洞发源，横经村境和相邻的花园村进入新化县境，合入一条稍大的溪流后注入资水。为什么名"范"，村里没人能说清楚，估计这片地域最早是范姓人占据吧，就如旁边的罗家组、苏家组一样。

因为村子不算大，我们在第一次随机走访时，一不小心就进了新化县踏入了娄底市，意外地将这里与先前所驻的龙丰村联系了起来。

那是入村后的第一个星期一，我和队员小周晚餐后沿村部后边的硬化公路一路散步，边走边与路边的村民搭搭话。过高岸组、同心组走完村民集中居住地后，再走过大约 200 米无住房的路段，公路两边又有了房屋，但路面宽度由先前的 3.5 米降到只有 2 米多一点。凭直觉，应该是到了不同的行政区域。随意走进一家屋里，只见墙上贴着的告村民书落款是"新化县琅塘镇龙湾村"。莫非这个村子的村民平时出行都是经范溪到平口镇区的？我们怀疑是不是再前进就到了无路的山沟沟里，赶紧打转。

回到村部对照地图，我和小周开始研究起龙湾村来。琅塘镇与平口镇分别是新化县和安化县的两个边界镇，资水在龙湾村处转了个几乎成直角的大弯。中国人好龙，河流为龙形，大弯转处历来被视作风水宝地，此大弯处取名龙湾也应本此。最初的龙湾村只辖这大弯附近地段，21 世纪前后小村并大村，与范溪村相邻地段也并了进来，全村长度达到 5 公里以上。从老龙溪到范溪和龙湾，又是一条等待腾飞的"龙"。

星期五驱车返回县城，导航显示除了绕道溆浦县界从安化西部东归，还有一条经新化白溪、圳上两镇到达安化江南镇的道路要近 8 公里左右。按着导航的指引，我们车子开进的竟然就是周一晚餐后走的这条小路。半信半疑中，驶过周一散步的终点处不到 200 米，居然就到达了宽阔的 225 省道上。单位驻金辉村的同事走的路线是经溆浦县入奎溪镇，打电话告诉我们说"已到了怀化市地段"，我们则答曰"到了娄底市"，戏称"走过了最窄的省道"。此后，这条"省道"成了我们进出村的必由之路。

我们工作队与村"两委"配合，按县里要求调查研究申报乡村振兴建设项目时，很想将这条"最窄的省道"纳入扩改，可惜没有获得支持，毕竟连通的国道本就通过了平口镇区。但想想村民们到县级以上医院看病往来新化县城的更多，心下还是为没能争取到立项而深感遗憾。或许，是时机还不到吧，但我相信这条路终有一天会变成真正的康庄大道。

110 万元的烦恼

乡村振兴的核心是什么？当然是产业振兴。产业振兴的核心又是什么呢？有的说是钱，有的说是人。但不管怎么说，范溪村还是赶上了一项：钱。

工作队还没进村时，村里就已成为2021年中央财政大中型水库移民后期扶持基金（资金）项目实施村（简称整村推进），其中有110万元为产业发展资金。我们不是常将"争资立项"四个字放在嘴边吗？以前为了区区几千块钱的缺口，都能将村干部们的腿跑断，眼下一到位就是110万元，是该大干一场了！

儒兴支书召集村"两委"几个干部，决定先议一议到底可发展哪些产业。

根据大家掌握的信息，平口镇已有好几个村享受了这项政策红利。那几个村的钱都干了什么？儒兴支书说开了：山羊村搞了水果基地，栽的柰李树；平山村开了鱼塘；上升村种了药材，黄精、玉竹……

我看可以搞药材，县里不是在搞中药材产业园吗？副支书刘华维提议。

魔芋销路不错，是不是也可以搞几十亩？妇女主任魏伟华提议。

现在到处喊要吃有机茶油，安化还办了大油厂，搞几十亩油茶基地肯定不愁果子销路。会计何薇提议。

也可以开点鱼塘啊，每年农贸市场从常德那边贩过来好多鱼。便民服务员刘小凤提议。

我看可以搞泥鳅基地。村警戴平提议。

但这些项目都能安排到些什么地方呢？大家心里都清楚：全村稻田面积不到800亩，过去每隔两三年就会在七月天被暴雨淹没一次，开塘养鱼也好泥鳅也罢都得靠天吃饭；山间耕作地也是零星800来亩，基本是村民的菜地；山林面积倒是有三四千亩，可山势非常陡，况且生态公益林也是红线，真要搞种植业的话，恐怕都是些三五十亩的小规模。而且，大家都不会忘记，大前年村上是种了十多亩油茶林的，结果被患有间歇性精神病的一位村民一晚上偷偷将树苗拔了个精光。现在的奈李销售行情也不怎样，这几年的玉竹和贝母种植都只是几个卖种药的发了点小财，种植户基本连成本也收不回。村上自己的稻花鱼基地，除去成本的话收入基本上归零了。

但这钱还是得花出去啊！究竟该怎么用呢？

依我看，是不是可以到镇上买个大点的门面？先租出去一年收个万把两万块钱的租金，等村上将来发展了产业、有了产品，也有个地方卖，有个场地储藏。全平口镇的几个村在镇上没有产业的恐怕只有我们一个村了！计生专干刘花莲试探性地提议。刘花莲话一出口，大家都觉得是最稳妥的办法了，但政策许可吗？

民主加集中，拍板就归儒兴支书了。打电话到镇移民服务站咨询，工作人员不敢贸然答复，说是要问县库区移民事务中心。隔天，儒兴支书还真到了县库区移民事务中心咨询，有的说必须是兴办产业，有的说政策好像有松动，就看你怎么运作。等了一个多月，县库区移民事务中心的答复是"可以作仓储与产品展示中心建设"，名曰飞地经济。儒兴支书才放心拍了板：既然没有更好的使用途径，那就买门面吧。全村党员、组长会议上，大家的意见也高度统一，坚持要发展种养业的只有寥寥数人。

平口镇是柘溪库区片的经济核心，安化县设立的第一个经济开发区就在横经镇上的湘黔铁路的南边，大家称之为南区，与老镇村通过铁路下的一条暗道相连。遗憾的是，虽然坐拥湘黔铁路和资水航运两大便利交通，开发区二十多年来没有成功引进什么规模企业，楼盘绝大多数门面只是被商家租来当仓库而已。不过，开发区虽没建成功，前些年与新化县琅塘镇合作开发的娄益友谊街倒是建成了新的繁华地。

再次召开村"两委"会议时，大家上报的购门面信息只有三条。位于老镇区的一处两层楼合起来不足150个平方米，但要价150多万元；另两

范溪村位于湘黔铁路桥南的产品展示和仓储中心大楼

处位于娄益友谊街,面积都在100平方米左右,价格都是110万元左右,加上交易过户费用,村上都要垫钱进去。儒兴支书带着大家一一上门查看,问了现租主的经营情况,都不大满意,嘱咐大家再找找。

第三次召开专题会议时,工作队已进驻到村上。单位分管帮扶工作的副主席认为产业发展资金就该扎扎实实搞产业,我内心也是不赞成搞飞地经济的。叵发展飞地经济是村"两委"和党员组长会议共同商议做的决定,主管部门也赞同,我们也不好否定。

最后,还是儒兴支书打听到了铁路桥边南区一位唐姓村民有栋五层楼因急于偿还债务连地基整体出卖,经大家考察同意后以100.168万元成了交。找律师写房地产转让协议,完税,到县不动产中心办理过户手续,请第三方公司进行资金使用可行性论证、房地产价值评估,到县库区移民事务中心报账。儒兴支书等人往返县城六七趟,吃了好几顿盒饭,碰了不少软钉子,说了一大堆求人话,终于将事情办妥。归一下总账,花掉111万余元。后又花2万多元将楼面屋顶进行适当的维修,略添了点设施进去。按目前的房屋租赁行情,每年近3万元租金不成问题,儒兴支书终于"生了个胖子崽"。

摘"帽"记

范溪村早在我入村前就已被确定为2021年度软弱涣散基层党组织,要进行整顿。从儒兴支书的口吻来看,他有些不大愿意接受,觉得自己支部的工作在平口镇还是做得不错的。我告诉他:我们支部的组织生活没有常态化、村集体经济薄弱都是不争的事实,趁机对支部进行整顿也是好事。

整顿就要约定规则。在第一次全村党员、组长及保洁员会议上,我就上了一堂题为《以坚强的党性带好头、以高尚的人格服好务,在乡村振兴示范创建中发挥模范中坚作用》的党课。认为自己的第一书记身份确定要起到四个作用:建强基层组织、提升治理能力的排头兵作用,宣传国家政策、上传社情民意的传声筒作用,密切干群关系、沟通党员思想的润滑剂作用,决胜脱贫攻坚、推进村级建设的服务员作用。跟村"两委"班子成员约法三章:一是谨慎决策。工作决策之前、实施过程之中和后续跟进,班子内

范溪村非粮化耕地整理

部都要多商量，班子要跟党员、组长多商量，多跟群众商量，要相信高手在民间的道理。二是严于律己。将村集体利益、班子团结务实高效放第一位，利益面前不搞近亲关系、裙带关系，不与民争利。三是紧密协作。今日事，今日毕。保持决策的严肃性，不拆台。向党员提出三项要求：一是讲党性。服从支部决策，多做协调解释工作，多理解村上的难处，敢于直言、勇于监督、多献良策。二是做榜样。热心公益事业，带头发家致富，遵守各种公序良俗。三是勤反思。校正"三观"、多讲奉献，一身正气不忘初心。对17个作业组长和保洁员也提出三点希望：要有全局意识，心怀全村利益；要有担当思想，树立发展理念；要有感恩情怀，赢得村民信任。

我将会风作为整顿的突破口。所有会议设立迟到席，参会情况记入党员积分管理，不满60周岁党员一律要求做笔记，党员活动取消误工补贴，会场内不接打电话、不带小孩进入，预约发言必先起草讲话稿。

整顿的核心是村"两委"党员干部。经过几个月的观察和工作接触，我分别与支部和村委干部开展谈心谈话，充分肯定各人的优点与工作成绩，诚恳找出应改正的思想缺陷、性格缺点、处事失误，并组织三个支部班子成员召开组织生活会开诚布公进行批评与自我批评，再召开村"两委"党员干部组织生活会。在此基础上再与全体党员进行电话联系与面对面谈话交流，为班子成员在党员、组长会议上述职并开展批评和自我批评做准备，最大限度地搞好与村民的情感交流，赢得最广泛的村民支持。

人心齐了，班子的合力大了，村级工作推进较之前更为迅速高效。整村推进项目实施过程中，支书戴儒兴、副支书刘华维全天候坚守工地；同井片区水渠建设，副支书刘华维亲自带工40余天，没领取一分钱报酬；耕地非粮化整理项目实施，计生专干魏伟华每天早出晚归指挥施工，干劲巾帼不让须眉；会计何薇二孩生产不足两个月便提前返岗；驻村工作队队员周锡辉妻子临盆当天还在村上开展党员干部联系群众"五个到户"活动……

真正困扰工作队和村"两委"干部的，还是村集体经济收入必须突破5万元这个硬指标。5万元对于沿海发达地区村庄来说毛毛雨都不是，对于有

平口镇镇长王勋（左一）在范溪村指导春耕生产工作

集镇依托的社区村来说也只是几间门面租金的事，但对于少田少土的村庄而言却是不低的门槛。山林耕地承包经营权基本分配到了农户家庭，村集体能够调配的资源也就一个村部一两所暂时弃置的小学教学点，以及一两处因涉及村民小组太多而搁置下来的老旧茶场。扪心自问，范溪村"两委"干部们还是想了不少办法的。为鼓舞士气，村支部带着党员们到毛泽东和刘少奇两位领袖的故居接受红色教育；为开拓创业思维，村支部又带着村民代表到邻近的新化县科头、维山两乡考察了泥鳅养殖基地和农庄建设。村上从移民部门争取到一个稻花鱼项目，花掉几十万元资金说服部分村民对稻田进行沟渠规范整理，承包过来插上中稻养上了稻花鱼。可儒兴支书一思忖，5万元纯收入似乎还是不够。稻谷以最便宜的价格卖给了附近的村民，除去稻田租金、育秧插秧培管收割费用和鱼苗钱，净收入不到1万元。村茶场承包出去有3000元，村生态林补偿有3000元，原罗家村学校承包出去有600元，满打满算也只有16600元。最后，大家一致同意将在镇区购买的那栋准备做仓储之用的房子租金算进来，终于突破了5万元。

年底考查，村支部一举摘掉了"软弱涣散基层党组织"的帽子，被评为全镇先进基层党组织。

重回讲台

从教育部门改行到行政机关后,偶尔也登上讲台,但所讲多是些工作交流。虽也有坐下边的干部在路遇时因此以"老师"相称,而我多羞于应答,因为教给别人的东西太少太少。真正算跟学生上课的,除了几次文学讲座,就算在范溪驻村时的一次人居环境创建演讲了。

范溪村是全县 30 个湖南省省级乡村振兴示范创建村之一,平口镇唯此一村。之所以入选,就是因为该村在 2020 年度的全县人居环境检查评比中名列前茅。当然,村上为此也付出了不小的代价,仅保洁员数量就增加到 18 人,发给村民圈养鸡鸭的塑料网都运了两大卡车,每户发放近百平方米,各种相关开支接近 20 万元。一个没有任何村集体经济作支撑的村,无论如何也承担不了这样庞大的开支,于是 2021 年将保洁员减配到了 6 人。更不作美的是,县里 6 月份进行季度抽查时,村里的卫生状况排到了全镇靠后位置,县里的通报中被点名批评。这还了得?

"一书记,人家保洁员人数减少了,工作量增大了,工资却没增加,积极性不高呢!××、××、××家,那硬是不听我们的安排呢!"负责人居环境工作的妇女主任魏伟华诉苦。

先调研再说。我和工作队员小周在走访村民时特地对环境卫生表现多了个心眼。遇到没圈养鸡鸭的逐户提醒,遇到房前屋后有白色垃圾的毫不留情面地予以批评,将村里的两三条小溪沟徒步了一遍,将所有公路两边设置的垃圾桶状况也查询了一个来回。心里有了底,于是起草了一份《关于规范垃圾清扫的通告》,在村村响连续播报了一个星期。为了突出卫生重点,我拎着铁钳和村部所在的苏家组保洁员一同拾捡了一次垃圾,又到公路两边白色垃圾较多的干一组巡回捡拾了两次。但是，卫生保持的效果一点也不理想。原因在哪呢？在召集保洁员开会时，有三个保洁员都说了这么一句："是小朋友乱丢的。"村部前的健身器材集中安放处也是村民经常小集会的地方，我暗暗观察了一周时间，地上的糖果牛奶之类包装果然大多出自小朋友之手。那就走进学校宣讲一次吧，算是重上讲台。参考以前拟的通告，初定好宣讲时间，连夜写出了一份标题为"我为创建美好人居环境做贡献"的讲稿。

正式进校宣讲是在一个星期三下午放学前，几位老师都在台下与学生一起听讲。连带课堂组织教学，前后花了近四十分钟时间。虽然备了讲稿，但全程基本是脱稿演讲，而且基本使用普通话。庆幸，上讲台的基本功还没有丧失。

之后，路边的空牛奶瓶之类明显少了。看来，只要讲，效果还是有的。好几个胆大的小朋友放学后经过村部看到我时，都会停下来特意喊一句"一书记爷爷"，渴望被人尊重的虚荣心又膨胀了好几回。

现在，村上入眼垃圾更多的是男人们随手扔下的烟蒂，村民耕作时随手扔掉的种子包装、矿泉水瓶，房前屋后更多的是大人丢弃的生活物资包装袋。看来，人居环境的保持还得用到奖罚分明的更多良方。

附：
我为创建美好人居环境做贡献

尊敬的陈校长，各位老师，亲爱的同学们：

我是县里派来的乡村振兴驻村帮扶工作队第一书记。很高兴，能够与范溪小学的师生们共同探讨人居环境建设问题，为范溪村、花园村乡村振兴建设尽一点心力。

现在，全国都在实行乡村振兴，乡村振兴包括产业振兴、人才振兴、文化振兴、生态振兴、组织振兴。乡村振兴的最起码要求是人居环境优美舒适，更简单点说就是清洁卫生搞得好。在我

重回讲台，向小学生宣讲人居环境

看来，清洁卫生至少包括三个方面。

第一，个人卫生搞得好。勤洗手洗澡洗头，衣服干净整洁。

第二，家庭卫生搞得好。鸡鸭拦网圈养，狗要拿绳子绚起来养，不能搞得到处是鸡粪狗屎。狗咬了还会引发狂犬病，打针1200元，不是小数目。经常扫屋，家具摆放整齐，物品堆码美观。作为家庭一员，我们小学生是不是应该帮忙做点家务？

第三，公共卫生搞得好。各种包装纸、包装袋、卫生纸，都要进入垃圾桶；剩饭剩菜不喂鸡不喂猪的，要埋到土里去。我们村2019年创建成了全县的人居环境示范村，这是全村人民的骄傲，也是全体村民和保洁员辛勤劳动的结果，荣誉得来不容易，大家要倍加珍惜。

但还是有一部分村民，包括我们在座的一部分同学，平时缺乏荣誉感，破坏环境卫生。你们的家长，有嚼槟榔走到哪里渣吐哪里的，有抽烟走到哪里烟蒂扔哪里的，有种子、农药包装哪里拆封扔哪里的，有一次性塑料杯哪里喝了水扔哪里的，有口罩哪里不戴了扔哪里的，有旧鞋子、旧衣服扔溪沟里的，有家里清扫出来的垃圾往塘里、田里乱倒的。

在座的同学，是不是有自己抽屉里乱糟糟、脏兮兮的？是不是有座位下扔得满是纸屑果壳的？是不是有走在路上吃零食边吃边丢果壳、丢包装袋的？村里路边那么多垃圾桶，你为什么不能扔垃圾桶里呢？

我想，大家放学回家后，不妨留心一下，四周有没有扔下的塑料制品？家具、农产品摆放整齐吗？走廊上、堂屋里，凳子、鞋子等用品混乱吗？房间里看上去舒服吗？床底下是不是一团糟？鸡圈起来没有？狗拴住了没有？

同学们，乡村振兴有许多事情要做。我们要从自己做起，搞好个人的卫生、和家长一起搞好家庭卫生，同全体村民一起维护好公共卫生，是我们能够做到的事情。让我们向新时代有道德修养的新公民标准看齐，一起建设舒适宜人的美好家园。

平口镇月嫂培训班在范溪村开班

莳田、唱哑、饼药和其他

摊开地图，安化县犹如一顶帽子牢牢地戴在新化县头上，西起平口东到清塘，大熊山脉就是新化县的头顶。也许得益于大脑是人体最强大组成部分吧，安化这帽沿一圈地区村民基本都操新化方言。平口镇因为与新化县琅塘镇紧密相连，原住村民都是一口地道新化腔，范溪村的媳妇更是半数来自新化县境，新化方言更加纯正。

儒兴支书坦言，东坪话和梅城话慢点说能听懂个三四成，二十里外的渠江人说烟溪话，半句都听不懂；羊角塘方向来的镇领导发言，只能根据口型去判断说的啥事，反正什么问题都回答"好，好"就是。可能儒兴支书不知道的是，外地人听平口人说本地话也是天书一般难懂。我参加工作时，曾在大熊山安化一侧的洞市木阳界教过书，学生基本操新化腔，因而对平口话并非完全不懂，但即便如此还是为一些方言词闹了笑话。

我们到村时已是插中稻的季节了，但平口人都说"莳田"。我愣了好一阵，联想起"莳花弄草"这个词语才明白"莳田"就是"插田"。接着的"踩禾"（打稻子），平口人又说成"发禾"，"禾"字音同"壶"；稻草呢，又文气地说成"莞"，初听还以为是稻草中空如"管"。

村医老刘和我特别合得来，是我作平口方言词语研究的重要来源处。某日，老刘忽然对一位来敷药的村民说："同井组的矮老倌昨日死嘎哩，你等下不去唱个哑？"细问了一支烟的功夫，才知"唱哑"就是"作揖"，意思是去拜祭，是"烧香"的雅说。打开电脑"百度"，才知古时有"哑揖"一词，作揖时表示虔诚恭敬，是不开口说话的。"唱哑"，应该是作揖前要说上"向××老大人三鞠躬"之类的引入语，作揖后又要扶起孝家说上"高

秋收颗粒归仓

升高升"之类的客气话。

　　工作队按要求必须对全体村民进行普遍走访，事实上这个要求不提也罢。不深入到每一家每一户，怎么知道村民到底有什么诉求呢？走访到伍家组一户老人家时，小周顺便给妻子买了两大坛土鸡蛋，男主人十分热情地邀我们喝口米酒再走。我们一再推辞，男主人急了，赶紧说道："干部，咯号酒在别处难得吃到的啊，我的酒是饼药煮的！""饼"字在男主人的口中变成了"bià"音，经老人反复解释是草药搓成了团做成了饼，我才知道是个"饼"字。盛情难却，我们只好停住脚步，表示"只要尝一下"。这一尝，老人倒出的却是两个半碗。说来也真是怪，我已好几年不沾酒，但这小半碗分几口喝下后居然没有产生任何头晕脑胀和胃灼痛的感觉。

　　平口话中的一些日常用语、生活用品名称，也大大颠覆了外人的认知。洗碗，明白不过了的事，平口人偏要雅说成"洗圹迹"，洗碗盆子则雅号"圹迹盆"；全县人都将一帮人一起改善生活说成"打平伙"，平口人偏要称为"打浮塘"；汤瓢是"汤匙"，菜瓢是"菜匙"，饭勺是"饭匙"；饭锅是

"鼎"，菜锅是"镬"，支菜锅的三角架是"爨架"；水瓢是"勺公"，粪瓢是"大粪勺公"，尿瓢是"小盂勺公"。来了客人，平口人一般说成是"嫫嫫"，一副恭敬的样子，做客是"做嫫"，装出一副做客的恭敬样子是"装嫫"。这些词汇在现代汉语里本就是极其生僻了，再加上与普通话语音相差很远的纯正新化腔，让人听得一头雾水。但写出本字来却有根有据，让人不得不服。

村部操场边有一对老夫妻，两口子操的基本是最原始的新化方言，纯说方言时根本就不知两人说的什么意思，偏这两口子又极喜欢和我们工作队打交道。每次我和小周饭后在篮球场进行罚篮大战时，老婆婆不知什么时候就站在了一旁观战，忽然脆亮的一句"呵，呵呵，进嘎了"或"不（音'翁'）易得进去"，再看看老人家那孩童般的天真笑脸，忍不住大笑三分钟，之后再也集中不了注意力，命中率狂跌至零。每当一方落后时，我们总会戏言"那个老人家来助功就好了"。

新化话在学术界曾有一个地域概念极强的名称叫"梅山话"，本质上却是文言词极为丰富的汉话。作为一个使用人口上百万的方言语种，已有不少专家从语音到词汇句法乃至民谚进行研究。安化话中相当多的词已够古气了，但新化方言更有过之而无不及。

老戴

老戴是平口镇范溪村人，认识他时工作队已由脱贫攻坚驻村帮扶改名为乡村振兴驻村帮扶。脱贫验收后进行四类划分，老戴家先是被评为重点监测户，后又划入脱贫巩固户，再后又被定为防返贫监测户。

工作队排第一位的工作是巩固脱贫攻坚成果，所以我们进村的第一件事还是了解脱贫户们的情况，尤其是位于巩固户序列的整户兜底户，老戴就是其中的一户。看脱贫攻坚期间留下的档案，老戴红手册上记录为四口之家：老戴、老戴妻子、两个儿子。老戴已经65岁了，妻子47岁，两个儿子一个不满7岁，一个不满6岁。健康信息栏显示，其妻为二级精神病患者。怎么看，这都不是一个正常的家庭。

原来的驻村队员告诉我们，老戴家本住在一个叫董家的山界上，乘易地扶贫搬迁的东风，在镇区中学对门街道上分配有一套新房。因为其精神病妻子一出门就找不到回家的路，加之老戴还在山界上饲养了猪、牛、鸡、狗，一家子仍在山界上居住。第一次走访时，便民服务员径直带我们来到了老戴山界的家。

老戴家离公路还有百十米上坡土路。才下车步行，上边就传来不停歇的狗吠声，让一向畏狗的队员小周很是紧张。土路高低不平、宽窄不一，不像经常打理的样子。半路的田塍边一块较为规整的石头正中有一个圆洞，明显是旧时的绚马桩，证明戴家的祖上曾经辉煌过。转过几个弯，就是老戴家的禾场坪。禾场坪地势很开阔，平口集镇及附近村庄尽收眼底。老戴家的屋基整体而言有两亩的样子，完全装得下一个大四合院，与下边残存的绚马桩互为印证。从禾场坪上胡乱堆着的木头和瓦解的土砖可以发现，老戴家的房子是响应复垦要求拆去了不少面积的。北墙是泥砖，沿歪柱子斜砌着。老戴的厨房就在堂屋里。灶是极简易的土灶，并且只有一个灶膛；锅盖是城里人想象不出的最老式木盖，犹如一个倒扣的盆子；砧板是一块发黄的横木，也没见什么碗筷。堂屋的后墙早没了，左边一间房的土砖后墙从中垮掉了绝大半，右边一角的土砖后墙已呈向后倾倒之势。堂屋里搭有宽木板楼梯，上到楼口四望，风车、禾桶、簸箩等不少；一只母猫落了月，蜷在禾桶里拢着几个猫崽，猫眼在我手机的亮光下忽闪忽闪的。老戴的鸡倒养了不少，满阶基都是鸡粪。木晾衣篙上，大人小孩衣服都很有限。禾场坪里，小孩的旧鞋横七竖八地躺着。几条土狗转眼已跟我们混熟，前前后后地跟着我们的裤腿嗅个不停。

我问老戴："你老婆呢？"答曰："我岳老子刚去世不久，在娘家陪岳母娘。"我们出门，老戴也跟着下了山，说是要接在下边村小读书的两个小孩回家。其实，老戴自己也是残疾人，驼着个背，个子最多也就一米四的样子，看人时眼珠已有些许浑浊。

回到村部，我第一时间将拍摄的几张照片发给了时任县政协副主席、县工商联主席李艳云，并代为打出报告请求予以特别关爱。没多久，县工商联给老戴的扶贫明白折上打来了 2000 元救助款。我特地嘱咐便民服务员一定要说服老戴取出数百元，领着父子仨各自买了一套新衣服、一双新鞋子。看到便民服务员发回来的几人一身新装的照片，我才稍放心一些。

老戴在镇上的新居，也简易得不能再简易。开发商提供的合不拢的阳台推门也没有更换，阳台铁栏杆上的积尘足有一层布厚。挂在半空的女式衣服，表明老戴的妻子确曾在这里居住过。厨房里有一个煤炉，旁边随意地堆着五六坨藕煤。统一装修时留下的水泥包装袋、几张硬纸板，老戴说能卖钱还舍不得扔。三个卧室里只正中一间摆着一张一米五的旧床铺，垫着的旧规格棉絮被比床窄了许多，盖被也比床小了一圈。天花板上的灯设全部是开发商给预装的简易灯头，总共 10 个节能灯泡有 4 个已不能发亮。唯一有点现代化气息的，是客厅里一张不锈钢材料焊成的小型四方书桌兼餐桌。

作者和便民服务员走访老戴

还是做点实事吧。镇政府食堂二楼是干部单间，不时有淘汰的旧床铺，捡一个搬进来也行。第二个星期的一天来到楼梯间，果然就看到弃有一个在那，我和队员小周在干部们的目送下将床抬进轿车就走。这床铺只有四周的框，中间缺床枕，也没有铺板，我们便又开车到就近的一个木工厂，好说歹说请老板给锯了一副杉木铺板并补齐了床枕，又买了手拉锯、铁锤给床枕进行二次加工。运完这一车床铺，我们立即来到镇液化气站，弄齐了液化气罐和灶具。打电话给老戴，他正准备上山。其侄儿闻讯赶紧送他来了新居。大家七手八脚帮忙整好床铺、装好灯、试了液化气灶，又嘱其侄儿帮忙将卫生清扫好、将垃圾清除，我们才下了楼。

第二次去老戴在界上的家，是因为镇上决定将他家由脱贫巩固户重新划入防返贫监测户，与镇上分管乡村振兴工作的领导和乡村振兴工作站同志一起上门。老戴告诉我们，他刚卖掉了一头牛，有5200元收入；那只跟了他18年的老狗卖了1500元；家里还养着一头过年猪；另外还有一大二小三头牛。加上全家四口的一类兜底收入及物价补贴、妻子的残疾人生活和护理补贴、老戴的养老金，仅算年度收入是不会返贫的。老戴说，趁现在身体还撑得住，要给两个儿子多攒几块钱。等两个儿子必须到镇上读五六年级了，他就搬到镇上的房子里去住。感谢国家好政策，他要好好地活着，要将两个儿子都送进大学。可我们担心的是，一旦老戴不能动了呢？残疾妻子和两个儿子怎么办？

老戴确定纳入防返贫监测户后，我和小周陪同单位分管乡村振兴工作的领导及新明确的结对帮扶干部又一次来到了他山界上的家里。这一次，我和大家将老戴的房子里里外外都细细察看了一番。真是不看不知道，一看吓一跳。老戴一家四口就挤在一张三尺多宽的旧床上，一家四口的粪尿都撒在床头一个泥水匠用的小灰浆桶里。地板已有些松动，靠近粪桶的地方有一块地板已断裂，如果脚踏重了，那一桶粪尿随时可能来个底朝天。房里还堆着其他一些杂七杂八的东西，不仅光线暗还酸腐气味浓。我实在难以想象：两大两小4个人晚上是怎样堆码在床上的，他们呼着这样的空气又是怎样入睡的，况且还有一个精神病患者！

从老戴家下山，我的心再次被揪得发痛。利用双休返回县城的机会，我和小周从县民政局为老戴讨回了两床救济棉被，向县残联递交了请求救助的报告，又向团县委、县教育助学部门递交助学申请报告，都得到了回应。又通过平口籍的全国优秀特岗教师刘习聪，争取到益阳市政协委员陈立文博士对老戴两个儿子结对帮扶。

"危房不住人，人不住危房"，这是小康社会国民居有所安的基本保障。老戴享受了易地搬迁安置政策，镇村干部和工作队本来可以强制要求老戴一家住到镇上新居去。但真那么做的话，无异于断了老戴的种养之路，也不是我们帮扶村民的初衷。让我们感动的是，当我电话给在镇区当小包工头的本村党员刘华善，提出请求资助2000片红砖给老戴界上老屋砌后墙用时，老刘二话没说就答应了，当天下午就请人将红砖送到了界上老戴家下面的公路边，并承诺免费供给所需水泥沙石。老戴说，自己还要添钱买点砖，将后边三间房的墙全部砌好,再砌一个卫生间,不再让大家操心他住房安全的事。社会各界和老戴本人的响应,让我和小周切实感受到了帮扶工作的温度。

交道打得多了,我也慢慢知道了老戴心中的那些秘密。老戴在40岁左右其实就娶过一次亲,只不过女方跟他过的时间并不长就离婚改嫁了。据老戴说,前妻是怀着孕走的,后来生了一个女儿,女儿现在已经大学毕业,不过这都与他无关了。本来已做好了孤老终身的准备,但在一次与人争吵中被骂"绝代种"之后,老戴下定了决心:无论如何都要再讨个堂客接续戴家的香火!于是经人介绍在近60岁的年纪娶了当时40岁的残疾老婆回家。次年,大儿子落地;第三年,二儿子落地;第四年,三女儿落地。因为家里条件实在有限,在大家的劝说下,女儿两岁多时送给一个亲戚抚养了。晒着冬日的温阳,老戴轻声却有些得意地告诉我:"别看我老婆在跟我之前已经嫁了4家,但跟我时还是个黄花女!"

老戴也是一个通情达理、懂得感恩的人。第一次给他从工商联争取到救助后的某天早晨,老戴带着两个儿子经过村部时,我正打开村部院子的大铁门。听见铁门响,老戴转个弯喊了声"王书记"就闪了进来。我到厨房里一趟,转身就不见了老戴的人,办公室门口多了一个红色的塑料袋。袋子里面满是花生,红袋中还有一白色小袋,里面是一些鸡蛋。老戴人矮腿短,走得并不快,人影还在坪角。我边追边喊:"老戴,老戴,把鸡蛋提回去给你儿子吃!"老戴倒加快了脚步,很快就消失在我的视野里。团县委的资助需要被资助学生户口本拍照做佐证,老戴在我们回县城的当天一大早就送了下来。拍完照片后,老戴提着爱心袋就走了。我扶了扶眼镜,发现办公桌角多了一个薄膜袋子,里面是一大坨鲜牛肉。我和小周立马追下楼去付钱,老戴说牛是自己喂的,侄儿买了去做喜事已全部给了钱,自己割回了两坨吃没事,无论如何也不肯收钱。傍晚接儿子回家,我递给他两个儿子一人一小瓶牛奶,两个儿子也懂事地学着老戴怯怯地说着"谢谢王书记"。看样子两人都还是第一次喝牛奶,心里不由得又是一酸。有天早晨,小周出于真心帮助问了句"老戴,你的土鸡蛋有买不",老戴傍晚接儿子回家时就将一大袋花生和20个鸡蛋放在了我们的办公桌上,并电话告知"不要给钱"。我们在走访返回的路上正遇上他父子俩,小周的钱硬是塞到了他手里又被退回来。小周买鸡蛋是给落月的老婆补身子的,老婆电话那头得知详情,很感动:"下次到村上来,你就给他搭件牛奶,我们不能占他的便宜!"2022年春节前一次走访老戴家,妻子特地清理出了一大包衣服,要我顺便给老戴送上山。谁料返回时老戴又将两块鲜猪肉塞到了我的手里,还说要再给捉只土鸡。我再三解释家里老父亲老母亲养了鸡,他才半信半疑地松开了拎起的鸡笼门。

春节后,我因岗位异动调回了机关,但还是主动提出与老戴家结对帮扶,因为在多次的走访中,我感觉彼此都已把对方当成了亲戚。不管以后的发展如何,我觉得对老戴家的帮扶都是值得的。让我更为感动的是,最近跟2021年曾给予老戴资助的益阳市政协委员陈立文博士当面交流后,陈博士慷慨应允长期对老戴家进行帮扶,还针对两个小孩的生长情况制订了增高计划,将第一年的牛奶和维生素补充款4000元整打到了我的账上,嘱我按月配送到位。

董家组山上满是石林

痕迹管理之我见

2021年第四季度，县派驻村办在相关工作微信群里发出通知，从次年元旦开始正式实行打卡管理制度。工作队员要在规定的时间里自拍上传在所驻村的照片，并以此作为驻村考核和差旅费报销的重要依据。一些队员很不理解，认为这种管理方式多少带点不信任人的味道。但我却为之叫好。

人生也好，工作也好，生活也好，或有意或无意，多多少少会留下不少痕迹。痕迹的体现，最原始的当属文字记录。工作了什么内容，记录一下情况备忘，没有坏处。照相技术发明之后，又更直观地便利了我们对生活痕迹的保留，一时一地或一人一家庭一集体的重大事件，都留下了许多宝贵的记忆片段和瞬间。现代科技飞速发展，手机的相机功能加互联网，更是可让痕迹保留做到24小时不间断。于是，"痕迹"成为一种工作管理方式也水到渠成。

当下时兴的痕迹管理办法，是指纹、人脸识别打卡。

痕迹管理是有其合理性的，这一点首先必须肯定。曾驻马路镇黄金村的干部朱共辉跟我说起过这样一件事：村上有个叫仇楚善的人，从20多岁开始详细记载他所知道的村组每天发生的大小事情，一度被人嘲笑。但意想不到的是，20多年后两个村民小组为林木砍伐发生界址纠纷，正是他的日记里保留了最原始的依据才避免了一场械斗。一位常年在外务工的村民打算给已故的父母亲立墓碑，又是在仇楚善的日记里找到了父母亡故的准确日期。一次，村里发生了盗窃案，许多人将仇某元作为第一作案嫌疑人，这时又是他的日记证明了仇某元不具备作案时间。

回到驻村打卡话题。我们不是常说"心中无冷病，胆大吃西瓜"吗？

既然到了工作岗位，按个指纹来个自拍打个卡，这并不是难事。可笑的是，居然有人想出了请他人代签、翻拍照片、使用软件修改考勤签到数据等主意，玩起了自欺欺人的把戏，这实在不应该。连工作地点都不到，这样的干部能干实工作吗？

当然，痕迹管理也不能过头。进组入户处理了一些有代表性的工作，留个照片完全是应该的。但如果事无巨细都要留下痕迹，且作为工作管理与考核的常态与必须，就值得斟酌了。明明走出村部就可以用脚步丈量到实地考核的工作，为什么偏要依靠纸上的图像和文字？痕迹的确可以证明事件曾经发生过，但也并不百分之百可靠，单纯的痕迹管理极有可能催生为痕迹而工作的现象。痕迹到，工作到。比如说帮扶走访，路程远的开车就要三个多钟头，结对户又多，常常进屋第一件事就要帮扶对象找出爱心袋写好走访记录按手印照合影，前后不到十分钟就收场。受访者言"要我签字的来了"，村邻言"照相的来了"。又比如说，县里曾经三令五申要求干部与帮扶对象"三同"（同吃、同住、同劳动），但有多少人晚上真正睡在上传指定网站照片中的农户床铺上？痕迹是有了，但走访在村民中的印象到底是怎样的呢？与其强调次数和痕迹，还不如真真切切地给帮扶对象干一两件实事管用。

范溪散记

县十届政协主席胡能华（左二）、副主席刘学军（左三）到范溪村指导乡村振兴工作

范溪水好，这是村里人的骄傲。溶洞阴河水清冽甘甜，虾蟹泥鳅味道都似乎比别处更具风味。下方一些稻田开成了鱼塘，用这水灌养了泥鳅，但要是发展成一个产业又有不小的难度。村民们告诉我，如果遇到持续暴雨，地势稍低点的田地都是会被淹没的。这里曾经建有一座阴河电站，也是被洪水冲毁的，电站厂房的石刻门联记录着曾经的荣光："靠路线，伏龙王，建电站，发万家灯火；学大寨，堵阴河，引甘泉，灌千亩良田。"最让村民们不满的是，前两年有人利欲熏心在溶洞侧上方开了个采石场，碎石黄泥满坡倾泄，一洞好水一到下雨天就变成了黄汤。本届村委会虽然报请镇政府强制关闭了采石场，但真正要恢复生态、恢复水质，没个三五年难有效果。

乡村振兴，项目储备是基础。村"两委"其实早就在谋划这些事了。

魔芋、中药材、油茶、茶园基地建设及泥鳅和稻花鱼养殖基地，都有了规划。到底都在哪里呢？支书戴儒兴带着我们转开了。不过，我最感兴趣的还是白杨组山顶的一个天然水库。水库四周都是山，如果满水的话水面可达三十余亩。但说是水库，却只有小半区域有水，且水很浅。戴支书介绍说，他光屁股时期多次上来玩过，那时的水可是一片汪洋深不见底的。问起村上几个溶洞的位置，结合地理知识，我初步判断这里原来就是一个天坑，某个位置是有泄水孔的，只不过在某一个时期被淤塞了才成为水库。不过，如果真能找到那个泄水孔并将其堵上，便可形成一个天然的高山湖泊。再开发村里最具特色的一处溶洞，在阴河口辟一家避暑山庄，范溪村倒不失为一处风景胜地。不过，那投资可就大了去了。

范溪村的地理中心在董家组，这里也是平口镇东南边的制高点。因为脱贫户较多，我们工作队曾多次上山。上得山来，公路两边入眼的都是或高或低或粗或细的山石。有的像猪狗等家畜，有的像树桩花果，大多隐在板栗和杉林下，规模与马路镇云台山村有得一比，而风格又各有不同。随便登上一个山头眺望，范溪村乃至平口和琅塘新建镇区尽收眼底。第一次上山，我和小周就来到了界顶最末一户村民家。幽幽翠竹遮蔽着迷阵般的石林，好似走进了西游记中的神秘世界，一些石头上还立了老虎狮子类的彩塑。走到这栋木屋禾场坪里，雕塑更多了。不由心想：这家子莫非出了个学习雕塑的艺术类大学生？下得山来问村干部，才知这户人已迁下山去，这里曾租给一位新化村民圈养过野猪，那些雕塑是用来恐吓想逃逸的猪们的。巧的是，这家人禾场坪下边不远处就是梅王洞的入口处，可惜我们没有发现。这一耽搁，直到我因职务变动离开村子也没有进去过，只好在镇上某传媒发布的短片里欣赏了一番，但终究不过瘾。

在村上转悠多了，我才发现范溪当下的产业并非完全没有基础。无论走到哪家，或屋前或屋后，总少不了三五株杨梅。某日，儒兴支书引我处理一个养猪场遗留问题，才发现这养猪场就是推平了一个山头的梅林建起来的，周边剩下的菜碗粗杨梅树至少还可以千数计。我本喜酸客，虽然时令已是杨梅谢摊（最后的一批果实、菜蔬即将凋零）季节，还是忍不住走进梅林收拾残果。一路行走，满地都是落梅。随便爬上几棵杨梅树，果实大多已经红透，入口甜中有酸，酥软而略带香味。品质又不是不好，支撑起一个小型酸梅企业完全不成问题啊！"没有技术，没有市场，没有人来办厂呢，又挤在短短的个把月内，摘也摘不赢啊。"戴支书感叹。那重新建其他的基地呢？又能保证有人来办厂？抑或只是为提供最初级的鲜品？

范溪村其实还有一个优势，那就是在外打拼有成的企业家、国家工作人员较多，在"迎老乡、回故乡、建家乡"上大有文章可做。我曾跟村"两委"干部作过探讨，并进行了一些联络，只可惜提供不了明确的项目，没有明显成效。

乡村振兴，需要我们进行更多的思考。

范溪村"两委"干部在龙塘镇茶乡花海易地扶贫安置小区考察村民道德档案建设

伤痛总是在左腿

2022年元月4日下午，我和驻村队员小周骑着摩托车到镇上汇报迎接县乡村振兴局检查准备情况，返回时天已全黑。天空又下着小雨，摩托车灯光不是很亮，我将车速降得很低。但到邻村花园村一处下坡路时遇到个较深的坑，车子因为刹车掌握不好"哐"的一声向左倒了，我们随着车子双双倒在地上。更不幸的是，车身压在了我的左腿上。左膝盖、左踝关节、左脚背、左肘、左腕等多处受伤。

我强忍着痛爬起来，扶起车子。摇了摇左臂，踢了踢左腿，还好，行动没有问题，至少没伤着骨头。重新发动车子，勉强支撑着回到村部。小周坐在后面，只是身子一侧沾了些泥水，稍稍洗抹一下就打开电脑开始工作了。我则只能慢慢地查看全身的伤口。脱了上衣挽起衬衫左袖，左肘关节处擦破大拇指甲大小一片皮。脱开满是血迹的袜子，左脚踝和脚背有三处伤口。最严重的是左膝盖下方，鲜血已将纯白色的卫裤染红半个巴掌的面积。卷起裤管，伤口处的皮肉呈"十"字形外翻。将照片发给几个关心我的朋友，惹得对方连连发出吐舌头侧眼睛打"？"的表情。我取来备用的医用酒精咬紧牙关一顿喷洗，算是消了毒。可能是麻木感已经消失的缘故吧，再想走动时，痛楚感比刚摔时强烈得多。幸得华维老弟将家里的一瓶万花油和几片敷贴膏药带了来应急。这次受伤，因为伤口多且更严重，我跷着一只脚走了三个星期，并请了一个星期的病假，这在我两年的驻村经历中还是头一回。也因为行动不便，诸多的后续迎检工作及做饭工作都是小周一人在做，这让我的内心很是不安。到伤口结痂平复，前后又是近两个月时间。

村部前休闲广场,村民夜谈

或许是巧合,两年前在仙溪镇龙丰村村部我也受了一次伤,也是伤在左腿。

那是 2020 年 2 月 10 日,是个阴转小雨天。我和老周在大树组喊了一个小时的防疫喇叭后,决定回到村部重新录音。村部前的操场地上还有积水,老周从副驾驶座下车,三两步就上到了阶基到了办公室里。我从驾驶座下来后,想赶个直路,直接从没有花草的旧花台上穿过去进入阶基。怎料正要发力抬起右脚时,才踏上花台的左脚突然往下一滑,胫骨正中部位狠狠地刮在了花台边缘的一块断磁砖上,被磕的位置立即产生剧烈的疼痛。我以为大不了破点皮,便上了楼准备擦点碘伏消一下毒。急急卷起裤脚,伤口居然有一个手指头宽,深度也接近棉球头,关键是伤口的皮肉往两边分开着。没有出明血,皮下的肌肉鲜红。这已不是一个棉球能解决的问题了。我赶紧驱车到了村医小吴家。一层层卷裤脚,才发现外边的一层厚裤子和里面的厚绒裤都有和伤口一样大小的口子。小吴同样用碘伏给清洗了伤口,掩了些云南白药后包扎了纱布。返回村部,将伤口图片发到机关"政协大院"群里,秘书长和几位同事纷纷表示关切,要我一定不能掉以轻心,说必须注射破伤风疫苗才行。"四调"罗艳群大姐说最好打几针消消炎，秘书长表示如果有必要就回县城一趟。仙溪镇扶贫工作站站长屈钢锋则主动打电话给我，说是已致电镇中心医院。扶贫群里的老同事谢冰堂也发来了关切的问候。虽然伤口很痛，但大家如此关心，心里感觉很是温暖。

可能是有人在微信空间见到了我当天的日记后告诉了父母吧，第二天在镇中心医院注射破伤风疫苗时，老母亲打电话过来了。隔着手机屏，我也听得出母亲的焦急。《孝经·开宗明义章》有云："身体发肤，受之父母，不敢毁伤，孝之始也。"我只好忍着痛一边自责粗心大意，一边安慰老人家："冇得事的呢，一个小伤口，不要忧。"但《孝经·开宗明义章》随后的句子却又是"立身行道，扬名后世，以显父母，孝之终也"，那就姑且将这伤口作为"行道"的附属产品吧。我是酸性体质，伤口过了近两个月才渐渐地愈合。

有了这次教训，我走路再不敢轻易犯险。但越是小心在意，意外的到来越是不打商量。

2021年底，县委公示了一批职务调整名单，我忝列其中，成为县政协文教卫体和文史委主任拟任人选。农历年前数天，我被召回单位。

驻村后不到半个月，左腿受伤；召回前半个多月，左腿再次受伤。或许，是冥冥中有意让我牢记这段难忘的工作经历？

第四辑

坚守乡土：

致敬时代村官

屈站长其人

2020年4月的一天，县里派了一个工作组来仙溪镇进行帮扶工作指导。组长问镇领导"镇扶贫站站长姓什么"，操梅城方言的仙溪镇领导回复"姓屈"。组长是东坪人，误将"屈"听成了"歌曲"之"曲"，而"曲"在东坪方言中都是念"qiù"。一句"请镇扶贫站qiù站长宣布人员分组安排"，让工作队员们都喊开了"qiù站长"。

屈站长本名屈钢锋，湖南城市学院（原益阳师范专科学校）毕业，在校学的是汉语言文学专业，改行当了行政干部本就是阴差阳错，没分配在办公室搞文秘工作却成了与数字打交道的扶贫站长更是不对口，可他就是安心这一项工作。

屈站长天生一副好嗓子。现今的会议不管场地大小、参会人员多少，一般都会使用音响设备，以求每个角落都能听到发言。但屈站长发言时完全不在乎有没有音响。上百人的全镇村干部和工作队员会议，他往台上一站："关于扶贫工作，大家听我说两句……"那声音中气十足、穿透力十足，似乎比有话筒更冲耳膜。开场白是说两句，说开了其实大多时候两百句都不止，那饱满的声音不由你不听。我有时想，屈站长如果用一点功去唱歌，就凭原生态的嗓音在电视大赛上闯个七八关应该是没什么问题的；或者还是上讲台，就凭那嗓音的穿透力，学生也应该没几个能打得了瞌睡，应试成绩次次都能获得上级奖励。可惜，屈站长一对唱歌没有一丁点兴趣二不会回去教书，浪费了一副好嗓子。

屈站长是地道的帅哥。加其微信，名曰"曾经最美"。一米七的个子，腰板挺直，板寸头，五官端正，脸上总带着笑容，胡子刮得不见青色，说

屈站长走访帮扶对象

是"曾经最美"实在有些谦虚。或许因为"曾经最美",屈站长的妻子在镇上也是数得着的美人。前几年,政府开放二孩政策,大家都劝这对俊男俏女别浪费了好基因,屈站长想想有理赶紧行动,不料妻子肚子里一下子就滚落两个小美人。从此,屈站长白天忙表册晚上忙奶瓶,没半点空闲。扶贫验收加班时间多,妻子一人照顾三个孩子实在忙不过来,屡屡"威胁"屈站长要离婚。屈站长急了,喊来在一中教书的阿舅子演双簧,想狠狠地斗自己一顿让妻子解解气。谁知到了家里,阿舅子却忘了屈站长的吩咐,说的全都是对屈站长的表扬,要姐姐多支持姐夫的工作。眼看妻子的脸色越来越难看,屈站长那个急,跟阿舅子使了一个又一个眼色,可惜阿舅子就是没领会。当然,妻子也不是不明事理的人,每每埋怨一顿、吵一次嘴后,还是选择了支持屈站长的事业。据传,组织上曾因有计划安排屈站长到某个县直部门任职,但为了有更多的时间照顾妻子和三个孩子,屈站长硬是选择了放弃。

屈站长生在农村长在农村,对农村事务很熟悉。一起走访村民,村民的问题没有什么答不上来的。村民真要犯糊涂,起高腔说道理时屈站长也不会服输。说要插秧，他勒起裤管就下田，速度比农民还要快上一两行；说要挖冬笋，三两锄下去，那笋子就像是预设在那似的；邻居家的菜园子里出现了毒蛇咬了人，屈站长闻讯赶过去，双手在受伤处摸几下，那疼痛感就减轻不少。村上有个脱贫户曾私下里打听："那个人应该是临时工吧？一点都不像个干部相！上次他去我家里调查，我还在山上砍树，一百多斤的树，他肩起一根就打起趵脚（快跑）来，我空手都没走得赢……""是呢，我也觉得。上次老刘家有蜜蜂分窝，成千上万的蜜蜂一飞冲天，我看见他丢了几把沙子，然后蜜蜂就落到了旁边的树上，他冇带一点防护措施就将蜜蜂收到了草帽里。干部哪有这个胆？"或许，屈站长不上班，也会是个"好农民"吧。

屈站长是很有个性的人。上级抽查帮扶政策是否到位，直接打电话给帮扶对象是常用的方法。某次，抽查电话正巧打给了屈站长帮扶的一户村民，可这村民是个换手机换号码狂。上个月才换的号码，这个月听说换新号码有"巨惠"便马上更换了，再下个月听说通信门店有办新号码交话费送手机的活动可能又会再次出手。一句"您拨打的用户已停机"，屈站长挨了批："一个电话号码停了机都不知道，走访帮扶怎么搞的？"屈站长也来了火，当着发话的领导给顶了回去："他就是一个月都可能换得两次号码的人！怕我们基层干部工作不到位，上一趟门不就清楚了？"顶撞归顶撞，不过屈站长倒是因此而诚恳地向大家提了要求："帮扶对象电话号码一定要随时上报更新！"某次迎接上级检查，检查人员查到一特困供养人员同时又是一级残疾人员，得知这人没有享受残疾人双项补贴，作为一项工作失误给指了出来。屈站长那个憋屈："特困供养人员的供养待遇已经是最高档了，不再享受残疾人双项补贴，这是国家政策明文规定的啊！"

屈站长是很乐观的人。从认识他开始，每次见到他，即使桌子上表册堆得比他的脑袋还高，他都是笑呵呵的。问起个中缘由，屈站长"有理有据"："你看那茶壶啊，屁股烧得绯红了，都有心情吹口哨呢！人，总比茶壶要强一点啵？"

杨书记的心事

机关的杨琦 2017 年从城管局调过来就断断续续地在驻村帮扶岗位上工作。2018 年，杨琦念叨着要提升政协业务能力回到机关，主要协助我完成"政协云"网站和其他一些办公室业务。因为人手实在不够，他 2019 年再度回到三星村担任驻村帮扶工作队队员。2020 年，我主动申请到龙丰村继任帮扶工作队第一书记；杨琦则被委以三星村第一书记重任，领导本单位队员周锡辉和扶贫局队员黄专开。从此，杨琦成了杨书记。

印象中，杨书记总是一副心事重重的样子。

单位干部每月一走访结对帮扶贫困户是多年习惯，但在杨书记眼里每次都是头等大事。工作队入村走访的排班和走访须知，委托队员周锡辉弄好草稿后，他要再一一敲定是否有遗漏。档案袋里的水芯笔还在不在，本次走访的基本资料放进去了没有，厨房里中餐安排了哪几样菜，哪一台车坐哪几个干部，哪个队员随哪一台车陪同走访，哪一户帮扶对象家有可能出现的新情况，都在杨书记的考虑范围之内。只要还有一户没有完成，杨书记的眉心就总是上着一把小锁。

2020 年上半年，因为疫情防控原因，外出务工村民就业很不稳定，而上级对贫困户就业摸底登记要求相当高，什么城市、什么企业、工资标准、电话号码都要密切跟踪，不差分毫。连续上报若干次后大家都有些腻烦了，但杨书记每次做得不厌其烦。6 月 12 日至 14 日是传统端午节公休，偏偏 11 日中午接到镇扶贫站打来再次摸底更新上报的电话通知。杨书记眉心又皱了下来：开哥，锡辉，这个双休只有取消哦。周锡辉不同意：我们 3 个人分开工作，每人每个小时 6 户没有问题吧？3 人 3 小时就 54 户，而且还

坚守乡土：致敬时代村官

杨琦（右一）陪着梁能文、梁能武兄弟吃早餐

有 10 多户是没有外出务工人员的，莫非还完成不了？一个半小时过去，该重新核实的全部完成核实，杨书记才喜笑颜开：完成了就好！

第一书记的工作职责，有关文件明确规定为给村"两委"以"协助"，但杨书记天生一份极强的责任心，什么都觉得应该深度参与才行，不然哪个环节出了问题的话责任不小。2021 年 5 月 12 日，杨书记换驻平口镇金辉村，原古（古楼）平（平口）公路纵贯全村，但路弯且窄，村民一心要扩改。杨书记的心情比村"两委"干部还急切，每逢工作汇报就是这个核心。关系数万群众的出行问题，杨书记不仅是眉心紧锁，还心忧如焚：乡村振兴，路都还没有修好，产业怎么有依靠？在杨书记和村干部的一再呼吁下，县交通部门还真将事情提前提上了议事日程。不过，挖土机虽然进了场开始轰隆隆吼，但杨书记的眉头锁得更紧了：修路都是真金白银的花费，短缺的部分到哪里去寻？

还有让杨书记更焦心的事。村里的防返贫监测户梁承江患癌一直住院，两个读小学的儿子梁能文、梁能武兄弟就如断线的风筝。中餐还好，跟教学点的夏老师吃也行，跟工作队吃也行，晚餐呢？得赶紧找下家啊。幸得两兄弟有一个老伯母心地善良给喊了过去。小小年纪又没有父亲照顾，两兄弟的衣服一身鼻涕腥味。杨书记心都酸了，和一同驻村的保险公司干部刘辉平将他们带到住所洗了澡，又带到服装店买了新衣服和新鞋袜。10月底，梁承江真的倒下了。杨书记和村"两委"主持完后事，立即召集梁能文兄弟俩的伯母、姑姑、堂兄商议，这兄弟俩是寻找经济条件宽裕的家庭抚养呢，还是梁家人自己抚养？骨肉情深，年过40的堂兄梁长富接过了重任，杨书记的心里才算放下了担子，马上又投入到帮着协调落实梁能文兄弟的孤儿待遇及相关助学工作中。

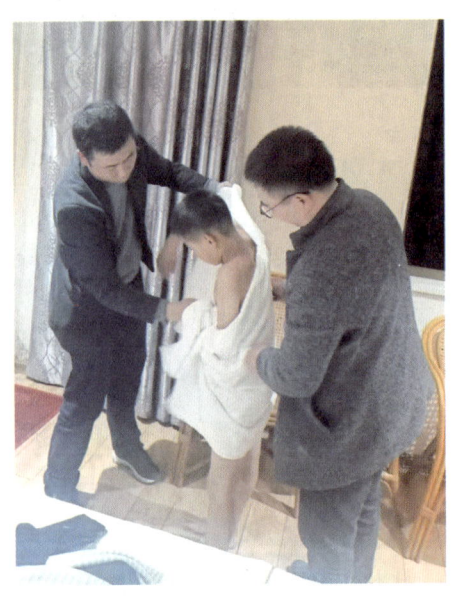

杨书记和队员给梁能武洗澡

杨书记只有一个女儿，还在县城读小学，妻子也要按时上下班。每次拼车返回县城，杨书记口头说着"注意安全，莫开快了"，但方向盘到了他手里后比任何人都开得快：我还要赶到接女呢，她快要放学了。我们暗笑：你女儿在家校间往返已不下千次，莫非你没接时就没有回家？说起妻子和女儿，妻子的工作岗位很辛苦啊，女儿的学习成绩还有待提高啊，杨书记的眉头又锁上了。

素描如村支书

如村支书是上丰片腊树组人，跟共和国同龄，20世纪90年代在上丰当过几年领头人。因为为村上干过些实事，大家都尊重他称他为老支书或如村支书。我在村上虽待不到两年，但与如村支书的交往可不少，对其人其事颇知一二，特素描如下。

一个老党员做贫困户，对不起党啊

初识如村支书，是在全村第一次开党员组长会上。如村支书戴顶蓝色绒线帽，龅门牙，红着个脸，应该是喝了点小酒。坐着坐着，居然靠着椅背打起了瞌睡。当然，因为开会前没有点名，我并不知道他就是如村支书。

疫情稍平稳些后宣传复工复产，我和镇帮扶队员老刘逐家逐户走访，普通农户家发放一张工作队一书记和队员联系电话名片，贫困户家则在堂屋里张贴一张小学生奖状大小的联系卡。走到腊树组房屋最集中处，右侧突现两间木屋紧靠着一间一层砖房。木屋虽然较矮，但柱子粗如脸盆且上下如一，外板壁厚实坚固，看得出当初祖上建房时还是财力雄厚的。砖房雪白木屋褐黑，且相靠的一排柱子拆掉了木板，砖房的门洞就着木楼板的高矮，看上去很不搭调。"这户是贫困户。"老刘介绍。其实，老刘不说我也早判断出来了。如果不是资金有限，谁特意建新房会只建一间呢？在我看来，这木屋其实本来并不差，或许将就着装修一下会更有风味。

"老董，在家不？"老刘喊。

"在，在呢。"老董马上从后边厨房里出来了。龅门牙，红着个脸，背有点驮。这不是上次参加会议的老党员吗？只是没戴小绒帽。

"王书记好，刘主任好。我叫董如村，刘主任晓得的，我以前也搞过村支书的呢。"老人自我介绍。

如村支书家还有一个儿子一个孙女，三人三代。问起儿媳妇，他说在孙女一尺多长时就出去了，再没有回来。儿子在外务工，孙女正好在家。"秀，出来一下，村上工作队的来了。"如村支书对着前面房间喊了一句，一个瘦弱的女孩子缓步到门前，笑了笑又踱了回去。

"我有得技术，崽也有得技术，只做得死工子。"如村支书叹了口气，眼神充满无奈，"接的咯间屋，都是危改资金搞的，感谢政府的关怀。一个老党员当贫困户，对不起党啊！"

我发表一点意见

如村支书跟我说过，自己读书不多，做实事还可以但说起理论来就欠缺蛮多，事实还真是如此。

迎国检在即，但村民中还是有少部分人对帮扶政策有误解，需要党员组长做说服工作。村集体经济建设是村里一大弱项，这次的党员组长会要就到马王冲的林道开挖讨论出一个可行方案，里面的竹资源足可以供应一个竹器厂。大家发言争先恐后，却各自代表本组或本人的利益，为村集体利益着想的少。

如村支书实在忍不住了，"嗖"地站了起来："我发表一点意见。"

"都不讲了，保持安静，下面请董如村老支书发言。"爱民支书提高了嗓音。

"好，我哩听你讲！"大家先后停了嘴，侧头洗耳恭听老支书的金玉良言。

"这个帮扶，大家都知道的，必须这个——这个。啊——啊，如今的政策，实在是对村民好。"如村支书清了清嗓子，继续说开挖林道的事，"挖通这条林道，是有利全村的事，我看啊，大家都要支持。啊，这个——"

"你只讲要如地搞，莫这个那个，讲点实际的。"几个组长等得急了，打断了如村支书的"这个"。

"我一讲,你哩也要讲,你哩讲啊,你哩讲!"如村支书来了气,脸胀得通红,"嗖"地又坐回椅子里,"我不讲了!"

吃杯酒再走哦

第一次上门之后,我又多次到过如村支书家。

如村支书确乎有些嗜酒。每一次到腊树组,如村支书都会热情招呼我:"一书记,坐下了,吃杯酒再走哦。"我本来就不胜酒力,加上开着车,当然每次都只能婉拒。

"只有王书记呢,就古讲原则。我搞的东西还吃得的哪!"最初走访,冬笋还没有谢摊,如村支书厨房里本来只有五六只冬笋,却硬要塞给我三四只,不接到手里他就不放手。后来是辣椒,再后来是高笋、红薯。

印象最深的是去年年底的一次走访,如村支书将我带到厨房里,打开冰箱,拿出一小包薄膜纸包着的食品递到我手里:"王书记,咯是烂牛肉,我自己搞好的,主要是牛脚筋、牛皮、牛嘴巴,特好吃。"接着,他又打开冰箱其他几个格子,数了一下不多的几个同样的小包,再拿出两包来放到我手里:"我和你一个一半。""你自己多留一点,你辛辛苦苦搞个臭死,烂牛肉难得搞呢,我晓得的。"我想推辞。"你只讲你吃的吧?一吃的就不要施礼了。"如村支书瓜住我的手:"可惜你不吃酒,一不是到我咯哩喝一杯了再走。"

这几包烂牛肉,一包在我一个人开炖时边办着公,结果因放少了水烧得黏到了高压锅底,另两包邀驻在邻村的两位同事来村时充了晚餐佐菜。菜是同事炒的,同事直夸:"王主任,我们搭倒你享了一回好口福,咯点烂牛肉真的好吃!"

多次吃如村支书给的东西,可我却没给他老人家任何政策之外的帮扶,心中实在惭愧。结束在龙丰村的帮扶出村时,也没来得及上门道别,看来他的人情我是欠下了。

三代人都要结婚的呢

上丰片是芙蓉山抽水蓄能下水库区域，如村支书的家也在拆迁范围，实物量调查都已完成。拆迁村民住房问题有两个途径：一是货币安置，迁往仙溪镇区；二是就地安置，往山上后移。许多村民觉得上山没有什么田地耕种，进镇又舍不得乡土，陷入矛盾之中。如村支书一家的态度却十分明朗："搬镇上！"问理由，如村支书开诚布公："我哩三代人都要结婚的呢，亍（待）得山界上何个看得起啊！"

如村支书的儿子早就没有了老婆，再娶个亲在情理之中，听说也是有女子看上了他愿意嫁过来。孙女年近二十，也到了谈婚论嫁的时候。如村支书自己七十开外也还要结婚？我有些糊涂。

"兴碰我比他哩两个还快些哪！"如村支书脸上眉梢都是喜气，"那姆妈子前地还在我咯里住了一番呢！"

有这等事？老来得伴那真是可喜可贺。出于关心，我细细问起了对方的情况。如村支书告诉我，对方是邻镇人，离过了婚的，才五十来岁。

"比你小挨边二十岁啊，你老人家吃得消不？"都是老熟人了，我和老刘打趣他。

"不瞒王书记和刘主任，那只路还奈得何！"如村支书笑了，脸上写满幸福。

"反正要多长个心眼，莫上当受骗啊，你攒几个钱不容易。"我提醒他，唯愿他真找到了知心人。

但再一次上门走访时，问起结婚的事，如村支书语气却软了下来："唉，搞不好，去嘎了，折嘎几千块钱！"

我正想安慰几句，如村支书忽地又来了豪气："王书记落心呢，婆婆反正还是要找一个的！"

呵，追求幸福的权利不分年龄的大小，祝如村支书好运。

爱民支书印象

爱民支书是龙丰村的老村干部了。背地里，年纪相仿的村民则会直呼他的曾用名字：姜民爱。据说，最初是派出所干部登记办身份证的时候看走了眼写反了字。写反了就反用吧，由民爱到爱民，只是从被动变成了主动，却与他的村干部身份刚好吻合。

爱民支书爱民不假。驻村一年半，能够找到的村民家庭我都去过，真正的困难家庭要么进入了建档立卡贫困户范畴，要么有兜底政策保障，有一些在我看来甚至有点关心过度。村上被选定为芙蓉山抽水蓄能电站下水库库址，淹没区村民都会享受拆迁安置待遇，他带队参与进行的村民的住房、杂屋、禾场坪面积测量，比村民自己估计的只多不少。

爱民支书遇大事不糊涂。2020年2月28日上午，村民董国操去世；3月1日晨，村民李宗能去世；3月1日晚，村民李自刚去世。3天之内3位村民去世，在村里算是很不平凡的大事件了，村子里却既没有震耳欲聋的锣鼓响起，也没有直冲云霄的桶炮轰鸣，更没有道士们对着扩音器的经卷歌唱和人头攒动的聚餐场景，丧事始终在静悄悄进行。静悄悄的背后，与爱民支书的筹谋分不开。其时正是新型冠状病毒感染的肺炎疫情初起，爱民支书即主持召开党员组长会议对村里的丧事办理明确了几大原则：《村规民约》中关于丧事过程中鞭炮限放令照常执行；所有镇内亲友乡邻致悼后一律马上返回，远道（镇域外）亲友一律微信、短信致悼；参与丧事处理的道官不得超过1人；丧事不设宴席就餐，必须提供餐饮服务的人员实行分餐制；出入人员每人免费发放1个口罩；安排专人现场值守，测量登记致悼人员体温。村民董国操在平口镇儿子家去世，接到家属报告后，村委会第一时

爱民支书（中）带队到田间地头落实双季稻面积

间作出决策预案：将丧事简办原则告知家属，同时立即起草了向镇政府请求丧事必需的口罩支援报告，安排村医立即做好登门登记、体温监测的准备。回到老家，丧事一切程序都按村"两委"的既定方案进行。29日是主悼日，我作为驻村第一书记再次上门进行简办丧事劝导；爱民支书亲自值守入户道路，劝返试图滞留人员和车辆。村民李宗能去世后，其远在深圳的弟弟一家强烈要求回乡悼念。爱民支书和支委干部轮流耐心地打电话、发微信，成功说服这一家子待在深圳隔空遥祭；三个女儿不舍父亲恩情，拟定的操办规模十分庞大，但在村"两委"的劝导下选择了从简处理。村民李自刚是一类兜底贫困户，仙溪镇镇长龙润苗作为帮扶责任人直接与其家属进行沟通确定丧事方案。为防止个别亲友擅自作主超出既定方案办理丧事，村委会派人轮流值守现场，严格限制参与丧事处理的道官数量，严格执行就餐纪律与悼念劝返规定。3堂丧事下来，除孝家外，每堂丧事直接参与人员都控制在13人以下，减少开支都在2万元以上。驻村工作队和村"两委"的做法得到了广大村民的赞许，不少村民表示："不放鞭炮不敲锣打鼓，冷是冷清了点，但入土为安是一样的。"有了这几次从简处理的示范，龙丰村之后的丧事简办成为一种趋势，也算是这场全民新型冠状病毒肺炎疫情抗击战的一个副产品吧。人们常说,重大的考验常常也是友情牢固和能量爆发的契机。如今回过头来看,在抗击新冠疫情的考验中,真正无视个人风险冲在最前边的,还是我们这些平时挨各界说长道短的九品官们。面对误解、面对风险,大家也有畏惧,却没有一丝的退却。也许正因如此,村上的每一项决策、每一次行动都得到了村民几乎百之百的信任。说闲话的少了,抵触的少了,当志愿者守站点、开车代购的多了,捐钱捐物的多了,遇不被理解场景时为干部们说公道话的多了。

爱民支书平时是个有心人。送子女完成九年义务教育,是国家政策规定,是家长的责任,同样也是村委会的责任,贫困户子女作为享受生活费补贴的对象更加一个都不能马虎。可刘兴和家的女儿刘芳天生不喜欢读书啊,家长上午送到学校她下午就自己走出了校门。2019年10月,上级来检查时,刘芳正好偷偷回了家。校长带着班主任老师来了,镇干部、村干部都出面了,又是承诺给零花钱,又是承诺只要人在教室就行,但她房门都不开。最后还是爱民支书另辟蹊径,找到将刘芳从小就当亲孙女看待的董妈出面,刘芳立马开了门,当然也顺利返了校。

爱民支书轻易不发火,但发起火来能让人哑口无言。脱贫攻坚验收完成后召开脱贫户分类会议,有党员组长在会上仍然纠结于当初的个别认定误差。爱民支书火了,大声质问:"当初评定任务都是大家分组开户主会确定的吧?有哪一户人是我们村干部插手确定的?说话要先扪一下胸口!"会场顿时鸦雀无声。

爱民支书是龙丰村的万事通。造表册时某位村民年龄不清楚、某位村民务工地点和联系电话有变,哪家新添了女婿外嫁了女儿,问他一问一个准。

久在最基层,接受各级检查验收考核无数,爱民支书应对各种场面得心应手。迎国检,一些村各种"么蛾子"层出不穷,大家严阵以待,爱民支书笑称:"百分之百满意,完全没问题,除非你自己不要。"果真,那些个平时说怪话的都完全变了一套话。他不紧不慢:"咯扇门,我哩村上的人还是都晓得关的!"

杂记三哥

三哥本名李款愉，兄弟中排行第三，年纪大的称他老三，年纪稍小些的则称他三哥。三哥作为村干部，在班子成员中最为年富力强，分管的工作也多，是我在龙丰村打交道最多的人。

在龙丰村，三哥可真是上管天下管地中间管空气的存在。疫情防控，三哥要带志愿者守卡，开着自己的面的车整村穿梭巡查人群出入。村上自架的自来水管道卡住了，三哥要自己带工具到源头去疏通。村民间发生了纠纷，三哥要第一时间赶过去断案。小夫妻之间闹矛盾一下子调和不了，做父母的还是找三哥。溪里禁捕，抓人毁渔具的丑还得三哥去做。村里修综合楼，干过泥水匠的三哥担任监工责无旁贷。记得我到村的当天晚餐后，看天色还不是太暗，我捏着几张镇政府致全镇人民的公开信走进了学校边上的沙湾组，一户户地"老板新年好"喊过去。有一户人家明明亮着灯却怎么也没人出来应声。刚回到村部房间，三哥的电话到了："王主任，你刚才一个人去走了农户吗？有村民打电话来，跟我核实是不是来了骗子。"呵呵，骗子先发传单再下钩的招数也是有的。

村民李君武和妻子蒋美常年分别在深圳和广州务工，李君武工资相对较低，且不大会打理支出，蒋美时不时地要给钱给物给丈夫。前一天晚上，小两口又因为琐事打上了嘴架，小姑子认为嫂子欺负了兄长，要强为兄长出头，两姑嫂互不相让差点打起来。次日一大早，蒋美便要到村委会开具外出务工的放行证明。做父母的没了主意，找到三哥请求帮忙劝劝小两口。起初，蒋美口风很紧，只是说老板那里要求她马上去上班。三哥也不急，"宕开一笔"说起自己这些年来家庭的变化，再说起小两口一家从黄羊山最高处搬下来，将家庭建成现在模样不容易，充分肯定了其一家及其个人的能干，坦诚地指出李君武作为男子汉应该具有责任担当意识，隔空对其小姑子作出严肃批评。慢慢地，李君武也认识到了自己的缺点；蒋美敞开了心扉，不再坚持非常时期外出。后来，李君武还真改掉了不少毛病。一年半过去，蒋美生下了二孩。

三哥抓赌破案断界有一手，反诈骗保平安技能更加了得。村民李某勇借了一身的债，想出了骗钱的主意。得知村民吴某全想考个驾照却害怕过不了几个考试关，一口应承有熟人可以为其变通，但需要16000元才行。吴某全想，自己如果补考几次也可能要花这么多钱，还可能无法过关，于是爽快地答应了，当即就将钱给了李某勇。几天后，吴某全的妹夫来家里玩，听说了吴某全请李某勇弄驾照的事，妹夫告诉他：现在不比以前，驾照每堂考试都要本人亲自到堂才行，根本就不存在拿钱买的可能了！怎么办？报警啊，打村干部的电话！不一阵子，三哥就来到了家里，听了情况介绍后，将李某勇和吴某全都叫到了村部。三人对六面，李某勇开始还想抵赖。三哥声色俱厉："到我村上处理好了，就是普通借钱纠纷。处理不好，就只能送派出所，诈骗罪是跑不掉的，钱一样的要退！"几番舌战，李某勇的心理防线崩溃，和盘托出了骗钱的经过。基于骗得的钱已"冇得了，都用嘎了"，责成联系亲友帮忙立即退还12000元，剩下的在国庆节前退清，写出欠条放村部存档，否则李某勇就要拿手头的小车作抵。李某勇的姐夫当晚即借来了12000元现金，余下的4000元不到国庆节就退还了吴某全。

当然，三哥也有奈不何的事。村民李某政先在一个山坡上自己的自留地建了房，并砌好了禾场坪里的保土堤坎。后来，李某贤接着在下边自己的自留地上也建了房，两户人家成为邻居。由于李某贤建房时挖地基太靠近李某政的禾场坪，李某政所砌堤坎崩塌。李某贤自己重新砌了一小段坎，但另一长段硬要李某政来砌，说李某政禾场坪里的水不该流到他家的地基上来。李某政也不是省油的灯。住房建在自己的地盘上，而且自己是砌了保土堤坎的，难道天上下来的水不往低处流？两户人为此不知吵了多少架，只差打起

三哥（左一）疫情期间为外来人员进行健康监测工作

来了。我每次到李某贤家前的贫困户家走访都要顺道去问询一下双方的意见，试图提出一个折中的方案，但双方见面就是开骂。一个不让高处的水往低处流，一个声称自己毫无过错，怎么也搓不到一处。三哥到现场也不止一次调解，但都无功而返。最后拍了一板：两家联合完成砌堤并搞好排水，这样李某政的禾场坪更宽敞，李某贤的屋基更干燥更利于居住。可两家人都斩钉截铁：不行！直到现在，垮的坎还是那个老样。

　　老龙溪九弯十八曲，在几个村都有深水洄湾可供击水，可我天生不谙水性，从未深度亲近过。镇派驻村队员老刘是资深的钓友，说是钓鱼既可解馋又可养性。在他的手把手传授下，爱民支书、三哥及便民服务员小董都成了新的钓友，而三哥又是其中的佼佼者。三哥曾夸下海口："哪顿饭发现菜不够吃了，随时发句声，分分钟都有鱼吃。"没工作任务的时刻，三哥就会到溪边扯起钓杆来"养性"。看他将特制的鱼食掺点水调和一番搓弄数下捏成一团,然后拿鱼钩往食团上一拖挂上黄豆大小的一坨,潇洒地将钓钩往溪中心上游一甩,流水将钓线绷直后不管有否鱼儿上钩都扬竿收回钓钩,就算一个来回。顺利时,三哥每每三五个回合下来钓钩上便有或大或小的收获,这时的三哥便会微翘着下巴,带着些笑意教唆:"一书记,你也来试一下手气不?"但更多的时候是十多二十竿入水都仅徒蚀了鱼食而已。每当这时候,三哥便会解释说是"水大了""昨天刚被上边湾里刘麻子钓嘎了半斤多",至于垂钓水平那都是不在话下的。不管老刘师徒们收获多寡,也不管小溪鱼味道如何鲜美,我终究没有动过学习垂钓的念头,这让三哥很是可惜:"你写文章一坐就坐得一日半夜,应该有的是耐烦心,不学钓鱼浪费了。"小董后来告诉我,前任驻村第一书记蒋平曾买过一根上千元的钓竿,不过一次也没有用过,但蒋平一样地喜欢吃鱼。原来,龙丰村的第一书记不学钓技是有传统的,我这样对自己说。

    三哥夫妻都是地道的农村户口,但三哥自小学泥水匠,从来都没下地种过菜,也没作过禾,三哥妻子则说只要一进菜园就身上起坨、起籽籽,一应菜蔬都是三哥母亲作好了送进厨房。村部修综合楼,征用的稻田主要部分就是三哥家的;溪边上还有一丘大点的稻田,三哥开了鱼塘。三哥虽然不上山砍树,但进竹林找冬笋却是一把好手。任凭别人已将一块竹林挖得千疮百孔,三哥提着锄头这里杵几下那里刨几下,那冬笋就乖乖地现了身。三哥有一对儿女,女儿已上中专,儿子正读小学,驻村老吴戏呼其子为"四哥","四哥"竟然张口就应。我跟"四哥"笑言:"干脆叫你姐姐为'五姐'算了。"三哥公私分明。村上食堂平时就我一个人吃饭,支书好说歹说终于说动三哥妻子为我当了厨师长,但三哥就是没有陪我和他妻子在村部就过一次餐。三哥妻子常常是回到家里又要系上围裙,再为三哥开个小灶。就为这份不便,打九月份起,我主动提出了自己开伙。三哥妻子呢,正好就坡下驴到了广东务工:"一家人,就靠三哥那不到2000块钱工资,如地搞得转!"

三哥断界

（一）

"一书记，跟我去断个山林界址纠纷去，要得不？"三哥认真地跟我商量。

肯定得去啊，能够不要我去，三哥还跟我商量什么呢？

走出办公室，村部前的地坪里站着一位六十上下的村妇，身材比一般女子都要高大不少，腰上系着一个时下已很少见的木制刀鞘子，一把短把砍柴刀端正地插在鞘中，双眼正正地凝视着村部办公室。我顿时明白，她一定就是三哥要去处理的界址纠纷当事人之一。

"华嫂，去啊，我特意喊了我们的驻村工作队第一书记，一起去做个见证人。"

华嫂立即抬开了脚步在前开路。三哥特地跟华嫂拉开了一定的距离，边走边和我聊起即将要开展的调解工作。纠纷大体是这样的：华嫂一家和其两个弟弟共有一处山林，此山林原为耕作土地，三兄弟从山脚往山腰并排均分，其中三弟的一份位于正中。退耕还林后，土地界址随树木茂盛而不可分辨，且作为特困供养人员的三弟已去世，两家争执的实际上是其三弟的耕地均分界址问题。华嫂曾经打过电话给分管纠纷调处工作的三哥，三哥去现场看过一次，但华嫂本人却没有到堂。据三哥介绍，这叔嫂俩矛盾很深，估计调解难有效果，并嘱我不到万不得已不必发言。

山林就在华嫂家旁边不远，不出十分钟就到了。华嫂的小叔子滚哥扛着一把锄头与妻子也急煞煞地赶到。

既然是三份耕地平分成两份,这界址按理是很好划清的。三哥于是开始发话让双方确认与其他相邻户主的土地界址,拿尺量一下,二一添作五就行了。耕作土变山林,长满松杉竹树,界限石头木桩沟槽之类早已沧海桑田,界址本不可能百分之百准确。滚哥抬起挖相邻界址的锄头左找右找,终于找得一处记忆较深界址处。

出乎意料的是,滚哥的锄头还没有落地,刚开口说上句"跟×××的界址应该是了里",华嫂突然就吃了炸药似地嚷开了:"你砍我的竹子,告都不告诉我一声,吃住(欺负)我男人死嘎了啊!"这下可好,滚哥界址也不挖了,马上接白:"我如地砍了你的,你莫乱讲,我明明是砍的我土里的,也要跟你报告啊?!""你就是不要脸,砍起一堂屋了!"华嫂的话一句接一句,没有要歇气的意思。滚哥气得嘴唇直发抖,提着锄头就往华嫂这边走。滚嫂也开始帮着丈夫说话。

"都莫吵!"三哥大喝一声,"你哩是请村上来调解纠纷划清界址的啊,都听我讲要得不?"滚哥滚嫂听了,都住了嘴;但华嫂还在口吐芬芳。

"华嫂,等下要你讲你再讲要得不?"我实在看不下去了,轻轻拍了拍华嫂的肩膀,也提高了声调。华嫂总算闭了嘴。

"今天先不讲滚哥砍的竹子是哪家的,先划清界址再讲要得不?"三哥看着双方说。

"要得,今天就是要搞清咯只路。我听村上的。"滚哥是组长,毕竟还是参加过村上不少会议的,懂得点处事程序,率先恢复了平静。

"华嫂,你们当初分土我还才出生两年,不晓得实际情况。滚哥指的界址你可能不信,请你来指你三弟原先那份土的界址要得不?"三哥跟华嫂商量。

"反正你哩要把我搞清呢!砍我的竹子声都不吭一声啊!"实在没想到华嫂又回到了闭嘴前的状态,一双脚在横路上走,眼睛根本就没有看下面的竹林。我知道,她其实也根本就找不出准确的界址。

华嫂看来也真不是怕场合的女人,说的话越来越不中听,且一开腔简直连让人插话的空当都不留。华嫂这一嚷，把恢复了平静的滚哥夫妇的火气一下子又点燃了，滚嫂语言也渐趋尖刻。滚哥紧走几步，眉毛倒竖，扬起锄头，作出就要朝华嫂横扫的姿势："一不看见你是我大嫂，我早就一锄头挖死你咯泼妇了。"吓得三哥赶忙拖住他扬锄的手。

华嫂哪肯相让，抽出柴刀，立即摆出应对的架势。我急忙策应着三哥，将华嫂往相反的方向赶。好劝歹劝，左问右问，才知华嫂压根就没有半点分清双方界址的诚意。她零乱的话语表明的无非两重意思：第一，滚哥认可的三弟那份山，本来就在她的山里。第二，她不少那几根竹子，但老二没有事先告诉她就不能砍。

清清白白是三份山，华嫂却说老二认可的老三的那份山本就在自己的山里，难不成老二现在的山成了老三本来分到的那份山？老二的山隔壁却分明是别人的山啊，老二自己的那份山哪去了？老二已砍了竹子是一回事，确定界址才是今天要做的事啊！但华嫂就咬着自己的两个看法反复嚷嚷。

"老三，你不信的话，下面溪沟边还看得出当初的作土痕迹，看平均分成三份笔直划上来，我砍了他的竹子冇。"滚哥强压住怒火。

"我不去嘢，何地来的咯号理，吃住人哪！"华嫂依旧不依不饶自顾自地嚷，开始往回走，"你哩看他强霸些，只帮他的忙。"

"跟咯号人讲得么的理清？"滚哥仍然忿忿难平，"晓得何这乸（冒）出只古的铤（戳）不通的人来！"

"滚哥，莫气，你咯只路只能等华嫂她崽回来才搞得清。"三哥安慰滚哥。

华嫂气呼呼在前面大步流星，一把柴刀应着她的脚步有节奏地拍打着裤腰，嘴里一路不干不净。滚哥滚嫂跟在三哥的后面，诉说着寡嫂历年来的各种"搞不清""冇药诊"。

"一书记，见识了冇，咯就是农村工作。"三哥撇着嘴，射给滚哥一支烟，自己也点燃了一支狠吸了一口又吐出来。这时，华嫂的身影已快要消失在他的烟圈里。我顿时觉得，华嫂和这次的调解正好似这圈烟雾，有着明确的来源，跑着跑着却没有去向了。

（二）

同样是山林纠纷，比起跟华嫂判界址来，三哥这一次断界要轻松许多，不过后续处理也不容易。

"又清砍嘎我的树了！三伢几，请你哩村上到现场去看一下。"花嫂来到村委会，大嗓门扯起。

"还砍嘎我一溜。"同来的老李也开言。

"还有我一湾呢，不晓得他如地砍的，界都冇搞得清。"同来的还有次姐。

"又清，你来村部一下了，喊到你砍的那块山的山主顺哥也来一趟。"三哥拨通了又清的电话。

"你哩来哟，我跟顺哥在咯山里。"又清那边回答。

山就在老龙溪边上，离村部不到1公里远。上又清砍树的山有一小段很陡的土沟，加上锯断的树木及枝丫横七竖八，一行人手脚并用好不容易才爬到主要位置。被砍树的地段早高树低草一扫光，几个被误砍了树的山

伐倒的树木横七竖八

主站在自己的林地比比划划，清点着被砍了几棵枫树、几棵杉树、几棵枞树、几根杂木。周围轮廓及中间的沟沟坎坎明明白白，让人实在弄不懂怎么就砍过了界址。

"当时刻树冇砍嘎，分不清呢，顺哥是古地（这样）指的一下。"又清嗫嚅着，想要分辩又讲不出个所以然。

"唉呀，我是一坨坨地指得你看了的，是你自己冇分清。"顺哥不背这锅。

事实十分清楚，几方都对误砍林木的范围与数量表示认可。那就回村部谈后续的处理意见吧。

"砍错了树，是我的错，对大家不起。树都还在山里，算我打了砍树的报工，砍错的树你哩迟早还是要砍的，自己运起回去就是的，要得吧？"又清首先开腔。

"那你不是要得！我那树蓄得那里不要吃饭又不要穿衣，我也不要起屋做家具，砍嘎搞么子？"花嫂首先不干。

我屋里也不要用，也冇烧柴。老李、次姐都表示不愿运回错砍的树木。

"那要如地搞？"又清一双眼睛如干鱼，"要不，我把卖得的钱一分一毫都给你们，要得了吧？"

"我咯几天就要出去了，如地有空等了你卖啊？何个晓得你到底卖了好多钱啊？"花嫂不同意。

双方陷入僵局，都将目光投向三哥。

"又清，你自己是护林员，天天进山，几户人的山林界址都冇分清，不应该。责任全部在你，赔是一板铁。"三哥盯着又清。花嫂等几人附和着"是的啵""就是的"。

"花嫂你哩几个我也晓得的，一不缺树用，二不缺钱用，就是又清不该不分清界限。"三哥转向花嫂几人，"只是呢，打个商量。又清本来是老实人，又是贫困户，屋里也冇得几个钱，去年养羊也亏嘎了，少赔点做得不？"

"你讲呃，到村上来就是请村上做主的。"花嫂乖巧得不得了。

"又清你讲。树是你砍的，多多少少，大约卖得多少钱，你自己最清白。"三哥又转向又清。

"老李和次姐那里都冇几只树，尽是些杂树子，拢共（总共）都只卖得五六百块钱一方，每个赔800块钱。砍花嫂那里多得一点，最多也只卖得2000块钱。"又清无可奈何的样子。

"只有2000块钱？我一个名字倒挂起。只讲那只大杉树就值得800块钱以上，旧年××讲要买我的做寿器（棺材）我都冇肯的，做得一筒盖芯两筒傍盖几筒墙。一共有17只一尺四寸围径以上的杉树，光杉树就有三四千块。"花姐坚决不同意，说又清没有诚心。老李不作声，次姐说："我的至少要翻一倍。"

讨价还价一番，老李要1200，次姐要1800，关键的分歧是花姐非要赔偿6000元不可，而又清则只同意赔3000元。又清几乎要哭出声来："我只赔得咯点钱出了，如果卖得多的钱出我不算一世人，还要亏马力钱。"

三哥跟支书、会计决定到另一个房间会商再说，又喊了又清进房。

十来分钟后，几人来到办公室。又清像霜打的茄子，坐进椅子里人都塌了进去。支书坐正腰板，清了清嗓子，宣布会商结果："这事，首先是又清不对，村上对他反复进行了批评教育。又清困难也是事实，树木如今不值钱也是真的。大家都是村里的，互相体谅一点。老李的，1200冇开邪口，就赔1200。次姐的，赔1500。花姐的，赔4000。半个月之内搞清。"

"要得，依村上的。"老李表示，自己向来听村上的安排。

"我也冇得意见，又清是作孽。"次姐也表态。

见两人都同意村上处理意见，花姐一时孤立了，却又有些不甘心："我也还是少了点。"

"花姐，要知足啊。"支书斩钉截铁，"咯是村上咯一级最终调解意见，还做了又清不少的工作。如果双方不同意，可以到镇上去，把又清关起来也好，没收树木也好，村上都不再探脉。"

"那还讲么子，唉，只算了，也是看见又清伢几认错态度好啊。"花姐也不再坚持。

"亏得不听见了，顺哥害了我，今年的阳春都赔进去了。"又清声音有些哽咽。

"咯叫花钱买个教训，冇得办法的。"三哥劝慰又清。

（三）

"我起只屋不可能不流屋檐水啊！"

"我冇不准你流啊，你到你自己的地基上流，只管流个饱，只莫到我咯边来！"

村民服务中心办事大厅的玻璃窗没有关结实，也没有拉上窗帘，午后的春阳照在身上暖洋洋的。后边两百多米的公路边，两个男人的争吵声越来越大，措词也越来越激烈，随时都有干架的可能。

"两叔侄争间界哪，昨天夜里就争了半个钟头的，喊我给他哩断，我冇答应。让他们吵去。"老周介绍说。

忽然间，争吵声没有了。

才两分钟，里屋在镇上教书的儿子李老师率先进了村委会办公室："老周，硬要请你去主持一下断界，我们那间界你一手一脉都晓得的。"

话没落音，外屋的老李也一脚踏了进来："正是的，哪里有咯号理，我在自己的地上过屋檐水他都要管。"

"我就要做账啊，硬不得空，要不请三哥去看一下？他专门负责调解纠纷的。"老周其实根本就没有账做，之所以推辞，是因为两户人都是他的邻居，不管怎么断反正有一户人对结论不会满意，他是不想得罪人了。这太极玩得实在是圆溜，让老三没有了再推的余地！

老三多年主持村里的纠纷调解，自然也积累了不少经验。他没有打太极，但也不想打无准备的仗，于是以等一下还要巡查村民防疫防聚赌为理由，答应晚上一定上门调处。他要跟老周这个两户人共同的邻居多打听点情况。

一条出水沟

晚餐后来到调解现场,已是夜幕降临。外屋是一栋新建的三层小洋楼,地势高出公路半层楼,堂屋正前方等宽的十多级进屋阶梯也铺着上等的大理石瓷砖,外墙瓷砖和走廊上的吊灯看上去也很上档次。屋上手一条七八米宽的水泥路通到里屋去。里屋地势更高,不过还是木屋,李老师暂时还不会修新居。两家人争吵的就是外屋上出水沟与里屋公路边一点空地的准确间界。外屋要沿着侧墙基脚直线砌一条水沟出来,排水到公路边的涵洞里,但上屋不允许砌直线,说是砌直线的话就跨了间界。

"老三,你只看呢。"外屋老李用手机手电筒照着禾场坪边一截垂直埋在地下的白色排水管说,"我往日那只旧屋埋的出水管都在咯里。"

"冇错,我冇讲那水管不是你的。"上屋李老师跟着说,"你将排水沟的上坎只砌齐咯根水管子,我肯定不讲你。"

"我记得的,往日埋咯根管子时,是靠我咯边埋的,靠你那边的水沟上坎还有两拃(张开手掌后大拇指和中指间的距离)远。"下屋老李分辩道。

"只怕是埋在靠我咯边啊,你有么子证据证明不?你那下坎在何几(哪里）？"李老师步步紧逼，"你把沟往你那边移一下，就有两拃宽了，如今你的下坎靠着咯根白管子砌的话，只怕慢些走水不通莫怪我哦。"

"我记得好像下坎砌了一排岩的，可能挖屋场的时季堆嘎了，只是难得挖出来了。"老李说。

两人边陈述加争执当口，我和三哥已将两家地势和这水沟模样看了个够。老三相当谨慎地开言了："第一条，都是邻居，又都是一苑公子婆孙，一笔写不出两个李字。水沟往你脚几屋里移下来一点呢，你咯坪反正是废起的，也不影响你作菜种花；水沟往你里头屋里咯边移一点呢，也是路边空处，也不影响你行车砌堤。咯本是一件小事啊，都要有高姿态，莫斤斤计较。看你们同意不？不同意就算了，同意就再讲第二条。"

"那是的，同意啊，特意请你来，你也是一苑人。"里外两屋都表态，虽然两家人都是因为斤斤计较才吵架。

"那我讲第二条。有屋必定有屋檐水要出，老李砌沟的事肯定要支持。"三哥咳了咳，"就以这个原先埋的排水管为基准，再住上边移动一个管子的位置砌排水沟的上坎，排水沟的下坎也往下边移一个水管的位置，这样排水沟宽度足够了，也刚好可以砌直。"

听了三哥的裁定，里外两家人都赶忙眯起眼珠看排水沟的走向。

"要得。"

"要得。"

"那就定嘎了，再不反悔，也再不来调解第二次了！"三哥严肃地表示。随即，三哥从外屋老李家门前拾起一个铁锤，将屋墙边水沟上坎边钉上一个木桩，在旧排水管上方留出一个水管位置也钉上木桩，捡来一根废绳子拴住两桩拉成一根直线再绷直到公路边，将公路牙边两锤敲出一个小豁口。

"明天，李老师你就监督老李砌嘎上坎，免得夜长梦多。"

夜不长，梦真的还多。第二天一清早，我才起床打开村部办公室的大门，外屋老李就出现在我面前："一书记，三哥来了不？昨天的调解要不得。"

"又不是三岁伢几，怎么困一觉就反悔了？三哥昨天讲了不再调解的呢。"我当机立断。

"是古的（这样）。"老李放慢了语气，"我刚才清理我咯边禾场坪，发现了以前砌的下坎，那根旧排水管砌在下坎的里面。昨日三哥断的间界，好像是我沾了便宜，其实倒给嘎一拃宽得他们了。"

"一书记，我骗你的是畜牲。"老李后悔不已，又气不过。

虽然三哥说了不再断案，但我还是随老李再次到了现场。老李没有说假话。一排石头整齐地排在老李这边的禾场里，其实刨出来的泥土高度离昨晚看的旧水管只差了不到两寸。

"你既然记得以前埋过石头，为什么不在跟村部报告之前先挖出来呢？挖出来了的话你还要跟李老师争？还要我们到堂搞么子？"我真是有些好气又好笑。平时报刊上写消息稿、会议上发表言论有人老喜欢"打通最后一公里"，老李这可是最后两寸都舍不得打通啊。

"我刚刨平我下边禾场坪，想先将他那边上坎也清出来，李老师的爷（父亲）就制止我了，说我侵占了他的地方，冇来得及。"

"你挖你自己咯边也挖不得？"

"他一吵，我就懵嘎了。"

"李老师呢？"

"好像昨天晚上调解嘎就回镇上去了。"

"这可不好办了，等三哥来再说。"老李也脚跟脚同我回到办公室。

不一阵，老周来了。老李又委曲地重复刚才跟我说过的话。

"这个不要找我哩村上了。"老周这下表态很果断，"你挖出来了旧坎，就是铁证啊，挨邻杵舍（左邻右舍）一屋子孙，直接商量得好的哪！"

两家人到底直接商量好了没有，商量出来的什么结果，我们都没有再问起。能够看到的是两家之间的那条沟早整理好了，两家人也没再因此事而到村部请求公论。

话说老周

老周大名国锋，在龙丰村委会的职务是会计，这正对他的本行，因为他本来就是做生意的，会的就是计算得失。

老周当年是跑运输的，村上现任的爱民支书那时还是他聘用的长途车司机。发了财后在镇上买了地基修了房，还另租了门面卖粮油食品及牲畜饲料，注册了一家农业综合开发公司；在村上老家开办了茶厂，是村里说得起话的致富带头人。

老周作为生意人，将"买的没有卖的精"用到了极致。没事时，他说过这样一件事：一养殖场老板来店里买饲料，手一指就将店内的某种饲料一大车几乎全部要了，可出的价格算下来却几乎没了赚头。到手的生意也不想丢啊，何况人家养殖场的后续需求大呢！老周把心一横来了个偷梁换柱。原来这饲料在店内有两种不同配方的包装，二者价格每包相差20来元，老周赌对方没看清楚包装差别，给发了清一色的低价货。这还是20世纪90年代中期啊，一次就赚了四五千元，相当于公务员近一年的工资了。一个月后养殖场老板又来了，说饲料蛮不错，一买又是一整车。老周爱钱，但心里还是装着商道即人道的道理，以老顾客优惠加厂价调整为由头，主动将每包的价格下调10元，对方笑开了怀。之后，对方非老周店的饲料不买了，老周给对方的卖价也是调低了又调低，到最后算总账，只是赚到了该赚的钱。

老周生意做得精，当村干部也有两把刷子。石家坪一条组级公路的两边本不搭界的吴家堂兄弟俩，为了一滴屋檐水的问题闹得不可开交，双方都将状告到了村上，点名要请老周处理，老周又邀上我这个"县里来的领导"作调解见证。

老周断案的篱笆

到得现场，只见一处水泥禾场坪边紧靠着一排颜色已有些发暗的竹枝篱笆，有几处已有破损。篱笆下方，一条小水沟深深浅浅宽宽窄窄若有若无。两家人争的就是堂弟要移动篱笆开条水沟，堂兄不同意这么做。见我和老周到了现场，隔着公路指手划脚的两家人，都争相邀着"先进屋吃杯茶"。

我们先走进右边堂兄家，就在阶基上坐下，边喝着芝麻茶边开始询问。根据堂兄介绍，吴家堂兄原本同堂弟都住在公路左边，与堂弟共屋共禾场坪，后来将新屋建到了公路斜对面，位于堂弟上方的老屋基连带禾场坪都辟为菜地。后来，堂弟紧靠着两家间界也建了新居，并将进屋禾场坪也打了水泥地坪。恼火的是因为下方邻居屋场地势还略高一些，堂弟家的屋檐水得绕着走上方经堂兄的原屋场地界边才能排出去。按理说，堂兄另建了新居，辟为了菜地的旧居地基上让给堂弟一条排水沟的位置不是不可以。但堂兄觉得堂弟建房打禾场坪时就应该在自己的地基范围内预留出排水沟的位置。堂弟现在要在他的地基上开排水沟，这完全是欺负人的做法。而且，堂弟不止一次擅自移动他家的篱笆桩。堂兄一家人都在，从大家的说话态度上看，一家人还是挺讲理的，言谈中也对老周非常尊重。喝了堂兄家的芝麻茶，老周又同我走进了堂弟家。堂弟家只有夫妻二人在，两人早泡好了茶水摆好了点心在等着我们。看得出，老周在石家坪这一带威信有蛮高。老周调解纠纷也真有一套。一进屋，抛下刚才在堂兄家了解的情况完全不说，直夸起堂弟妻子的茶打得好、花生炒得香、红薯片子切得薄炸得脆，是石家坪难得的能干堂客；见家里电器一应俱全，又将堂弟的诚实可靠夸奖了一番。我们边喝茶边添水，不知不觉间已喝完了两大碗。本来怒气冲冲的堂弟妻子，脸上也挂满了笑容，似乎忘记了刚才的面红耳赤。老周这才缓缓说起堂兄家了解到的情况，并希望堂弟两口子也能实话实说。堂弟妻子坦言，新屋侧墙边是留出了四五十公分地基的，堂兄家的菜地也没有占自己的地，自己家打禾场坪确实大部分地方紧靠着堂兄家的菜地，只是因为模板有些弯曲，堂兄的菜地有一小部分也到了自己的地基范围内。她不能忍受的是，她家养的鸡有时难免会飞进堂兄家的菜地，堂嫂骂人话难听，还说要放药痨（毒杀）她的鸡。老周听了深表理解，得知堂嫂并没有真放药，又笑着说："你嫂嫂是吓你的，是刀子嘴豆腐心呢。"

两家人都重新回到篱笆边，听老周开始断界。"你哩两兄弟都起了新屋，是勤勤恳恳的老实人，在湾里都是有名望的人家。还冇出五服的堂兄弟啊，和为贵，为得一扇篱笆搞个仇深如海有得意思。你们讲是的不是的？"老周环顾大家，两家人都点头。老周接着说："弟兄好商量，但你（堂弟）起屋应该自觉留出水沟的余地，你冇留足是你的不对。你（堂兄）是老兄，他起了屋要出水也是冇得办法的路，你咯边有屋宽巴宽（很宽阔）的空，要他破水泥禾场坪不是破不得，但耗工耗力难度也比较大。都退一步，你（堂弟）屋里的鸡以后要尽可能地圈养，村上也有要求呐。你（堂兄）咯边把几个篱笆桩提进去一点，你放点样给他，船过得舵也过得啊。都买我一个面子要得不？""周会计，话都讲得咯只份子上了，依你的，篱笆桩你提就是的。"堂兄表态。堂弟夫妻自然没得话说。老周从里到外，宽处不动，窄处往菜园里给提到一样宽，一条茶盘宽的水沟位置就定下来了。"起沟的任务归你（堂弟）。"老周再拍一板，"亲要亲好，邻要邻安。感谢大家的信任，家和万事兴哦！"

老周生得人高马大、骨架粗壮，真应了一句"吃得才做得"的老话。往餐桌边一坐，大杯喝茶、大碗吃饭、大块吃肉，也是老周的英雄本色。我不喝酒，人又偏瘦，每当一起吃饭时，几位村干部总往我碗里夹肉，说是"不能让一书记在村上越驻越少肉，不然夫人怪罪下来大家担当不起"。在老周们的示范带动下，我终于博了个"别的不讲，这个一书记吃肉比前任一书记强多了"的肯定。殊不知，在之后的健康体检中，我这个瘦子居然也和脂肪肝结下了缘分。

老周好客，也是出了名的。老周的饲料店就开在接近镇区公路边上，每次经过时打一眼，茶室里总是满满的客人。是顾客，当然要请进来喝杯茶再走；生意上的朋友，喝杯茶交流一下心得和信息；到了吃饭的点，碰上什么菜吃什么菜。"一人吃了全家饱"，老周的饭我可没少白吃。虽然只是"添双筷子而已"，其实老周的冰箱里总是塞得满满的，随便弄几下都是一顿美餐。

大块头有大智慧。某日，老周新理了个光头来到办公室，灯光照在他的光头上格外闪亮，我相机一咔嚓拍了个特写传到村"两委"群里，大家顿时笑出眼泪来。老周借题发挥：我这亮度和镇上问话室的灯光有得一比！某日，老周作为一桩案子的相关人员被请了进去，面对惨白的灯光，只是配合提供相关情况的老周来了气："我是冲冲里来的，大白天扯起古大（这么大）的灯，我的眼睛享不得咯号福！"老周虽然没事，但还是在这次接受问话之后悟出了一个理。回到村上，老周将村委会公章锁了起来，任何材料没有过他的眼，他绝不盖章。

儒兴支书

儒兴支书是我驻平口镇范溪村的村支书，姓戴。在我的印象中，他总是一台摩托车村上镇上跑个不歇气，似乎村上什么事情离开了他就办不成功。除了不会写材料制文书，其他需要出力跑腿协调汇报部署排工的事他一个人全包了。

儒兴支书是个急性子。

工作队进村，队员派出单位领导一句"拜请生活上多关照"，儒兴支书马上安排女干部买齐了队员床上用品。摇摇液化钢瓶判断很快会空，他自己骑个摩托一拖就是两大罐。我们工作队自己买了两个办公烤火箱，他要过来发票自己先垫付了再说。打开冰箱见储菜不足，他风风火火回家就酸辣椒鲜茄子煎泥鳅带过来一大袋子。如果是要上县城，你约的六点半钟开车，他六点不到就会赶来等着。

儒兴支书好不容易为村上争取到了一个新型标准篮球场建设项目，却不知这是塑料板拼装可拆卸球场，加上护边后占地比传统球场大得多。村部前的坪横着摆呢，就会占据两米多宽通往苏家组的村道；竖着摆呢，又会占据两米多宽通往同井片的村道；扩坪呢，村民的禾场坪地基一时又谈不下来，就是谈下来了也还要砌保坎。一大车材料和五六人的施工队都到了村上等着决策，怎么办？大家都还在默神时，儒兴支书已开始联系镇上分管领导了："那个篮球场项目我们不要了，村部操坪装不下，派到有大操坪的村去。"这时，我和工作队员小周正要开车赶往镇上，经过村小学时突然有了思路：何不将项目布局到学校的旧球场？立即打电话给儒兴支书。儒兴支书连连表示认同："我怎么就冇想到呢？"再次打电话给镇上分管领导，分管领导回复:"你再慢拨1分钟,我就安排到××村去了。"

村里发展党员,入党积极分子推优也好,支部接收预备党员也好,预备党员转正也好,都是有固定的程序的。儒兴支书想着无论怎么走程序,最后少不了与会党员票决这一关出结果,于是在事情多时便一人包打包唱三下五除二将过程都弄完了,之后直接票决。终于在某次会议上,卸任老支书忍不住现场上起了党课,第一步该干啥,第二步该干啥,第三步该干啥,一步步说开了去。这不是给现任打脸么?儒兴支书只得不停地"是的是的"应和,不知他鼻梁上架着的那副大黑眼镜后面的眼光是盯着桌面呢还是卸任老支书。

儒兴支书是个性情中人。

2021年,村里成为国家财政扶持大中型水库整村推进项目村。为了将有限的资金发挥最大的作用,儒兴支书每个项目每一个环节都和副支书亲自参与。但不知怎么的,居然有人跟县里领导打小报告,说儒兴支书将项目私自交给了自己的儿子去做从中牟利。在党员组长会议上,我顺便对此予以了澄清。哪知儒兴支书接着来了近十分钟自白:"我掏心掏肺只想为

范溪村"两委"干部组织到新化县科头乡考察养殖业

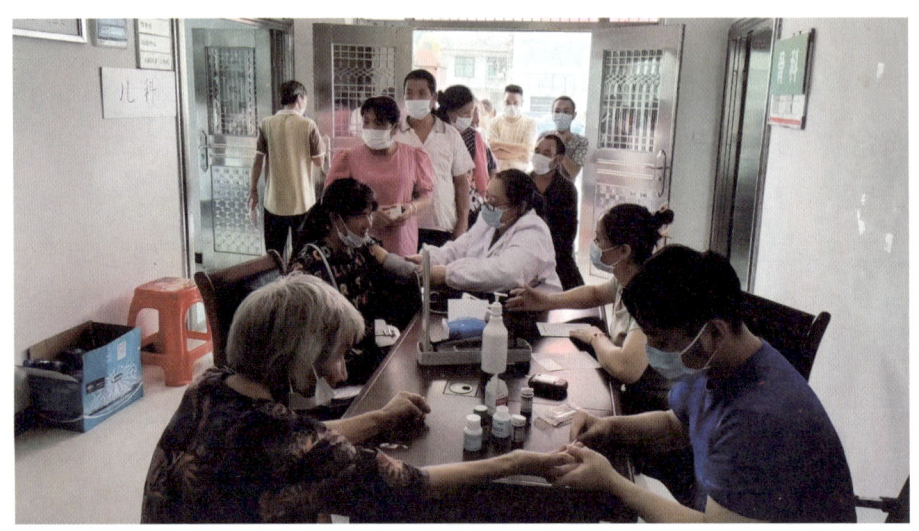

县政协组织在范溪村开展送健康下乡活动

村上做点实事,还有人不分好歹这么污蔑我,让我寒心哪!"弄得会场气氛好不尴尬。

寒冬的一天深夜,工作队员小周接到岳母打来的妻子即将临盆的电话,归心似箭。儒兴支书出差在外,小周一个电话打给儒兴支书的儿子,请求帮忙联系一台小车急送县城医院,说好车费为一千元整。儒兴支书次日回到村上,到我办公室问起小周怎么不在,我告诉他回县城医院陪妻子生产去了。得知包车租金达到千元,儒兴支书马上打电话给平哥,了解到车主就是自己的一个外甥,当即责成退回租金500元:"立刻,马上!"

儒兴支书也有点小霸道。

村上发展集体经济,统一了思想要到街上购买一个门面。儒兴支书在会议上说过要大家广泛了解镇区门面出售情况以供比较挑选,但班子成员并没有提供什么有价值的信息,只好自己跳来跳去寻找。年关将至时,儒兴支书终于挑中了觉得性价比较高的一处门面。但不知哪门子头脑发热,当大家接到通知来到现场时,儒兴支书却跟屋主谈定了交易价格,屋主已在搬家,跳过民主协商程序直接集中决策了。村"两委"班子成员同意吧,儒兴支书搞的是一言堂、家长制；不同意吧，则是当着村民的面坐实了软弱涣散基层党组织的帽子。所幸的是，后来其他门面报价证明儒兴支书对这宗交易价格的拿捏还是相当合算的。试想，如果其他班子成员坚决不同意，村上岂不是要赔偿屋主搬家的工钱？儒兴支书的脸面往哪里搁？大家以后面对面如何相处？

有了购买门面的教训，我以为儒兴支书应该是会长记性，但事实证明我的想法又错了。同井片4个村民小组130余户村民饮用水季节性短缺，村上预备了从镇区架自来水管和从山上扩管引水两个方案，决定晚上召开屋场会交由村民自己表决。由于前者要比后者翻一倍开支，村集体将倒亏26万元。为尽量填补资金空缺，工作队在临出发前召集儒兴支书和华维副支书开了个短会，决定如果架设镇区自来水的话要与邻村花园村一样每户收取400元装表费。屋场会上，村民几乎呈一边倒地要求架设镇区自来水。但一听说要收取400元装表费，几位村民先后哭开了穷。儒兴支书听后马上心软了，大手一挥："再减少100块，收300元，不能再少了！"回村部的路上，我问儒兴支书："你一板拍下去，村民是觉得你为他们着想呢，但是你到哪里去找回这13000块钱？""一书记，以前打工做事速战速决搞习惯了，我一急就忘记了。"

其实，儒兴支书也在不断进步。

发现了自己统筹安排的思路并不是十分清晰的短处，再开党员组长会议时，儒兴支书在村"两委"班子讨论后总不忘再征求一下工作队的意见，将会议程序进行再优化。知道了班子成员各有所长各有职责，有了工作任务时也不再大包大揽，开始放权给大家去做。知道了"一人不得二人计"的道理，再小的事情他也没忘记先征求一下其他几位班子成员的意见。儒兴支书这才发现，其实这村上的一把手原来也是可以不当得那么累的。

华维老弟

华维老弟姓刘，是平口镇范溪村的副支书，比我小四岁。

在范溪的村"两委"班子里，华维老弟是个合格的二把手。华维老弟作为前任村主任、现任副支书，和儒兴支书搭当合作已经四年了。四年来，儒兴支书指东华维老弟就往东，儒兴支书指西华维老弟就往西，绝对地服从。项目建设都是实打实的卖劳力工作，村干部里女同志多不便交办，华维老弟跟着儒兴支书上山修路、下田挖泥、进沟开渠，实事累事一件接一件地干了不少。平口往县城距离远，到达时总是接近中餐时间，华维老弟常常跟着儒兴支书忙得团团转，中午自掏腰包吃快餐是常有的事；如果时间安排不来的话，还得空着肚皮打回转。2021年，范溪村成为中央财政大中型水库移民后期扶持基金（资金）项目实施村，一下子确定公路维修、渠道新建、路灯建设、自来水管架设等几项工程。上工村民做一天有近200元工资，华维老弟作为组织管理者比村民上班早下班晚，整天不是在搅拌机前就是在水沟里，除了下雨天几乎就没有什么坐下来的时间。

华维老弟办事很注重细节。工作队组织连夜召开"屋场会"，确定几个村民小组架设自来水管方案，支书组织大家发表意见，他伏在旁边一条小板凳上就着昏暗的路灯亮光做记录。原以为他只是记个备忘，但等决策定下来轮到他这个主持人作总结发言时，他居然宣读出了一个完整的《会议纪要》。场面虽然简单了点，但决策程序走得非常到位，到会村民代表在《会议纪要》上签字时个个严肃认真。村上购置一处位于镇区的房产，合同上到底是写"买卖"还是"转让"都在他认为的必须考虑范围。村干部们下班后都回了自己家，我们工作队的早餐和晚餐都是自己做。为给我

华维老弟组织村民重修水渠

们"省手脚",华维老弟多次邀我们工作队到家里上门"体验生活",一上门则必定会上大炖土鸡。队员小周的妻子怀孕,华维老弟知道后硬是送来一大罐子土鸡蛋给"补补身体";担心我心里有什么想法,一并也给我送来同样的一大罐子"让你家老师也尝尝范溪的土鸡蛋"。

华维老弟喜欢喝点小酒。三杯酒进肚,平日不大讲的话便都讲了出来。村领导班子之间处事有不同意见是正常的,怕就怕大家将意见藏在内心深处不当面说出来。华维老弟对儒兴支书的决策绝对服从,但并非没有自己的思想。见我这个一书记确实有将村"两委"班子搓成一股绳的想法,于是在某次小喝了两杯后坐在一起时,华维老弟对儒兴支书这几年来的一些决策评价来了个掏心掏肺。有了这个二把手的支持,班子民主生活会开得非常成功,儒兴支书在之后的决策拍板中当真成熟了不少。

华维老弟操的一口标准新化腔,因为语音问题,刚进村时我们之间闹过两次笑话。华维老弟没事时也能吼两嗓子流行歌曲。某天一大早,华维老弟走到楼上办公室时,我正在练洞箫。他忽然大声问:"王书记,您晓得吹《宁母久》吗?"这是个什么歌?"《宁母久》都不晓得?很流行的呢!"

我要他写出来，可情急之中又找不到笔。我试探着建议：你唱两句看，或许我根据你唱的句子到网上找得到曲子。华维老弟开唱了："妹儿丫头你莫走，唱首歌歌儿把你留……"我这才知道他说的是《你莫走》这首歌。不过我也算是找到了两个新化话语音变化规律，由"你"变"您"、"走"变"久"，我也将"泥鳅"说成"您鳅"、将"政府"说成"进府"，又获得华维老弟的一顿猛夸："王书记是研究方言的专家啊！"另一次是将至中午时，华维老弟邀我到他家去吃"满饭"，我以为是"晚饭"在新化话中的变音，马上答应："要得，晚饭到你那里吃，中饭我请你到村部吃，多煮把米。"几个来办事的村民笑得合不拢嘴，华维老弟连忙解释："满饭就是中饭。"也正是华维老弟的帮助，让我走进了更多的新化方言词的探究之中，比如"打泡堂""唱哑""发禾"等。

华维老弟读书不多，但这些年担任村干部动笔多了，也时不时喜欢写几句顺口溜出来，有的还很有时代感。学习了乡村振兴的相关理论后，他就在手机微信里给我发了一首《乡村振兴有感》："产业兴旺在发展，生态宜居最舒心。乡风文明皆淳朴，治理有效好方针。生活富裕小康路，振兴春风吹乡村。感谢党恩政策好，与时俱进日月新。"在朋友圈里看了我写平口方言的一些篇章，发给我的评语也抑扬顿挫："咬文嚼字，博古通今。知识渊博，随乡入俗。"

华维老弟待人十分真诚。村上种了几十亩稻花鱼水稻，华维老弟家也单独种了好几亩。他家里每年都种十来亩稻田，收获的稻谷就是喂猪养鸡之后也绰绰有余。但当工作队上门联系销售时，华维老弟却坚持要"先打一点米试试口味再说"。看到自己的打米机有些落后，剥出的大米粒碎粒较多，便婉拒了我们的好意，将我们推荐到了到村上其他农庄农户家。

2022年，我因工作岗位调整不再派驻村上。临别时，华维老弟的眼神很是不舍："王书记，以后有什么事我还可以跟你商量不？"怎么不可以呢？

伟华主任

我到过的村子里,范溪村的妇女主任魏伟华是给我留下印象最深刻的女干部。

伟华主任身高近一米七,浓眉大眼高鼻头,宽肩粗臂厚手掌,完全是一副男子汉的身板。可一开言"欢迎王书记来我们村长驻",声音却细细软软得有些发嗲,与模样形成鲜明对比。

大块头有大智慧,这话用在伟华主任身上再恰当不过。

第一次到达村部时天色已不大早了,我们的晚餐就是在伟华主任办的家庭农场吃的,我才知道伟华主任是村上数得着的种地能手。伟华主任2017年6月当选为村妇女主任,2018年下半年作为平口镇村干部代表参加了在湖南农业大学举办的致富带头人培训,接受有关土地流转、记账、信贷政策培训及养鱼、养泥鳅、种植稻谷等专业知识学习。回到村里,正逢新春、范溪、千一3个村民小组的97亩农田原承包人退出,农户面临租金无着。伟华主任眼都不眨一下替原承包人付清当年租金,并重新与3个村民小组签订为期10年的承包合同,办起了家庭农场,就此开启种养结合之路。没想到她居然一下就成为平口镇的巾帼创业旗帜,在带动贫困户脱贫致富的大道上迈进。

2019年,伟华主任养殖荷花鱼37亩,收获鱼产品1万斤。在政府的支持下,发展稻花鱼32亩,机械化播种稻谷33亩。为了获得一手数据,耕田、播种、起鱼等工作她都亲自参与。因为缺乏养殖经验,稻花鱼亏损了近6000元;但稻米品种选择合适,全程没有农药污染残留,稻米售价达到每公斤10元。剔除耕作成本,当年加工稻米收入达到11万余元,每亩赢利300元以上。

初战成功，伟华主任2020年再流转老屋组、檀木组103亩农田。荷花鱼规模保持不变，稻花鱼养殖面积增加到47亩，其余100余亩种双季稻。这一年，养鱼纯收入43000元；稻谷收入则比上一年翻了一番。同时，伟华主任还开始尝试苋菜种植，也赚到了7000元。2020年6月，伟华主任又承租了原罗家小学，经精心装饰装修建起了伟华农庄经营农家餐饮，饲喂土鸡1000余羽、土猪6头。这一年，她还与镇区娄益街梅山土特产店合作制作坛子菜和腊制品，当年实现营业额160万元。她的扶贫车间获县级优秀奖，她的农场被评为省示范家庭农场。

2020年村级班子换届，伟华主任续任妇女主任。2021年，她再次流转罗一组稻田37亩。除了荷花鱼、稻花鱼养殖，蔬菜种植面积也达到了16亩。除了稳定的鱼、米收入及腊制品收入，本地辣椒、茄子、豆荚、芫荽、萝卜等纯收入也达到3万余元；养土鸡增加到1600多羽，养土猪10头，收入较2020年又稳步增长。伟华主任被评为镇种粮大户，获评益阳市2021年创新创业带动就业优质个体工商户，市农机部门特奖励她耕地机一台。年底，伟华主任成为了一名正式共产党员。

伟华主任流转的鱼塘

伟华主任的绿色农产品

伟华主任的种养业给村民带来了实打实的效益。她承租的土地年租金达到9.36万元，间接帮助到村里14户建档立卡贫困户。2020年起聘请2位村民锄草、看水、喂鸡、喂猪，年工资分别为1万元。农庄聘请固定工人3人，每人月薪600元。以农庄为基地，2020年建设扶贫车间，加工稻谷、打豆腐、制作腌菜；加上田间管理、蔬菜种植，两年来每年季节性用工工资都在4万元以上。2020年以来，农场帮村民代卖鸡蛋、辣椒片、豆角、腌菜等各种农货5万余元。

伟华主任致富是能手，村干部工作热情也很高。2021年，村"两委"和工作队规划乡村振兴项目，觉得泥鳅养殖和种植油茶、魔芋都可一试，伟华主任立即联系了邻县新化的朋友，组织大家和有志种养业的村民代表赴科头乡和维山乡参观学习。村上被确定为非粮化耕地整治村，伟华主任草帽一戴，同副支书华维老弟整日守在地里。伟华主任在班子成员工作分工中负责人居环境建设，她自己负责的片区卫生状况是全村最经得起检查的。马路镇黄金村几位村干部来村里交流工作经验，伟华主任大手一挥，给每人送上自己熏制的一尾腊鱼、一块腊肉和自己种的一包稻花鱼大米以示感谢。2022年初，我岗位调整回到机关，伟华主任表达祝福的同时，还不忘软软细细地嗲一句："王书记，要记得帮村上销稻花鱼大米哦！"

平哥

村警戴平年纪比我小了 20 来岁,但因为大家都称其为平哥,我也随了俗。

根据儒兴支书提供的电话号码,我在进村报到前就已加上了平哥的微信,平哥回给我的第一条的微信是:"范溪村村警戴平随时待命。"事实上,戴平正是这么做的。

平哥讲感情。某天中午,平哥突然提了大小两个红色塑料桶到厨房,里面满是螃蟹。原来他见冰箱里菜蔬不多了,就临时骑了摩托车到阴河电站边的凉水沟里抓螃蟹,没想到一抓就是一大堆。哪个桶里的今天吃哪个桶里的留着明天吃,平哥都安排得一清二楚。可惜的是,因为单位有紧急工作,我们当天下午便提前回了县城,忘了交代后续处理事宜,等再次返回村上时螃蟹已大多逃之夭夭。

平哥维护村级治安的本职工作做得很出色。每个月几乎都有三五件纠纷调解,平哥都是不声不响地就完成了。国庆前夕的一天早晨,一位老人匆匆来到村部,一把鼻涕一把眼泪地说要找村警报案,情绪非常激动。我连忙一边打电话给平哥一边问情况。原来,老人是本村伍家组村民,其一直在外流浪的小儿子某建这几天突然回到了家里。因为没有固定职业,天天总是问老父亲要钱用,加上在村里上蹿下跳四处借钱,父子俩的关系闹得很僵。"一不关嘎他,迟早要出问题,不是他杀嘎我,就是我杀嘎他,莫留到世上害人。"老人声泪俱下。平哥接到电话迅速赶到了村部,和儒兴支书一起商量对策。当天晚上,平哥在某建哥哥和姐姐的协助下将某建带到了镇派出所接受讯问。经反复教育,某建认识到了自己的错误,写下悔过书后回到家里。

　　平哥的配合和服从意识没得说的。经过多轮村级组织合并，如今一个村动辄一两千人，而村"两委"干部也就五六个人，所以村警在没有调解事务的时候都是被当作村干部班子成员使用，范溪村也不例外。村干部年纪都有些偏大，没有一个人有驾照，更谈不上买车，平哥的一台面包车成了村上唯一可以随叫随行的远途交通工具。村干部里女性占绝大多数，要干力气活和到县城出差时，儒兴支书和华维副支书第一个想到的当然也是平哥。

　　平哥虽然被大家当成村干部，但在家里却是最没发言权的群众。乡村振兴，人居环境建设是最基本的内容，村上下发了塑料网子，要求家家户户将鸡鸭鹅等家禽都圈起来，将房前屋后的空坪隙地都收拾干净，但这些要求在平哥家都受了阻，塑料瓶子扔得到处都是，禾场坪里经常是鸡粪铺地。分管村干部组织检查评比，平哥家每次都在点名批评范围。找平哥提意见，他说家里的事他不管，要分管村干部找他母亲，可他母亲口头上答应了却没有任何行动。在村部上班的人家里都一团糟，怎么去要求群众呢？就凭这一条，在预备党员推优会议上，平哥没有通过。也许是知耻而后勇吧，回家后立即组织召开了家庭会议，壮着胆子向父母和妻儿来了个"约法三章"，提着锄头将屋边堆了几年的瓶瓶罐罐和烂布条破塑料全部清了出去，将村上发的塑料网围了个鸡圈，将禾场坪坎上的杂草也全拔了，房前屋后的纸屑尿片一次性水杯一天一捡拾。环境美了，住着舒适了，再组织检查时平哥家进入了"有进步"行列。

　　作为在网络游戏成长的一代，平哥在没工作任务时也不时扛支冲锋枪提把砍刀在电脑屏幕上打打杀杀。某次，我端出第一书记的名义跟他谈话，严正要求他将这些时间用来"多看点村级事务处理方面的书、多读读村上订阅的各类报刊长长理论水平"，想不到平哥倒还真听进去了，每次经过他办公室的窗口，看到他不是在读教材就是在上网课。最近传回的消息，平哥的大学毕业论文通过了，呵呵。

闲话老龙

老龙叫龙建平,是河东村的村干部,因为镇内交叉进行脱贫检查而相识。轮到河东村时,我被安排到后山刘仑上,而向导就是老龙,他是分管这里的支委委员。虽然在一起待的时间不到一天整,但给我的印象特别深刻。

老龙个头不算高,但身板结实、肩宽手掌大,剃个不能再浅的平头,衣着十分随便,一副才从菜园里出来的老农样子。老龙就读了两年小学,但嘴皮子上的功夫了得。平常要绕着弯才说得清或者必须文文气气说的东西,老龙直截了当就说出了口,丝毫都不带遮掩,也不管车上还坐着我的妻子。

老龙跟村民的交流方式简单直接甚至还带着三分粗野。每到一户,他都三言两语将来意说得清清楚楚。第一户是一位寡妇,喊了几声没人应。第二户是个单身汉,喊了几声后放牛回了家。出乎意料的是,查对好资料后送我们上公路时,老龙也没有忘记调侃这个单身汉,说是我们去找的第一户人家那位寡妇正好可以娶过来做老婆。单身汉很无奈地表示:"她自己有个满叔,也冇得堂客的。还轮得到我?"

生于斯长于斯,老龙对仑上每户村民的情况都了如指掌。说话谈不上什么理论水平,但在政策的把握上倒没有什么空子可钻,也很入心入脑。一位村民正在建新房,老龙直夸:"看不出啊,进度好快的,要安全第一啊,特别要交待运货的司机,后边那个弯有蛮急。"一位村民的儿子高考后没能上大学,赌气出去打工后一直没有回家,老龙安慰夫妻俩:"儿孙自有儿孙福,好些带好小儿子是一样的。"一位村民患重病,说话时还咳着血,老龙就跟他介绍起某个郎中治肺病有一手。看得出,老龙平时还是很关心村民的,所以村民也非常配合,检查进展速度很快。

老龙奈何不了的这一家

也有老龙奈何不了的时候。有一户邓姓人家,房子建得大气而敞亮,夫妻又正当壮年,家里鸡鸭羊舍一字排开不算少,猪圈里两头猪也不小,还养着牛,怎么也与"贫困"两字挂不上钩。见到我们后,主妇马上就说起帮扶的专业合作社去年安排的中药材贝母种植问题,花工多少施肥多少成本多少,但产品的回收价格又如何低。任老龙两块嘴巴皮如风翻麻叶,一说起调查问卷,女主人就一句话:不赔偿产值损失就不签字。一会,男主人回来了,老龙本以为来了救星,谁知男主人一听说我们几人此行目的,立即这样要不得那样要不得地大喊大叫起来,我们不表态给全部解决好他提的问题就坚决不签字。老龙实在没得法,只得含含糊糊收了场。

下山经过第一户人家屋门前,那位寡妇正扛着一根杂柴到禾场坪里。我检查爱心袋资料时,寡妇已在老龙的几句交流后笑成了一朵花。寡妇说正要下山,问可不可以搭截便车,老龙马上代我应承了下来。到了车上,老龙虚虚实实一阵盘问,寡妇目前的情况他便一清二楚。

跟匠人谈得技术,跟忙人讲得农作,跟闲人扯得卵谈,跟堂客们打得哈哈,跟老人家聊得保养,用流行的话说是"逢人说话,见鬼打卦",老龙的确有一套。

你不该走得这样匆忙

——追忆松贵老弟

7月28日一大早醒来打开手机,马上显示两个未接电话号码。一个是夏新华打来的,另一个是陶友庭打来的。想起先一天在群里发了吴合湾家属楼求租门卫室的消息,以为是有了眉目,心里不由一喜。正欲拨回,夏新华的电话又打了过来:"刘松贵去世了!"

什么?我顿时如坠五里云雾!25日我才送松贵到仙溪镇的龙丰村担任帮扶队长,昨天下午都还见了面,跟我谈了村上建设的一些设想啊,竟然去世了?怎么回事?立即拨打陶友庭的电话,回复是那样的令人绝望:"昨天晚饭都冇吃,是心肌梗塞,已连夜运出医院了,现在殡仪馆泰山厅!"

妻子见我起床,知道有急事发生,已在厨房弄早餐了。匆匆扒了碗丝瓜汤泡现饭,我驱车急奔殡仪馆。

走进殡仪馆,未到泰山厅,厅里的哭声一浪浪冲击着我的耳膜。进得厅来,只见夏新华、陶友庭两个都眼眶湿润,松贵老弟的姐妹妻儿全成了泪人。马上,松贵的岳父母也到了,老人径奔水晶棺,声声"崽啊""松贵"的呼唤,让人不由悲从中来。在这揪心的呼唤声里,在不争气的泪光中,我似乎看到松贵睁开了眼睛,和我们谈笑风生。

松贵老弟今年3月才由县民政局调县政协,担任县经促会办公室副主任职务,而我正是前任。县政协工作岗位基本都是分工合作的,松贵还担任了社情民意、计划生育、老干支部、抗洪抢险、出差审批、扶贫结对等多项工作。作为办公室副主任和他这些岗位的大多数前任,我和松贵老弟的交集不算少。

松贵老弟的工作态度十分专注。为了编报好《社情民意》内刊，他亲自采写了有关老年人乘坐公交车的信息。在报我审定时，我对事实核定、数据统计、建议可操作性、措词合理性、句法文法等都提出了相当苛刻的要求，并告诉他一定要追求文稿的严肃、简洁、完美。松贵老弟作为一位老办公室干部，对我的指指点点居然一一点头表示同意，没有半点的不快。此后，他又就经促会文稿起草、政协调研、提案撰写等诸多方面和我探讨，我都对自己的观点毫无保留。非常令人欣喜的是，我弄了大半年都没有一点头绪的关于"引老乡回故乡建家乡"文件，松贵老弟几经努力已进入签审程序，让我对他的调研功夫与理性思考生出不少佩服。县政协办定点帮扶贫困村是仙溪镇三星村，我们一般干部都只有一户，松贵老弟负责两户。从形成的走访日志看来，松贵老弟也都极其认真，应该是他长期从事民政工作、下乡联系村民多的一种习惯积累。

　　决定派松贵老弟驻龙丰村时，适逢县里举行"创卫杯"工间操比赛。松贵老弟因痛风未瘥，手指肿得像良种红萝卜。虽然没能上场比赛，但全程默默地在看台上为大家助威，为我们增添了不少勇气。

　　松贵老弟是由我受单位的委托送到龙丰村的。本来应该派公车送他入村，考虑到双休回程，松贵老弟开了自己的车，我反倒成了乘客。一路上，我们敞开心扉，从工作到生活到为人处世谈了不少。交谈中才知道，松贵老弟家中有五姐妹，他处正中，是唯一的男丁；他虽然买了车，也住进了新的商品房，但都欠着贷款，担子不轻。谈到身体，肝脏有点问题，现在已戒酒了，会好起来的；痛风则是老毛病，注意些饮食，治一治就会好，也不是大问题。松贵老弟很有信心：现代医学这么发达，活个90岁没问题！我们都要努力！

　　当然，我们聊得最多的还是帮扶工作。有感于当前已经出现的一些弊端，我强力地要求他一定要多到农户家实地走访，多听听非贫困户的意见，凡事要听别人的建议但更要有自己独立的见解。松贵老弟仍然不住地点头，一如既往地谦虚。到了仙溪镇，与联工委主任黄鹃稍作交流后，我们在驻村干部吴颂东的陪同下直奔龙丰村。村干部早在那里等候。简短的座谈，松贵老弟记了满满几页纸的笔记。我代表县政协办的发言与工作要求，村"两委"的诉求，驻村干部的工作意见，他都详细地记录着。接着又察看了服务中心各个房间。新屋新房新被，我笑着调侃：松贵，莫说肖辉主任想向秘书长请缨，我看了都想和你换换！下午，陪几位同来的同志走访完结对户，我们就踏上了回程。松贵老弟走访完自己在三星村结对的贫困户，当晚就睡在了龙丰村。

万事开头难。26日我没有打松贵老弟的电话，我不想因为我的电话而干扰到他的工作。但我这两天都到过他的办公室。27日上午，县公积金中心的负责人来拿已经编发的第二期《社情民意》，内容是关于事业单位临聘人员公积金的缴存问题。右边的办公桌上没找到，正要致电松贵老弟时，却发现规整地码在左边的条桌上。下午快下班时，他来办公室跟我交流村上的一些情况和自己的初步设想，就发现他脸色有些不对，还要他早些去搞好检查，他说没事的。由于时间上赶不及，加上机关工作不可能真正全部脱钩，松贵老弟的办公桌没有收拾，完全是随时回来办公的样子，谁知道他却再也不会回来收拾了。

松贵老弟就这样走了，如此地匆忙。我抹了把眼泪，主动承担了写追悼词的任务，也算是平衡一下心中的愧疚吧。为了更为全面地反映松贵老弟的工作业绩，我请他的连襟刘伟协调了县民政局，很快获得了近十份相关资料。一一打开这些资料，我才发现松贵老弟是一位真正的好干部、好党员。他参加工作20年，主持的每项工作几乎年年都是县里甚至市里省里的先进，本人年终考核也几乎年年都是优秀等次，创造性地试行冬令春荒资金打卡制、促成火灾户享受民政救助、争取帐篷活动、在办公室吃住一个星期等等。

于是，和泪一气写完悼词，我又写下了上面的这些话。

2018年7月29日

附录

如资江滋润，如青山可靠
——谈《亲历驻村——一位工作队第一书记的帮扶实录》的民本情怀

李国坚

听闻安化县政协文教卫体和文史委主任王青山写了一本新书《亲历驻村——一位工作队第一书记的帮扶实录》，主体内容就是他在我的老家安化县仙溪镇当驻村帮扶第一书记的故事。忝为政协同仁，我急急联系到了作者本人索到电子文档，我的心也随作者的文字走进了熟悉的家山仙溪镇的三星村、龙丰村、芙蓉村，以及没涉过足的平口镇范溪村等村庄。

在我的固有印象中，扶贫帮困似乎更多的是一种走秀，读完《亲历驻村——一位工作队第一书记的帮扶实录》才发现我太肤浅了。尽管村民们对帮扶工作各有各的看法，帮扶政策的落实也难以做到让每一位村民百分之百满意，至少作者本人和我的政协同仁们都是以认真坚持的态度在帮助与守护着那些真正需要帮扶的人群，从一点一滴的小事去关心村民，一件一件小事去落到实处，如资江水般滋润，如青山般可靠，他们真诚的民本情怀让我动容。

《亲历驻村——一位工作队第一书记的帮扶实录》以报告文学的手法进行全景式描写，几十幅图画次第展开，让我们深切感受到基层党组织建设的巨大牵引力，感受到帮扶工作如阳光般温暖且不留缝隙。人的一生总会遇到困难，每个家庭也总会有沟沟坎坎，万物皆有裂痕，那就是光照进来的地方。作者用大量的场景纪实，将扶贫心路和情感娓娓道来，以探索的触角不停去寻找贫困的症结所在与解决方法，真正做到了急人民所急、想人民所想。这一点看,《亲历驻村——一位工作队第一书记的帮扶实录》与获第十五届"五个一工程"图书特别奖的《中国桥:港珠澳大桥圆梦之路》有异曲同工之妙。

《亲历驻村——一位工作队第一书记的帮扶实录》也刷新了我对村干部这个民间戏称的"九品芝麻官"群体的认知。"上面千条线,下面一根针",国家政策再好也要靠村组干部才能落实。在作者的笔下,他们没有轰轰烈烈的伟绩,有的只是日复一日的上班下班、处理各种事务。屈站长的农民特质,爱民支书的运筹帷幄,老周的圆融通达,三哥的务实惟公,儒兴支书的果决泼辣,华维老弟的同心尽力,让我们看到了政府驻村干部和村干部们最真实的一面。还有与干部们一样行走在乡间的周金泉、潘亦可、熊宗辉等企业家们,乡村正因为有了他们的坚守,才有如此祥和安稳。如同作者发出的心声,我们没有理由不向他们致敬。

为了让文字能还原生活的烟火味,《亲历驻村——一位工作队第一书记的帮扶实录》尽量使用了原汁原味的梅山方言去描写各个场景,我们仿佛看到了另一个沈从文版本《边城》。笔者笔下的小山村,村民语言古朴,写实画面感强烈,字里行间还原了日常的生活,读起来如身临其境。朴素无华的文字里有浓浓的乡土气息,不经意间展露人性的自私与欲望、善良与正直,邻里乡亲千差万别的性格跃然纸上。诸如《依新嫂》,尽显一个普通村妇的胆怯讷言而善良知人;《一坪薯渣坨》,尽显政策雨露滋润下的村民矛盾心态;《迟到了2分钟》,真实地体现了村民看似苛刻实则令人深思的对新时期农村工作的期望;《有一种纠结是无语》,让我们看到了作者驻村经历中的几番无语境地,更看到了作者面对不同声音的坚定坚强和坚忍,更为作者努力后收获的成功而高兴;《老戴》,带给我们的既有难以释怀的痛楚,也有知恩图报的感动,还有中国式农民的慧黠;而《龙丰随记》,则显露出作者对乡土文化的无限关注和对村民的无限赤诚。几十篇文稿,就是几十幅立体的图画,让人不忍释卷。

《亲历驻村——一位工作队第一书记的帮扶实录》毫无疑问是主旋律

书稿，乍看书名，似乎作者帮扶下的山村应该是大投入大产出翻天覆地大变化。但通观《亲历驻村——一位工作队第一书记的帮扶实录》数十篇文稿，真正高大上的内容几乎没有，笔触所到都是小得不能再小的人物，普通得不能再普通的事件，作者所做的工作似乎也就是一个普通驻村工作队第一书记应该完成的工作。其实，只要是真正从农村走出来的的人就会发现这才是真正的农村现实，世上本无一蹴而就的事情。所谓"不积跬步无以致千里，不积小流无以成江海"，作者所做的这些工作，大概也就是跬步和小流类吧。我知道，我们的家乡已经大步行走在希望的田野上。

　　（作者系广东省作家协会会员、安化县第十届政协委员，出版有个人诗集《幸福再深一度》）

平凡中的壮阔

——读王青山《亲历驻村——一位工作队第一书记的帮扶实录》

蒋英姿

王青山和我是无话不说的文字契友。在回机关的时候,他跟我说要出一本记录驻村经历的书,要趁那些记忆还没有淡去、激情还没有消退之前赶紧敲打键盘。结果,一个月不到,他居然连续不断发了三十多篇文章给我,嘱我帮忙修改;后续发来的文稿又有数十篇之多。几个月下来,他发了近二十个书稿PDF版本给我。文稿改了又改,栏目调了又调,版式换了又换,就连书名也变了好几个回合才确定为《亲历驻村——一位工作队第一书记的帮扶实录》。我惊讶于他的速度,也惊讶于文章的质量,并不像赶工期赶出来的东西。在由精准扶贫到乡村振兴过渡的历史性时刻,这样的记录弥足珍贵。

我是一个有着严重拖沓习惯的人,但校对《亲历驻村——一位工作队第一书记的帮扶实录》例外。因为这本书中的一个个故事、一组组人物都是从乡间泥土里走出来的,那么可亲可敬,那么生动鲜活,吸引着我一口气读了进去。

我出生农村,农民的艰难辛苦我自小目睹;丈夫是现任村干部,《亲历驻村——一位工作队第一书记的帮扶实录》中的故事有很多就是我的村上、他的村上发生过或正在发生的。书中不乏正能量的人物形象。比如,自觉"一个老党员做贫困户,对不起党"的如村支书(《素描如村支书》),通过政策帮扶搞养殖真正自己脱贫的杨刚强(《刚强之"刚"与"强"》),

懂感恩的老戴(《老戴》)等。书中也有习惯了"等靠要"的真实记录。比如，因为低保名额在精准识别中被取消而对驻村干部耿耿于怀的老曾(《记仇的老曾》)，因一截水管子一而再再而三找帮扶干部讨要的殷某(《有一种纠结是无语》)，一家四口享受了兜底保障，却因为残疾等级变化而怪罪村干部的李妈(《一坪薯渣坨》)，总是嚷嚷这政策没享受那政策没享受这里那里有病的美英姐(《猜不透的美英姐》)等。书中还刻画了一大批村干部形象。如，凡事以村民利益为先的老村干部姜爱民(《爱民支书印象》)，全能的村支委李款愉(《三哥杂记》)，以及总是骑一台摩托在村里跑的村支书戴儒兴(《儒兴支书》)等。他们一心为公一心为民，却满心都是得不到群众理解与认可的苦辣辛酸。他们一方面要接受上级政府这样那样的考核检查，一方面要面对一个村子的鸡毛蒜皮。他们没有双休，没有假期，一个电话就要随喊随到。上面的问责像悬在头顶的利剑，下面的追责更像刀刃，步步艰难。这是精准扶贫工作中农村最真实的写照，读来让人感同身受。书中对一些刻板的规则制度、临时性的措施做法提出了质疑和反思。《痕迹管理之我见》中，对以指纹、人脸识别打卡、图片上传等管理考核驻村工作队员工作的合理性与片面性进行了阐述；《杯子该怎么送》中，探讨的由村上出资为村民发放的瓷杯到底应该印刻什么落款问题，对村级相关事务的处理上起到了提示作用。

我和王青山相识于20多年前，当时我在安化检察院打工，他在《安化报》当采编。我写散文小说，他写社会新闻；我的稿子一般用在副刊，他的在头版二版。但新闻和文学是相通的，他可以从我写的散文小说中捕捉到社会新闻的影子，我也能从他写的社会新闻中挖掘出小说的灵感。我们一起去文溪白叶坪采访过一个镣铐锁住精神病儿子，跟随儿子浪迹天涯多年的可怜母亲；也曾一起去文溪白沙溪村采访过一桩因情感纠纷酿成的血案，对婚姻对家庭展开过深入的探讨。后来我到长沙打工，在一家内刊杂志当采编，向他约过创业稿子；2008年回安化后编辑安化《山花》杂志，他也是投稿最积极的作者。但我对他的真正近距离接触了解，是在2013年县政协《品读安化》季刊创刊后。他负责刊物全盘工作,还负责着另一份内刊《社情民意》的编报工作,因忙不过来邀请我去帮忙。面对面担任编辑的那一年多时间,我真正被他对工作近乎苛刻的严谨震撼到。一则社情民意,写县政府大院晚上前来跳舞散步的人多,有的带着孩子,有的牵着宠物,有的开着车子,造成了很多的安全隐患,呼吁相关部分要加强管理。我编好后拿给他过目,他皱起了眉头:"写这种东西文笔是其次的,关键是条理和逻辑。"一边数落我,一边"刷刷"删改,再拿给我作比较。我不得不佩服他用词的精炼、条理的清晰,几个极简单的句子就把问题1234罗列出来,再一一提出建议,内容一目了然、语句铿锵有力。在编辑《字圣黄自元》一文时,他将"据县志载"到底是哪一个版本的县志的细节都揪了出来。他进入工作状态后就是一个老学究,冷酷、无情、无趣。命令式的语气,强硬的态度,不容人质疑的自负,除了聊《品读安化》、聊稿子,他在QQ上很少发言。

2014年6月,女儿高考,我离开了县政协,但与王青山的交情一直没有断,一直受邀为《品读安化》内刊作编校工作。2016年,我参与编辑《文溪志》。为减少书中引用的桥碑桥序的错误,编辑部把书稿送出版社终审前校对任务交给了他。他纠出了诸多点读错误,并建议我们重新去现场拍桥碑序文核对。他说:"文史的东西,不写顶多是别人不知道有这么回事,但搞错了的话人家会跟着你错,贻误子孙。"2020年,他被派到村上任一书记参与脱贫攻坚,因为我丈夫也是村支部书记,我们的话题更多了。

王青山在QQ空间发的扶贫日志我篇篇不落地阅读,还发给我丈夫;他的一些工作经验,我也推荐给我丈夫他们学习。比如,他发现有的贫困户总觉得自己没得到实惠,便不怕繁琐逐项整理出全村所有贫困户自建档立卡以来有据可查的一切受益数据,和全村开展精准扶贫以来的一切公益事业建设投入资金,一一列表到户公示出来。我丈夫便也现学现用,将村每年用于扶贫的资金和每家贫困户每年享受到的所有政策待遇全部列出,在户主代表会、屋场会上一一公布。统计出来的数据惊呆了大家,那些平时一开会就吵着说没有得到实惠的户主终于不再乱嚷嚷了,村干部们说话的底气也足了。

《亲历驻村——一位工作队第一书记的帮扶实录》没有口号,没有官话,只是将农村生活百态真实地呈现在我们面前。无论贫困户、普通村民、村干部还是驻村干部,都不是脸谱化的,都一个个性鲜明,有优点也有缺点。它是一种国家记忆,以真实的故事折射出国家脱贫攻坚战役的波澜壮阔,以一群加入扶贫行列的人们平凡细微的工作诠释着实现乡村振兴和中国梦的进程。它值得我们景仰与关注。

(作者系安化县第九届、第十届政协委员,出版有散文集《爱的空间》)

后 记

《亲历驻村——一位工作队第一书记的帮扶实录》终于面世，算是我对这些年来参与驻村帮扶工作经历的一个总结。

书稿能够面世，离不开众多领导和朋友、亲人的支持。感谢县政协主席胡能华和益阳日报社老朋友谭绍军拨冗为本书作序；感谢政协委员、作家李国坚和蒋英姿校读书稿并写书评；感谢仙溪镇的企业家政协委员周金泉、潘亦可、熊宗辉对书稿出版的友情支持；感谢县政协机关、县工商联、县委派驻村办、县乡村振兴局、仙溪镇镇府、平口镇政府等单位在书稿面世诸多方面给予的关注关心；感谢三星、龙丰、范溪、金辉等村的基层干部们为本书内容提供了不少线索和素材，感谢这些村的村民在我参与驻村工作期间给予的理解并让我获得写作的激情；感谢几年来众多扶友、振友的相扶相携以及慷慨点赞；感谢县内外各界朋友、文友的期盼和支持；感谢我的妻子陈柳珍保姆式的服务让我能够在工余全身心投入书稿写作，并作为第一读者对我每篇稿件的"斤斤计较"。我更要感谢我懦弱的父母亲将我降生在农村，让我对农业、对农民、对土地有着与生俱来的敬畏，对驻村工作不但不排斥倒还心向往之。

我长期任职办公室文秘，又兼着单位的新闻信息写作，工作性质让我养成了去伪求真的习惯。我始终认为文学的真实并非场景的拼凑甚至无中生有的臆想。《亲历驻村——一位工作队第一书记的帮扶实录》一书，记录的都是我在村上的真实见闻、原生态的人间悲喜。好几位扶友都说我除了鼻梁上架副近视镜外，怎么看都是一个地道的村民样，一些村民也觉得我的肤色及衣着行止甚至比村民更村民。其实，我本就是村民的儿子，虽

后记

然吃着公粮，但流的还是村民的血。我这些忠实记录的目标都是奔着农村、农业、农民的美好未来而去。书中少数篇章所记载的一些细节可能有自揭伤疤之嫌，但事实却真是那样，让我无法矫饰。村民们日常生活使用的基本上是方言，在重现对话时我也不可能不顾事实让他们都说普通话，只好蹩脚地弄了些夹注在句子中，以便县外人士不小心读到时能明白意思。工作中形成的一些认识虽然肤浅，但也是我求真的结晶，还是决定留在书中。智者见智，仁者见仁吧。

王青山

2022 年 11 月 21 日

本作品中文简体版权由湖南人民出版社所有。
未经许可,不得翻印。

图书在版编目(CIP)数据

亲历驻村:一位工作队第一书记的帮扶实录 / 王青山著. —长沙:湖南人民出版社,2022.11
 ISBN 978-7-5561-3116-7

Ⅰ. ①亲… Ⅱ. ①王… Ⅲ. ①散文集—中国—当代 Ⅳ. ①I267

中国版本图书馆CIP数据核字(2022)第230792号

QINLI ZHU CUN——YI WEI GONGZUODUI DI-YI SHUJI DE BANGFU SHILU
亲历驻村——一位工作队第一书记的帮扶实录

著　　者	王青山
责任编辑	曹伟明
装帧设计	王青山
责任印制	肖　晖
经　　销	湖南省新华书店

出版发行	湖南人民出版社[http://www.hnppp.com]
地　　址	长沙市营盘东路3号
邮　　编	410005

印　　刷	长沙市井岗印刷厂
版　　次	2022年11月第1版
印　　次	2022年11月第1次印刷
开　　本	710 mm × 1000 mm　1/16
印　　张	16
字　　数	243千字
书　　号	ISBN 978-7-5561-3116-7
定　　价	85.00元

营销电话:0731-82683348　　(如发现印装质量问题请与出版社调换)